中公文庫

裏切り涼山

中路啓太

中央公論新社

目次

主な登場人物

涼山《りょうざん》……僧。元浅井長政《あざいながまさ》の家臣。
寺本生死之介《てらもとしょうじのすけ》……尼子《あまご》十勇士のひとり。
羽柴秀吉《はしばひでよし》……織田信長の命で中国攻めを行う。別所長治の三木城を囲む。
竹中半兵衛重治《たけなかはんべえしげはる》……秀吉の軍師。涼山を探す。
小寺官兵衛孝隆《こでらかんべえよしたか》……秀吉の軍師。播磨《はりま》出身。後の黒田孝高（如水《じょすい》）。
降魔丸《ごうままる》……元浅井長政の家臣。
楓《かえで》……降魔丸の手下。
狗阿弥《いぬあみ》……降魔丸の手下。

別所長治《べっしょながはる》……東播磨八郡を治める豪族。毛利方につき、織田方と敵対する。
別所山城守吉親《やましろのかみよしちか》……長治の叔父《おじ》。
別所孫右衛門棟宗《まごえもんしげむね》……吉親の弟。
三宅肥前守治忠《みやけひぜんのかみはるただ》……別所家重臣。
衣笠八郎《きぬがさはちろう》……別所家家臣。
淡河弾正忠定範《おうごだんじょうのちゅうさだのり》……別所氏に与《くみ》する土豪。
七郎丸《しちろうまる》……長治と側室の子。
儀助《ぎすけ》……三木城に籠城する百姓。
大運無蓋和尚《だいうんむがいおしょう》……涼山の師。

裏切り涼山

第一章　東播磨《はりま》の雄

一

薄汚れ、くたびれた襖《ふすま》の向こうから、男の叫び声が響いてくる。苦しみにじっと耐えているようにも、身に気合いを入れているようにも聞こえる。

竹中半兵衛重治《たけなかはんべえしげはる》は具足《ぐそく》姿でその襖の前に座し、ときどきおさえた咳《せき》をたてていた。昨年の暮れから風邪《かぜ》をこじらせている。

季節が狂ってしまったのか、その日の播磨《はりま》の太陽はまだ三月とは思えないほど眩《まばゆ》かった。窓の外には狭間《さま》を切った加古川の館の板塀があり、その向こうに上方《かみがた》から引き連れてきた兵らの旌旗《せいき》や指物《さしもの》が並んで見える。それもまた強い日差しを反射して、瞼《まぶた》の内側にざらつきを覚えるほどけばけばしかった。

襖越しに今度は、畳を踏みしめて歩きまわる音が聞こえてきた。音はせわしなく、あちらへこちらへと移動した。唸《うな》り声や、扇《おうぎ》を股や尻に叩《たた》きつける音も混じる。

ここのところの殿はいつもと違うと半兵衛は思い、危ぶんでいた。

平素は人の心の動きに敏で、言葉も巧みであり、また周囲を引き込む朗々たる性根の持ち主なのだが、風雪にさらされて摩耗《まもう》した道端の石仏のごとく、その人柄の陰影がぼやけてしまっている。

無理もないと言えば、無理もない。心身ともに疲れ切っているのだ。

「殿、そろそろ刻限にござるが」

半兵衛が声をかけると、襖の向こうの足音がやんだ。

咳《しわぶき》が一つ響いてから、襖がすべり開いた。ふんだんに金箔《きんぱく》を施した桶側胴《おけがわどう》の上から朱の羽織を着け、朱房《しゅぶさ》の垂れた軍扇《ぐんせん》を手にした姿は凜々《りり》しいが、主君から〈禿《は》げ鼠《ねずみ》〉とからかわれる尖《とが》った細い顔は上気し、肌はだぶついていた。それを隠すつもりか、頬には淡く紅を塗っていたので、主君がこの男につけたもう一つのあだ名、〈猿〉をも思わせる。

「ひどい顔をしておろう」

そう言いながら、男はおのれの頬を左手でひっぱたいてみせた。

「されど、この顔でゆくしかない。替えはないでな」

いつものような屈託のない笑顔になったので、半兵衛はいささか安堵《あんど》した。

半兵衛が「殿」と呼んでいるこの男は、中原《ちゅうげん》の覇者《はしゃ》である主君織田信長《おだのぶなが》から、西へ兵を進め、毛利《もうり》を退治せよ、と命じられた。「退治」と軽く言うが、相手は鼠や野盗などではない。中国十ヵ国の太守であり、当主輝元《てるもと》の叔父《おじ》吉川元春《きっかわもとはる》、小早川隆景《こばやかわたかかげ》は毛利《もうり》両川《りょうせん》と呼ばれて恐れられる古今の名将である。世間ではもっぱら「天下を手にするのは織田か毛利だろう」と言われ、とくに比叡《ひえい》山に火を放ち、室町将軍を京から追い出すなど、長年の権威の象徴に酷《むご》い仕打ちを加えてきた信長を嫌う向きからは、厚い期待を寄せられている。

主家の天下が成立するかどうかを左右する大役をまかされたのだから、その準備に追われるだけで骨が折れないわけはない。しかし、さらに殿を苦しめているのは、彼が譜代の家柄でも、高い門地の出身でもなく、草莽《そうもう》から抜擢《ばってき》されたということだった。そのような者が余人を差しおいて空前の大任にあたることを妬《ねた》み、足を引っ張ろうとする者が家中《かちゅう》には大勢いた。彼らは殿に芥子粒《けしつぶ》ほどのあらを見つけ出しては、それを大山のごとくに誇張して言いふらし、主君信長の耳にも入れようとやっきになっている。

しかもその信長自身が、癇癪持《かんしゃくも》ちのうえに猜疑心《さいぎしん》が強いときている。「こやつ使える」と思えば身分などにかかわりなく大役を与えるが、ひとたび気に入らなくなると、相手が誰であれ苛烈な誅伐《ちゅうばつ》を加えなければ気が済まないという男なのだ。そのため殿は戦いの最前線である播磨と主君の本拠である近江安土《おうみあづち》とを頻繁《ひんぱん》に往復しながら、現場の大将としても、また織田宮廷の遊泳者としても疎漏《そろう》なきよう慎重に仕事を進めなければならない。これで四十路《よそじ》の身に疲労が溜《た》まらないはずがない。

そのうえ、この播磨の者どもだ……。

半兵衛が大きな溜め息をつくのをこらえたとき、殿、すなわち羽柴筑前守秀吉《はしばちくぜんのかみひでよし》が、無理に力を込めたような甲高い声で言った。

「官兵衛《かんべえ》、みな揃うたか」

半兵衛の前に座る小寺《こでら》官兵衛孝隆《よしたか》（孝高）はよく日に焼けた顔をあげて、は、と応じた。その眼も、肉体の疲労を精神力で支えている者がもつ、抜き身の刀に似た輝きを放っていた。

半兵衛より二つ下の三十三歳になる官兵衛は、秀吉の帷幄《いあく》において唯一の播磨人だ。

これから、秀吉は織田の勢力圏と毛利の勢力圏とのあいだに挟まれた播磨の豪族たちと評定《ひょうじょう》をもつ。豪族とはいっても、東播磨八郡を治める別所長治《べっしょながはる》が二十数万石の身代であるほかは、小さな勢力が乱立している。

官兵衛は播磨の小領主、小寺政職《まさもと》の家老で、織田の中国進出にいち早く呼応して先導役を買って出た。毛利につくべきか織田につくべきか向背《こうはい》さだかでなかった諸勢を糾合《きゅうごう》し、織田方につけるために奔走した官兵衛の尽力によって、ようやくその日、秀吉と諸領主との顔合わせが実現されることになったのである。この加古川の館も、一帯を治める糟屋《かすや》忠《ただ》安《やす》の居館を使用させてもらっている。

しかし、半兵衛は官兵衛の手前、あからさまには言わなかったが、連中の心底《しんてい》のほどはまだまだわからないと思っていた。半兵衛に言わせれば、播磨人とはそれほどに〝喰《く》えない輩《やから》〟だった。

「一同、ご出座をお待ち申し上げております」

官兵衛の言葉に秀吉は頷《うなず》いたが、すぐに歩み出そうとはしない。

「最後に何か申しておきたいことはないか、官兵衛」

官兵衛は少し考えてから、みな田舎者《いなか》ぞろいにござる、と言った。

「はじめに気を呑《の》んでしまわれるのが肝要」

それは、秀吉自身も心得ているはずであった。自身の出立《いでた》ちや供奉《ぐぶ》の行列をいつも以上に華美に仕立てたのも、織田の力を見せつけるためだ。

「おのれどもと筑前守どのと、どちらが上かを初めからはっきりさせてやるのでござる。一つ、二つ、厳しく怒鳴りつけられ、震え上がらせてやればよろしいかと」

官兵衛の威勢のよい言葉に秀吉は満足げに頷いたが、半兵衛は危惧《きぐ》の悪寒《おかん》にとらわれて、はっと顔をあげた。秀吉もそれに気づいた。

「半兵衛はどうじゃ」

助言を求められて、どう返答するかためらった。

半兵衛は官兵衛という男の見識は買っていたし、いま彼が述べたことも間違いだとは思っていない。しかし、官兵衛の態度には、同郷人を悪く語ってみずから謙《へりくだ》ってみせたところがある。新規に帷幄に参じた者として、秀吉に取り入ろうという気持ちもあることだろう。万が一、秀吉が官兵衛の言葉を文字通りに受け取れば危ない、と恐れた。

日本各地で、戦国の風雲に乗じた英雄豪傑たちが周囲の小勢力を併呑《へいどん》して広い勢力圏を築き上げ、覇《は》を争っている。しかし播磨の地は、これまでたまたまそうした群雄の暴風域からはずれていたため、小ながら累代《るいだい》の名家を誇る者たちが温存され、ひしめいていた。彼らは内心、秀吉を成り上がりと馬鹿にしているのであって、その秀吉が初会見の席で権高《けんだか》と受け取られるような言動を不用意にすれば、いっせいに毛利に〝宗旨《しゅうし》がえ〟しかねない。綺羅《きら》をまとった七千五百の兵は、敵の海に囲まれた小舟になってしまう。

秀吉は額に横皺《よこじわ》を寄せて、穏やかな顔でこちらを見ている。

いつもなら、半兵衛はこの人誑《ひとたら》しの名人に「自重せよ」などとは言わないが、今は嫌な予感がした。咳がつづくようになってから、勘ばかりは冴《さ》えるのだ。

「さすがは、官兵衛どの」

半兵衛は秀吉にではなく、官兵衛に物を言った。

「今日はめでたき日よ。お手柄にござるな。播磨のことは播磨の仁にまかせるにかぎる」

「なんの、それがしなど……筑前守どのの御下知《ごげじ》あったればこそ」

困難な調略をひとまずは成功させた自分の功を称《たた》えられた、と素直に思ったらしい。官兵衛は身を縮め、水から上がった犬に似た仕草ですばやくかぶりを振った。

「なるほど半兵衛、ようわかった」

と言った秀吉は、体を反り返らせて大笑した。

「西国のことは西国の者がいちばんようわかっているのは道理じゃ。評定においては、いかにして毛利を討つべきか、中国衆の存念にもとくと耳を傾けねばならぬの」

半兵衛は恐れ入って低頭した。どうやら自分は杞憂《きゆう》を抱いていたらしく、言わなくてもよいことを言ったのかもしれないと思った。

顔を上げると、官兵衛が見張った目をこちらに向けていた。出しに使われたことに機嫌を損ねているふうではなく、秀吉とその軍師を十年ちかくつとめてきた半兵衛との言外のやりとりに驚き入っている様子だ。

「さて、参るとするか」

息をつくと、秀吉は面をつけ替えたように笑顔をおさめ、胸を張って歩き出した。半兵衛と官兵衛も立ち上がり、つき従う。

秀吉が入っていったさして広くない広間には、播磨の豪族やその家来が膝を接するようにして、ぎっしりと座していた。軍評定とはいいながら、軍装の者はまばらにしかいない。

秀吉は短い脚をめいっぱいに拡げて大股に歩き、上座にすえられた床几《しょうぎ》に腰を下ろした。半兵衛と官兵衛はその脇に侍座《じざ》した。

「筑前守である」

威厳を漂わせて言うと、板床の上の一同は平伏《へいふく》した。膝下《しっか》に屈している者どもを、秀吉はやや緊張した面持ちながら満足そうに見わたしている。

仕事は緒《ちょ》についたばかりとわかってはいるものの、半兵衛もこの瞬間、ようやく毛利退治をはじめられるという感慨をおぼえた。とくに、二匹の泥鰌《どじょう》が向き合っているような口髭《くちひげ》を生やした四十半ばの男が、素襖姿《すおうすがた》ながら、一同の先頭で身をかがめているのを目にし、これは夢ではあるまいなと、まだ疑っていた。

東播磨の雄と呼ばれる別所小三郎長治の叔父で、別所山城守吉親《やましろのかみよしちか》という男だった。弟の別所孫右衛門重棟《まごえもんしげむね》とともに二十一歳の甥《おい》長治を補佐しているが、孫右衛門が織田びいきなのに対して、山城守は織田を快く思っていないと半兵衛は聞いていた。つまり、山城守が織田方に協力してくれれば、播磨最大の勢力である別所の力をそっくり味方につけられるわけであり、この男が今日の評定、ひいては毛利攻略の成功の鍵を握っているのだった。

よう参られた、礼を申す、などと型通りの挨拶をしたあと、秀吉はすぐさま別所山城守に語りかけた。

「山城守どの、まずは貴殿のご存念をうかがわねばなりませぬの。別所どのが西国の案内をつとめてくださると宣《のたま》うゆえに、それがしは右府《うふ》(信長)さまの代官として参ったのでござる。不日《ふじつ》に輝元めを虜《とりこ》にする謀計《ぼうけい》でもござるまいか」

上座の床几から荒らかな声で語りかけているという点では、秀吉が上位に立っていることは誰の目にも明らかだった。しかしその言葉遣いは丁重であり、また顔にはやわらかな笑顔があって、同輩か、あるいはかえって目上の者に教えを請うているようでもある。硬軟両様の態度を微妙に混ぜ合わせて用いているあたり、殿はここまではいつもの誑しの名人ぶりを発揮し、まずまずうまくやっていると半兵衛は思った。

ところが、山城守は返答もせず、烏帽子《えぼし》をのせた頭をさげたまま木偶《でく》のごとく動かない。広間は、水を打ったように静まり返っている。返事を待ちつづける秀吉の笑顔がこわばってきたところで、山城守のやや後ろにいた老人が代わって口を開いた。

「別所長治が臣、三宅肥前守治忠《みやけひぜんのかみはるただ》、慎んで言上《ごんじょう》いたす」

「おお、おお、承《うけたまわ》らん」

気まずい空気から救われた秀吉は、何度も大袈裟《おおげさ》に頷いて歓迎の意をあらわした。

織田の良き代官を演じようと必死になっている秀吉を見ていて、半兵衛は悔《くや》しく思うとともに、別所の連中はこちらを侮《あなど》っており、二心を抱いているのではないかと怪しんだ。当主長治は顔を見せず、代理として叔父とはいえ家老の山城守が出席し、しかもその山城守に話しかけると、付き添いが代わって話すというのも礼を欠く話ではないか。

格式ばった耳障りな高声で、三宅は喋《しゃべ》った。

「西国発向の先手を別所家に仰せ付けらるるにあたり、我ら存ずる旨は、この度のご合戦《かっせん》は一国一城の小競《こぜ》り合《あ》いとは異なり、敵毛利輝元は途方もなき大身《たいしん》ということにござる。

よって、万死一生《ばんしいっしょう》の合戦を五度も十度もしなければならぬものかと存じ、それにつき、先手の陣の張りようを申せば……」

三宅は、別所家先祖伝来の軍略なるものを滔々《とうとう》と語った。いかにも小さな大名家の儀式典礼に習熟した男という雰囲気ではあるが、その話はまとまりを欠き、半兵衛に言わせれば実地の軍略としては何の役にも立たないものであった。要するに、相手は大敵だから気長に持久の戦いをすべきであると主張しているに過ぎない。

「いや、待たれよ」

相手の気分を害さないように、秀吉は恐る恐る演説をさえぎった。

「そのように回りくどいやり方は、敵味方が同じ人数ならば良いが、相手は大勢こちらは小勢《こぜい》という場合には不向きと心得る。やはり不意に攻めかかって激しく戦い、敵に臆病神をつけるようでなければ、勝利を得ることはかなわぬものと存ずる」

羽柴勢はもたもたできない。戦いが長引けば、もともと心底は帰服していない寄せ集めの播磨衆が麾下《きか》を離れ、軍勢が崩壊するか、信長の堪忍袋《かんにんぶくろ》の緒が切れるかのどちらかになる。そうなれば、秀吉やその与力たちを待っている結末は、死よりほかあるまい。

ところが、三宅は物知り顔の微笑をたたえて、かぶりを鷹揚《おうよう》に振った。

「強き働きばかりにてはつまるところ、勝利を得られぬものにござる。例えをもって申せば、歯は硬く剛《つよ》く、舌は柔らかにござる。しかし、剛き歯は欠け落ちれども、柔らかき舌は抜け落ち申さぬ。柔らかきものが剛きものを砕く理《ことわり》にござる。大敵にあいては柔剛強弱の四つをうまく使い分けて用いるを名将とは申すもの。されば……」

その後、三宅は訳のわからぬ理屈を、訳のわからぬ例を用いながら、市《いち》の物売りか、勧進僧の口上のようにまくしたてた。世の中にはいろいろな者がいるものだと、半兵衛は半ば感心さえした。その間、山城守は、相も変わらず口をつぐんでいる。

助けを求めるように、秀吉は何度も半兵衛を見た。もはやその顔には笑みなど微塵《みじん》もなく、あるのは困惑だけだった。申し訳なく感じたが、軍師たる半兵衛にも三宅のお題目を止める手だては思いつかなかった。官兵衛を見やると、同じ播磨人の愚かなふるまいにみずからの恥部がさらけ出されたとでも感じているのか、汗まみれで下を向いている。

こうして三宅の話が四半時《しはんとき》もつづいたころ、秀吉の顔からは困惑さえなくなった。表情というものがいっさい失われて、ただ疲労だけが赤らんだ顔をどろりとおおっている。半兵衛の全身の皮膚に、さざ波が走った。

「もう、よいぞ」

秀吉は言い放った。三宅は白みきって黙った。

「おのおのは先手役としてずいぶんと精を入れられよ。勝利を得るための指図は大将役であるそれがしがいたす」

面倒くさそうな物言いに、山城守はようやく顔をあげ、一瞬だけ、秀吉に射るような視線を向けた。怒りとも悲しみとも絶望ともつかない色を帯びたその眼は、慢性的な咳に冒された半兵衛の胸を、いっそう激しく痛めつけた。

広間は重く沈んでいる。まずい事態だ。いつもなら、秀吉の我慢はあるいはもう少しつづいたかもしれないと思ったが、すべては過ぎたことだ。黙ったままでいる別所山城守を見つめながら、竹中半兵衛の頭は、すでに最悪の事態を考えはじめていた。

脳裏に浮かんだのは、かつて戦場でまみえた、裏切り涼山《りょうざん》と呼ばれる男だった。

二

三木城《みきじょう》大手門の番士、矢野源太郎《やのげんたろう》は、空を見上げてひとりごちた。

「加古川での評定も、この空のごとくゆけばよいが」

別所氏の居城、三木城は美嚢川《みのうがわ》に張り出した丘の上に築かれた堅城である。大手門前の坂道の両側も丘の斜面になっていて、その上には曲輪《くるわ》がある。曲輪と曲輪に切り取られた午後の空が、群青《ぐんじょう》を塗りたくったような色をしていた。

源太郎が守っているこの大手門は高さ一丈二尺五寸（約四メートル）という、隣国にも評判が響きわたるほどの広壮な四脚門だった。扉は厚さ五寸（約十五センチ）の楠《くすのき》の一枚板をつかい、びっしりと鉄板と鉄鋲《てつびょう》が打ち付けてある。屋根には一面に銅瓦《どうがわら》が葺《ふ》かれ、この日のような晴天にはそれが眩《まぶ》しく輝いて、日輪が地上に落ちたかに見えた。この門こそ、村上源氏《むらかみげんじ》具平親王《ともひらしんのう》の流れを汲む守護家赤松氏の末葉《まつよう》、別所氏累代の繁栄の象徴と言えた。

その日の早朝、加古川の羽柴筑前守秀吉のもとへ向かうべく、別所山城守吉親と三宅肥前守治忠がこの門を出発していた。足軽の若造に過ぎない源太郎には詳しいことはわからないが、今後の別所家と播磨の運命を左右する重大な評定が行われると聞いている。

「うまくいってもらいたいものだ」

すると、同じく門番として脇に立っていた神取《かんどり》九郎兵衛《くろべえ》が口を開いた。

「うまくゆかぬなら、それでよいではないか」

源太郎は呆然《ぼうぜん》として、九郎兵衛に目をやった。

戦乱の世であるゆえに、二人とも具足を着して陣笠《じんがさ》をかぶり、一間半（約二・七メートル）ほどの槍《やり》を手にして門の両側に立っている。九郎兵衛は苛立《いらだ》たしげに槍の石突《いしづき》を地にぶつけた。源太郎には、その心胆《しんたん》が読めない。

「どういう意味だ」

「そういえば、源太郎は孫右衛門どののほうであったな」

九郎兵衛は鼻で笑った。

「あの御仁《ごじん》の織田かぶれにも困ったものよ」

老職をつとめている別所山城守吉親と別所孫右衛門重棟の兄弟は、毛利につくか織田につくかという方針の違いで長らく対立してきた。

別所家と織田家とのつながりは、永禄年中に信長が室町将軍足利義昭《あしかがよしあき》を奉じて入京したころからであるから、十年ほどになる。それまで京を支配していたいわゆる三好《みよし》三人衆と信長との戦いに、別所家は将軍家に合力《ごうりき》するという名目で、孫右衛門ひきいる三百人の兵を織田陣中に派遣した。以来、孫右衛門は無二の織田びいきとなった。

しかしその後、信長は足利義昭を京より追い出してしまい、室町幕府は滅亡した。もはや信長の号令に従う名分はなく、かえって義昭がいま身を寄せている毛利につくべきだと考えているのが山城守である。

二人の権力者の争いは、門番をつとめる源太郎や九郎兵衛のような下層の若者にまでおよぶ党派を家中に形成するにいたっていた。九郎兵衛が「孫右衛門どののほう」と嫌みらしく言ったのも、そのことを意味している。

源太郎も、たまりかねて罵《のの》り返した。

「いまさらそのような話をするか。おまえが頼む山城守どのも、加古川の評定へ出向いておられるのだぞ」

「山城守どのまで毒されるとは、情けない」

二人は番士としての勤めを忘れて、口論をはじめた。

「織田のごとき神仏を恐れざる者を頼もうなどという奴《やつ》は、途方もないうつけだ。このままでは、別所は滅ぶわ」

源太郎が九郎兵衛につかみ掛かる。九郎兵衛も負けじと源太郎の胴の高紐《たかひも》をつかんだ。陣笠や胴をぶつけあい、やかましく音を立てながら、二人はもみ合った。

だがすぐに、九郎兵衛の腕から力が抜けた。源太郎が揺すぶっても、九郎兵衛の体は反応しない。にわかに腑《ふ》抜《ぬ》けにでもなったかと顔を見ると、坂道の下に目を奪われていた。そのとき、源太郎は背に轟音《ごうおん》が迫るのに気づいた。大地に鉋《かんな》をかけているような響きだった。

九郎兵衛は源太郎から離れた。源太郎も振り返った。九郎兵衛は陣笠の庇《ひさし》をつまみ上げ、眩しげな目で問うた。

「今日は、普請《ふしん》でもあるのか」

轟音の正体は、土車《つちぐるま》だった。帯刀した二人が縄を体にかけ、土車を引きながら坂道を登ってくる。異形《いぎょう》の者どもだった。

一人は巌《いわお》に似た偉丈夫《いじょうふ》で、少壮と言われる年になっていると思われるのに髪を結い上げることなく童頭《わらわあたま》にしている。跳《は》ね上がった髪は伸び放題に伸びていて、表情さえわからなかった。

もう一人は総髪《そうはつ》を無造作《むぞうさ》に束ねていて、小柄な体ながら、よく鍛え上げられた腿《もも》や脹《ふくら》脛《はぎ》の筋肉を動かしてのしのしと登っている。それだけならば何ということもないのだが、肩から腹にかけて体に食い込んだ縄の両側からは、柔らかそうな肉が突き出ていた。

「女だ……」

源太郎は思わず言っていた。

大人の男であるのに童子の髪形をしていたり、女であるのに男装をしているだけで異様なのだが、連中をさらに異様にしていたのは土車に載せているものだった。二人が引いてきているのは、普請のための材料などではなく、赤い人間であった。

赤糸縅《あかいとおどし》の鎧《よろい》に赤い面頬《めんぼお》をつけている。頭部は柿色の布で覆い、朱鞘《しゅざや》の太刀《たち》を佩《は》いて、車の上に胡座《あぐら》をかいていた。強い日光に照らし出されているため、まるで夕日が地を滑っているようにも見える。首からは、何やら書かれた木札を紐で下げていた。

源太郎と九郎兵衛が呆気《あっけ》にとられているうちに、異形の者どもはどんどん近づき、とうとう門前までやってきた。

「な、何用だ」

九郎兵衛が問いかけると、童頭と男女《おとこおんな》は土車のわきに膝を折った。赤鎧の男は悠然と座したまま、かぶり物の奥のぎらついた眼を九郎兵衛に向けている。その面頬は、鼻の部分が丸く、大きく膨《ふく》れているほかはつるりとして、口の部分は口角を引き上げた弓形に、ごく細く切ってある。

どうやら、男は足が立たないらしい。背筋を伸ばして座っていられるから股には力が入るのだろうが、合戦の傷がもとで膝から下が動かなくなってしまったのではないだろうか、と源太郎は思った。

男が下げている木札には、こう墨書されていた。

〈ひと引き引けば千仏供養　ふた引き引けば万仏供養〉

この男が乗る土車を引いてやれば、仏に対する大きな供養になるという意味であろう。見ず知らずの信心深い者に車を引いてもらいながら、長い旅をしてきたのかもしれない。この童頭と男女も、あるいは道中にてたまたま出会った者たちか。

「聞こえぬか、何用だと問うておる」

平素から短気な九郎兵衛が、かっと怒鳴った。しかし、赤鎧の男は置物のごとく微動だにしなかった。かわりに、開放部の少ない、微笑しているかに見える面頰の奥から、くぐもった声を出した。

「殿にお会いしたい」

「殿……どこの殿だ」

かぶりものの隙間からのぞく目だけを動かして、宏大な四脚門を眺めまわしている。

「ここは、別所の殿の城と聞いたが……」

源太郎と九郎兵衛は啞然《あぜん》となった。どうやら、別所長治その人に直々《じきじき》に会いたがっている。

「ふざけるな」

九郎兵衛がまた怒鳴ったが、異形の者どもは動こうとはしない。九郎兵衛は槍の石突を地に叩きつけた。まあ、待て、と源太郎が九郎兵衛をおさえ、代わりに言う。

「名乗られよ」

「降魔丸《ごうまる》」

「ゴウマ……」

奇妙な名だった。〈丸〉をつけるのは幼名に多い。子どもはこの世に十分には馴染《なじ》んでいない半神の存在と考えられており、大人になっても〈……丸〉と名乗るのは、世俗の諸縁を絶って生きていると自負する者が多い。

「殿とはいかなる縁か。本日、殿に客があるとは承っておらぬが」

「一左右《いっそう》もなく、にわかに参りたる無礼の段は、ひらにご容赦を」

赤い男は慇懃《いんぎん》に頭を下げた。また背筋を伸ばすと、不思議な自信を滲《にじ》ませて言った。

「殿にはいまだお目にかかったことはござらぬものの、我らとは怨念《おんねん》の同胞。ねもごろに語り合わねばならぬは天の定め」

源太郎は慄然《りつぜん》となった。この降魔丸と名乗る男は、一面識もなく、面会の約束や余人の紹介もなく、東播磨八郡の主に会わせろと主張しているようだ。とても、正気ではない。

愚か者、と九郎兵衛が重ねて息巻く。

「堂々とお城の大手前に物乞いに来る馬鹿があるか。とっとと帰らなければ容赦はせぬぞ」

「物乞いではない。我らは、ただ殿に謁《えっ》し——」

九郎兵衛は槍先を降魔丸に向けた。降魔丸は体を揺らし、面頬のうちから、豚の鳴き声を思わせる音を響かせて笑った。

次の瞬間、赤い手甲《てっこう》に包まれた腕が動いた。槍の穂首《ほくび》をつかむ。

九郎兵衛は凍りついたように動かなくなった。いな、動けなくなったのだろう。槍の柄《え》を持った九郎兵衛の両腕は小刻みに震えている。槍を突き出して降魔丸を仕留めることも、引いて自分のものにすることもできない。脂汗《あぶらあせ》を流しているばかりだ。

降魔丸の体のどこからこのような力が出るのか、源太郎にはさっぱりわからなかった。座したままなのだが、体の中軸は鉄棒が貫いているようにしっかりとしている。

降魔丸はもう一方の手も柄に添え、伸ばしていた腕をねじりながら引き寄せた。すると、まるで虚空《こくう》に掛けてあったものをふっと取り上げたごとく、槍は難なく九郎兵衛の腕を離れた。曲芸をしてみせるように槍をくるりと回すと、穂先を九郎兵衛の胸に突きつける。

そうして、からかう口調で言った。

「別所の殿をいささか買いかぶりすぎたかの。槍の使い方を知らずとも、この城の門番はつとまるらしい」

「おのれっ」

九郎兵衛は腰の刀を抜いた。

「待て、九郎兵衛」

源太郎は、止めなければならないと思った。こんな狂人を斬って門前を血で汚してみたところで、名誉の手柄となるわけでもない。それに、嫌な予感もあった。降魔丸という男は、邪《よこしま》な謀《はかりごと》を腹に抱いているように思え、組頭の差配《さはい》を仰ぎもせずにまともに関わり合ってはいけない気がした。

そこへ、奥の番小屋から、門前での騒ぎを聞きつけた者どもが六、七名、駆けつけてきた。何ごとぞ、狼藉《ろうぜき》か、と喚《わめ》きながらやって来たが、抜刀《ばっとう》して立つ九郎兵衛と槍を構えて座す男が睨《にら》み合っているのを見て、絶句した。

「手出し無用」

九郎兵衛は降魔丸を見すえたまま言った。

「これなるは、殿と別所家を愚弄《ぐろう》する者。いま、成敗《せいばい》してくれる」

そのあいだにも、番士があとからあとからやって来る。総勢十四、五人になったが、降魔丸はうろたえずに槍をかまえながら、面頬の奥でぼそぼそと述べた。

「斬ると申されるか。そは、欣快《きんかい》の至りなり」

頭巾と面頬のあいだから光る目が、冷たく笑っている。

「今日もまた、血を浴びられる」

源太郎の背筋を、強い震えがふたたび襲った。

「乱心者め」

九郎兵衛は上段から刀を振りおろした。その鎬《しのぎ》を、降魔丸は槍の太刀打《たちう》ちではたく。九郎兵衛が、ふらりと前にのめる。その喉元に、降魔丸は槍先を埋めた。柿色の頭巾に、鮮血がはじけ飛ぶ。まるで、九郎兵衛がみずから穂先に体当たりしたようだった。

降魔丸は素早く槍を引き抜いた。九郎兵衛が棒切れのように地に倒れるとき、血飛沫《ちしぶき》が赤鎧をさらに激しく叩いた。

頭巾や鎧ばかりでなく、わずかに覗《のぞ》いた目のまわりの皮膚や眼球さえも血滴《ちしずく》で汚れている。その目が、野に咲く花を見つめる少女のもののごとく恍惚《こうこつ》としていた。

参集していた番士たちが絶叫し、いっせいに抜刀した。土車のそばに膝を折っていた童頭と男女も、抜刀して立ち上がる。

「待たぬか」

源太郎は叫んだが、その声はあたりに満ちる怒号にかき消された。

斬り合いがはじまってみると、童頭と男女も降魔丸と同様に相当の使い手だった。

童頭は狂犬を思わせる唸り声をあげて走り、地を転げまわり、跳ね上がって、旗竿《はたざお》のように長い太刀を横殴りに振りまわす。頭部全体を覆っているざんばら髪を振り乱しつつ、太刀を右へ左へと動かすたびに、番士の首が飛び、腕が落ち、脚が断たれた。

男女のほうは、もっと洗練された体《たい》さばきを見せた。刃《やいば》を構えて睨み合っているうちに、取り巻く番士が意を決し、群がり討ちかかってくる。それを地を蹴ってすり抜ける瞬間、刃の向きを素早く変えながら、二、三人の首の急所に、うっすらと傷をつけるのだ。斬られたほうはいつの間にやられたのかわからず、吹き出したおのが血潮に驚きながら冥土《めいど》へ旅立っていった。これは刃こぼれを避け、一本の刀で多数の相手を屠《ほふ》る高度な技と見えた。この動作を繰り返しながら、死体の山を築いていくのだ。

いっぽうの降魔丸は奪い取った槍で相手を突き伏せつつも、石突きで地をうち、車をうまく移動させて門脇の土塀を背にした。男女と童頭も、降魔丸の動きにあわせて塀の前に並ぶ。その後は、降魔丸はほとんど動かず、二人の防御を突破して近づいてきた者を直槍《すぐやり》の餌食《えじき》にしていった。

目の前で討たれた者たちの骸《むくろ》が、土嚢《どのう》のように折り重なっていく。三人の暴れようのあまりのすさまじさに、源太郎は槍をかまえたまま動けなくなった。膝がわらっている。

そのとき、降魔丸と目が合った、と思った。かぶり物のうちに奥まった目が、うっとりとした笑みをたたえている。それが許せなかった。九郎兵衛とは幼なじみだ。骸となって倒れている人々もみな、同じ播磨人である。

「死ね、地獄の鬼め」

源太郎は槍先を低くして、破れかぶれに飛び出した。降魔丸の胴と袖の間に穂先を突き入れることだけを考え、走る。右から、童頭の太刀が来た。鎖骨《さこつ》と肩甲骨《けんこうこつ》が断ち切られる衝撃が走る。と思った途端、左から首の皮を切られた。男女の剣だ。

血煙《ちけむり》の中、かすみゆく目をかっと開いて、おのが槍を見る。だが、穂先は降魔丸に届いていなかった。無念という言葉を噛《か》みしめた刹那《せつな》、降魔丸に喉を突かれた。源太郎はもう一つの骸になった。

三

加古川沿いの街道を川をさかのぼるようにして二里半もゆくと、美嚢川との合流点に出た。そこから美嚢川に沿って東へ行けば、三木の城にいたる。その道を、別所山城守吉親と三宅肥前守治忠は馬を並べて進んでいた。道の周囲の平地には田畑がひろがり、低い山並みがそれを取り囲んでいる。

とくに急ぐ必要があるわけではないのだが、山城守が苛立ちまじりに鐙《あぶみ》を馬の腹に強く当てるものだから、馬脚はつい速くなる。そのため、三宅もあわせて馬を急がせなければならず、徒《かち》でしたがう者どもも息を切らせて追いかけた。

その日の朝、初めて目にした羽柴筑前守秀吉という男を、山城守は苦々しく思い出していた。会いたくもなかったのだが、弟の別所孫右衛門が「筑前どのに一度会《お》うてごろうぜよ」としきりに勧めるものだから、わざわざ加古川の軍評定に出向いたのだ。

孫右衛門は、織田信長はそのうち天下人となると信じている。信長の強さは人でも事物でも役立つものは旧慣にこだわらずに即刻利用するところにあるといい、氏《うじ》もなき身ながら大きく取り立てられた秀吉こそ織田家の鑑《かがみ》のような男だと語った。織田家の美質を、秀吉がもっともよく映し出しているというのだ。

孫右衛門が家中の主立った者どものまえで秀吉について語り出すと、懸想《けそう》をしているのではないかとからかいたくなるほどの饒舌《じょうぜつ》になる。

あの信長がとくに目をかけるほどの英才ながら、たたき上げの苦労人ゆえに人の気持ちをよく察し、偉ぶるところがない。広々とした心の持ち主で誰にも気さくであり、雲ひとつない青空に似た明るい人物である、とまで弟めは褒《ほ》めちぎった。

ところが、である——。

「馬鹿にした話だ」

山城守は笠の庇に切り取られた、目が痛くなるほどに輝きわたる天を見て呟《つぶや》いた。

「秀吉のやつ、我らを下人《げにん》あつかいしおった」

山城守には、秀吉など度し難い阿呆《あほう》にしか思えない。三宅が「剛き歯は抜けるが、柔らかい舌は抜けない」などと子どもにもわかる例をあげ、言葉を尽くして剛に過ぎる策が実はもろいことを説いても、秀吉は理解できず、短期決戦に固執するばかりだった。

「あれが鑑であれば、織田など底が知れている」

あんな男に惚《ほ》れ込んでいる孫右衛門も阿呆にほかならないだろう。そう嘆かわしく思いながら、川辺に咲き乱れる菜の花に目をやる。

播磨の地は、米の取れ高だけで他と比べれば、それほど豊かとは言えないと山城守は思っていた。しかし、各地と通ずる多くの街道が縦横に走り、人や物が頻繁に行き来するため、うまく治めれば、ゆくゆくはどれほど豊かになるかわからぬ国だとも確信している。我が先祖はよくぞこのような良き地を守り、自分たちに授けわたしてくれたものだという感慨にひたっているとき、隣で馬を走らせている三宅がやけに明るい口調で言った。

「氏もなき者に向きになり理を説いたのは、それがしの不覚にござった」

秀吉など怒る価値もない相手だと言いたいのだろう。

三宅は身分のうえでは別所一門である山城守の下に立つが、年齢は長じているため、なだめてくれようとしたものと思われた。しかし、山城守が反応しなかったためか、それ以上は何も言わなかった。二人はそれから口を引き結んだまま、ただただ馬を走らせた。

三宅がふたたび物を言ったのは、三木城大手前の坂道へと入っていったときだった。

「何の騒ぎでござろう……」

気の抜けた言い方に似合わず、目の前で起きているのは惨憺《さんたん》たる果たし合いだった。

輝く銅瓦屋根が見下ろす広場には、ばらばらになった人間の体がいたるところに散らばっている。まるで大勢の地中の住人が這《は》い出ようとして、土の上に頭や四肢を突き出しているかに見えた。血に染まった大地に転がる骸は、ざっと数えてみても十や二十ではすまない。そうしていまこの瞬間にも、異形の三人との斬り合いはつづいていた。

「左の……あれは、女か」

三宅がまた、夢でも見ているように言った。

山城守が三図《さんず》を叩くと、馬は体をしびれさせ、坂道を勢いよく駆け登りはじめた。

「八郎を呼べ」

あわてて追いかけてきた徒士《かち》にわき目も振らず下知すると、さらに馬に鞭《むち》を入れる。

たかだか三人を相手にこれほど大勢が討たれたとは恥辱《ちじょく》の限りだが、犠牲が増えるほどいっそうの別所の名折れとなる。そう思った山城守は、引け、引け、と番士らに呼ばわりながら、門前で手綱を力いっぱいに引いた。馬が火を吹くように嘶《いなな》き、前脚を高々とあげているのに目をうばわれながら、番士たちは刀をおろし、異形の者たちとの間合いを広げた。三宅の馬の足音もついてきている。

地位ある者が来たと思ったのか、童頭と男女は血刀《ちがたな》を背にまわして膝をつき、赤鎧の男も土車に座ったまま礼をした。

「何ゆえの狼藉だ」

いまだに右へ左へとせわしなく動きつづけている馬を手綱さばきでおとなしくさせながらおめくと、赤い面頬のうちから、くぐもった返答があった。

「降りかかる火の粉を払うたまで。狼藉の意など毛頭ござらぬ」

何を、と番士の一人が怒りの声をあげたが、馬上の山城守は手を上げて制した。

「何用だ」

「殿に天下の情勢を説きまいらせんと思い、参上つかまつった次第」

無礼な、とまた番士から声があがった。しかし、赤鎧の者はうろたえず、血まみれの頭巾の下の目をじっと山城守に向けている。

「別所山城守だ。殿にかわって、まずはこのわしが話を聞くのではどうだ」

「ありがたき幸せ」

男は深く低頭した。

「では、得物《えもの》を捨てよ」

命じても、異形の三人は動こうとはしない。

「八郎はまだか」

山城守は門内に呼ばわった。

「これにご座《ざ》候《そうろう》」

一人の若い侍が、十人の鉄炮足軽《てっぽう》を引き連れて門から出てきた。山城守の馬前に並び、火縄から煙のたちのぼる鉄炮の筒先をいっせいに異形の者たちに向ける。

「話を聞いてもらいたいのか、それともこの場で蜂の巣になるか」

山城守が迫ると、童頭と男女は土車の男をうかがった。男が頷いて槍を地に捨てるや、童頭と男女も刀を投げた。

波が寄せ返すように、番士らがどっと群がり、異形の三人を荒縄で縛り上げた。


別所山城守は城中の館に詰めていることが多かったが、城外にも家中でいちばん大きな屋敷を持つ。

山城守がその屋敷の広間に出座したとき、すでに庭先には降魔丸と名乗ったという赤鎧の男が一人で据《す》えられていた。その後ろには、さきほど鉄炮足軽を率いてきた衣笠《きぬがさ》八郎が床几に腰をかけ、控えている。

周囲の壁に沿って松が植えられているほかは白砂が敷きつめてあるだけの広い庭は、神域のような厳《いか》めしい雰囲気を醸《かも》し出しており、そこに縛られてぽつりと座る降魔丸には、最前のおどろおどろしさは見られなかった。かえって、神妙にさえ見える。

「かぶり物を取れ」

山城守が命じると、衣笠が降魔丸の頭巾をはがし、面頰をむしりとった。あらわになった顔に、山城守は目を見張った。

「降魔丸とやら、なるほどいくさ慣れした者と見える」

頭全体から右頬にかけてひどい火傷《やけど》の痕があり、伸び放題の髪はまばらに禿げていた。左眉から頬骨のあたりにかけては、深い刀傷も宿している。

年のほどはよくわからない。なかなかの面魂《つらだましい》であり、肌には年齢相応の窶《やつ》れがあるかに見えたが、それは尋常ではない修羅場《しゅらば》をくぐってきたためであって、真《まこと》のところは意外に若いのかもしれないとも思った。

「狼藉の意なしと申したのは、偽りであろう。おびただしき殺生をしたのは、おのれの力量を売り込むため。何を企《たくら》んでおる」

降魔丸は黙っていた。

「そちの罪、万死にあたる。この屋敷から生きて帰すわけにはゆかぬな」

山城守は腕組みをし、瞑目《めいもく》した。ややあって、また口を開く。

「聞こう」

降魔丸は戸惑《とまど》っているのか、反応しない。

「天下の情勢とやらを説きに参ったのであろう」

言いながら、山城守は自分はどうかしていると思っていた。直ちに斬らなければならない許しがたい男であるのはわかっていながら、降魔丸に強い興味を禁じることができないのだ。秀吉にその下劣な品性をうつされたのではないかとさえ疑った。

だが、たったの三人で、しかも降魔丸自身は脚の自由が利《き》かない身でありながら、大勢の番士と互角以上の戦いをしたのだ。武芸者として非凡であるばかりでなく知略の面でも抜群の者であるのは間違いなく、賊とはいえ天晴《あっぱ》れと言ってやりたい気分にもなる。

「どうした、話をするまえに斬られるか」

さらば、と降魔丸は静かに話しはじめた。

「聞き及ぶところにては、ご当家は織田信長に馳走《ちそう》し、毛利右馬頭《うまのかみ》（輝元）どのに弓引くことに決せられたよし。いかなるご了見にござろうや」

平曲《へいきょく》に聞き入るように、山城守は瞑目しながら降魔丸の言葉に耳を傾けている。

「長らく弓矢取る身の名誉をきわめさせたまいし別所どのとも思われず」

「これも時流というものだ」

と、山城守は苦笑いした。

「毛利どのと織田どのとの両方にいい顔をしておくわけにもゆかなくなったのだ。織田どのは日の出の勢いと聞くしの」

「毛利どのが織田勢にやすやすと敗れるとも思われませぬが、かりに信長が勝ったにしても、御当家は滅びることにあいなりましょう。信長めは比叡山延暦《えんりゃくじ》寺に火をかけ、将軍家を追放し、妹の婿を殺し、播州石山の本願寺に鉄炮を撃ちかける極悪人。御当家を利用するだけ利用したうえで、播磨を召し上げ、羽柴筑前あたりの成り上がり者に与えるは必《ひっ》定《じょう》」

天下の情勢を説きにきたなどと大仰なことを言ったものだと、山城守は呆《あき》れた。それくらいのことは、足軽の小倅《こせがれ》でもしたり顔に語るだろう。しかし、降魔丸はおのれの言葉に酔っているのか、熱弁をふるいつづけている。

「播磨の雄、別所どのの向背によりて、後の世は決まり申す。織田が天下の主になったとあれば、御当家が滅ぶばかりか、この世から人倫など失せ果てましょう。当今の乱世を地獄になぞらえる者おおしといえども、人々が今日を極楽のごとく懐かしむ日が参るやもしれませぬ。今からでも遅うはござらぬ。毛利どのに馳走なさるべし」

山城守は目を開けると、からりと笑った。

「織田家には、羽柴筑前守どののごとき優れた大将が大勢おる。どう見ても、この乱世をおさめられるのは織田どのの他あるまい……と、我が弟孫右衛門をはじめ、家中の多くの者が思うておる。殿もまた、ご同心じゃ」

「おそれながら、山城守どののご存念はいかに」

降魔丸は山城守の心中を覗き込むような、炯々《けいけい》とした目つきになった。

「山城守どのこそは、我らの朋輩《ほうばい》ではござらぬか」

「何の話だ」

「怨念の朋、天魔信長に対する義の憤怒を抱かれし者とお見受けいたす」

こちらの考えをすべて見透かし得たというように、降魔丸は口を引き裂いた。山城守は声を上げて短く笑った。

「買いかぶるな。殿をはじめ家中の者が織田びいきなら、このわしも一味同心よ」

「御家が滅び、領民が塗炭《とたん》の苦しみを味わわんとしているときに、何を甘いことを申される。それでももののふでござるか。家中の織田びいきのうつけ者どもなど、兄弟であれ、同族であれ、誅《ちゅう》せられたらよろしかろう」

降魔丸の背後にすわっていた衣笠八郎が、無礼なり、と叫び、刀の柄《つか》に手をかけて立ち上がった。降魔丸は意に介さない。

「別所家の禍根は、人心が毛利びいきと織田びいきとの二途に別れていること。禍根はいまのうちに断っておかなければ、のちのち目も当てられぬ事態になりましょうぞ」

「黙れ」

衣笠は刀を抜き、振りかざした。この男は、家中でも武芸達者で知られ、山城守に深く心服している。山城守が辱《はずかし》められれば、迷うことなく降魔丸の首を落とすだろう。

降魔丸は、斬るならば斬れと言わんばかりの鋭い目を衣笠に向けてからつづけた。

「苦しくなると、人は浅ましいもの。友と思い、親戚と思うておった者が主家を裏切り、同胞を裏切る。ぬくぬくと過ごして来られた方々にはおわかりにならぬかもしれぬが、それがしは、その醜さを嫌というほど見せつけられ申した……小谷《おだに》の城にて」

山城守は息を呑み、それから身を乗り出した。

北近江《おうみ》の小谷城は、信長の妹、市《いち》が嫁いだ浅井備前守長政《あざいびぜんのかみながまさ》の居城であったが、織田勢に包囲されて五年前の天正元年（一五七三）に落城した。

降魔丸はおそらく元は浅井家の被官であり、顔の傷も小谷落城に際して受けたものかもしれない。そう思った山城守は、扇を振って衣笠に刀をおさめさせた。降魔丸は見下げ果てた男だが、織田信長と直接に戦った経験があるとすれば、その言葉には別所の家政をまかされた者として耳を傾けるべきものがないとも言えない。

「織田家とは手切れになされませ。毛利どののあいだは、よしなにお取り計らい申し上げる」

「伝手《つて》でもあると申すか」

降魔丸はしっかと首を縦に振った。

「さらに、いずれ織田勢と合戦あるときには、それがし、武辺《ぶへん》にてもお役に立てるかと。御番衆《ごばんしゅう》の働きぶりを拝見いたしたが、まるで体をなしておりませなんだゆえ」

一命あらばただちに降魔丸を斬り捨てるという気迫のこもった目を、衣笠がこちらに向けた。それをわかっていながら、山城守は無視していた。太い口髭をいじりながら、忸怩《じくじ》たる思いにひたる。確かに、別所の者たちは勇においてはいざしらず、大敵に存亡を脅かされる経験をしてこなかったために、武略の面では世に遅れているのかもしれない。

「そちに、足軽の手足を斬る以外の使い道などあるのか」

山城守は心中のうろたえを隠すべく、わざと冷たく言った。

「それがしは浅井備前守が臣であったころ、赤尾左馬介《あかおさまのすけ》と申し、一手の将をつとめる身にござった。織田勢のやり口も、よう見知ってござる」

「要するに、敗軍の将だな」

山城守はすげなく応じて立ち上がった。陽はやわらぎ、日中の暖さが嘘《うそ》のように急に冷たくなった風に吹かれながら、山城守と降魔丸は対峙《たいじ》した。降魔丸は唇を嚙んでいる。

「八郎、この者をその従者どもとともに獄につなぎ、存分に痛めつけてやれ。罪の深さを身をもって知らしめてやらねばならぬ」

「承知つかまつり申した」

衣笠八郎は力強く返答すると、目にもの見せてくれるとばかりに降魔丸を睨《ね》めつけた。

「だが、殺してはならぬぞ。沙汰《さた》は追っていたすゆえ」

言い残して、山城守は奥へさがった。

第二章　羅刹《らせつ》坊主

一

そろそろ二月なのだが、近江長浜には、まばらな細かい雪が踊るように落ちていた。厚い雲に覆われて黒く沈んだ琵琶湖《びわこ》のほとりには、五年前の天正二年（一五七四）に着工され、いまでは完成を見ている真新しい長浜城が建つ。浅井氏が滅んだあと、その旧領の大部分を治めることになった羽柴筑前守秀吉の城である。曇り空を背にしながら、三層の天守の白壁もきらめいて見えた。

浅井氏は小谷山中を本拠としていたが、秀吉はそれより三里ほど南方に位置する湖畔の今浜に統治の中心地を移し、名を長浜に改めた。城下の町はいたるところでまだ普請がつづけられており、完成している建物からさえ白木の匂いがただよってくる。そのただなかを、寺本生死之介《てらもとしょうじのすけ》は城のほうから、湖東にそびえる伊吹山《いぶきやま》を目指すように歩いていた。

左手で、顎の無精鬚《ぶしょうひげ》をさかんに撫《な》でている。

「裏切り涼山とは、さほど僻者《ひがもの》にござるか」

右手は懐《ふところ》のうちで三日月形の寸鉄を弄《もてあそ》びながら、尋ねた。それは生死之介の命を何度も救ってくれたもので、先は鋭く尖り、敵を刺殺できるようになっている。これをいじっていると、何とはなしに落ち着くのだ。

「御城の者、特に竹中家の者が近寄ると逃げまする」

脇を歩いていた畠山治三郎《はたけやまじさぶろう》は垂れた眼を余計に垂らし、握り拳《こぶし》を口にもっていった。

ひきつった笑い声を立てた。

「その足のはやきことといえば、山で出会うた猿《ましら》のようじゃ」

この小柄な猫背の男は、生死之介よりおそらく十余は上で、四十歳にはなっているだろう。竹中半兵衛重治の家人《けにん》である。

いま、半兵衛は播磨の三木に出陣していた。昨年三月、別所長治が突如、織田家に反旗を翻したため、羽柴秀吉はすぐさま攻囲を開始した。しかし、城はなかなか落ちず、一年近くがたとうとしている。半兵衛は労咳《ろうがい》を発病し、一時、陣を離れて療養していたが、秀吉が苦戦しているのを見かねて播磨に戻っていた。

主が病をおし、死を覚悟して出陣しているときに、長浜で留守をつとめている家人は戦場ではあまり役に立たない者ではないかと生死之介は思ったが、確かに貧弱な体に柔和な顔をのせている畠山が槍をふるう姿は想像できない。

「殿は、涼山をずいぶんと追い回しましたからな。何度も使いをやって、羽柴どのに仕えよ、仕えよと……しつこくいたせば、女子《おなご》にも嫌われましょう」

畠山は顔を皺だらけにした。

「半兵衛どのは、なぜそのような男にご執心《しゅうしん》なのでござろう」

生死之介は正式な家来ではないのだが、いま、三木陣中の竹中半兵衛のもとに身を寄せていた。半兵衛直々に涼山という男に会いに行けと言われ、昨夜、長浜についた。

涼山は伊吹山中の麓《ふもと》に近い小さな禅寺で修行をする雲水《うんすい》で、今日あたりは、この先の八幡宮の門前にあらわれるという話だ。

かつては忍壁彦七郎《おさかべひこしちろう》と称する浅井の臣であり、戦場では敵の屍《しかばね》を山と築いたところから〈北枕〉の異称をとったという。しかし、半兵衛は元来、多くを語る人ではないうえに、ここのところ特に咳がひどく、あまり詳しくは聞き出せなかった。いずれにしても、その坊主が播磨での苦しい戦いの鍵を握っているとでも言わんばかりの様子だった。

「たかが、裏切り者の成れの果てでござろう」

病のために半兵衛の知略も曇りはじめているのではあるまいかと、生死之介は困惑しないでいられない。

「殿は哀れに思うておられるのだ。負い目すら感じておられよう」

畠山は歩きながら、下を向いて言った。

「滅びようとする浅井家を裏切った者など他にも大勢ござった。世の非難が涼山に集まってしもうたのは、主に尽くすときも主を裏切るときも、あの男の働きが見事にすぎたまで。なにせ、大嶽《おおづく》の砦《とりで》が落ちたのは、涼山の手柄と申してもよい」

小谷山には南北に切れ込みを入れたような清水谷《きよみず》があり、そこに町が形成されていた。小谷城の曲輪は、その谷間の町を見下ろす尾根に点々と築かれていたが、中でも最高地にあったのが大嶽砦である。

天正元年、信長がいよいよ城を落としにかかったときには、三代にわたる同盟者である朝倉《あさくら》の兵五百余が守っていた。城の北西、木之本《きのもと》地蔵山には朝倉義景《よしかげ》みずからも二万の兵を率いて布陣し、両者は山の中腹の焼尾《やけお》砦を介して連携しつつ、浅井勢を支援した。

ところが、肝心の焼尾を守っていた浅井家の臣、浅見対馬守《あさみつしまのかみ》が、織田方に内通して敵兵を入れてしまった。主力との連絡を絶たれた大嶽の諸将がただちに降伏したため、戦局に大転換が訪れることになった。翌日の八月十三日、浅井救援の望みはなくなったと判断した朝倉義景が退却を開始したのだ。

機を見るに敏な信長は浅井を屠るのをあとにし、朝倉追撃を先とした。逃げる敵を追って若狭《わかさ》から木ノ芽《きのめ》峠を越えて越前に侵入し、八月十八日には朝倉の本拠一乗谷《いちじょうだに》に火を放った。同二十日には、大野郡山田荘に逃亡していた義景を自刃に追いやっている。その後、すぐさま近江に引き返して小谷城の総攻撃にあたり、同二十八日には浅井長政も自害した。長らく越前、近江に栄華を誇り、信長包囲網の一翼を担った朝倉、浅井の両家は、大嶽の降伏以降、ほぼ半月のうちに滅亡してしまったことになる。

「焼尾の浅見さえ説得すれば大嶽が落ち、大嶽が落ちれば勝負は一気に決まると言うてきたのは、忍壁彦七郎でござった」

目の前の、八幡宮門前の雑踏を指さしながら、畠山は上気して言った。

「あのとき、拙者も陣中におり申したが、驚いたのなんの。調略には応じぬ男と思うておったあの北枕が、夜中にみずから、ふらりと殿のもとにやって来たのでござるからの。恐れた様子もなく『浅見のことはそれがしに任せられよ』と申しましてな。あの肝魂《きもだま》の一分もわけてもらえれば、拙者も今ごろはもう少し偉くなっておるはずなのだが」

生死之介には、涼山の並外れた策士ぶりを畠山が浮かれて褒めるのが気に入らない。志の汚れを小賢《こざか》しさで覆い隠して世を渡る者など、唾棄《だき》すべきではないか。

「そのような奴ばらが、どこまで信用できるものか」

するどい不満をあらわにして言うと、畠山は笑いをおさめた。

「まあ、貴殿のような忠義の仁にすれば、虫の好かぬ相手でござろうがな……されど、面目なくも情けなくも思われる殿のお心もお察しあれ。本来ならば、忍壁、浅見の両人には相当のご加増あってしかるべきはず。ところが、北枕が事前に要求してきたのは、浅見対馬の所領《しょりょう》安堵のみでござった。無欲な奴よ」

畠山の表情はまた、話すほどに沈み出した。

「さりながら、殿も羽柴どのも、それすらかなえてやれなんだ。城が落ちたあと、上様がきつく仰せでの。まったく、不運な男よ」

そのことは、生死之介も耳に入れていた。信長が秀吉に約定を反故《ほご》にしろと厳命したため、忍壁彦七郎も浅見対馬守も所領を取り上げられた。怒った彦七郎は出家して涼山になったというが、生死之介はかえっていい気味だと言ってやりたい気分だった。

市は賑《にぎ》わいを極《きわ》めていた。人々が小屋をかけ、蓆《むしろ》を敷いて、大根や葱《ねぎ》などの野菜、湖の魚はもちろんのこと、若狭湾からもたらされた塩魚、酒、油、京より持ってきた呉服などを並べている。また、簓《ささら》をこすり、鉦《かね》を叩いて読経し謡う僧、傀儡《くぐつ》師《し》、猿回しなどもいる。みなが人の耳目を集め、金銭を集めようとして工夫をこらしているのだった。

辻《つじ》の様子が見えるあたりに来ると、畠山は塩魚売りが立てた葦簀《よしず》の陰にかくれた。生死之介もそれにならい、辻を覗き込む。黒衣に身を包んだ托鉢《たくはつ》の僧侶が、錫杖《しゃくじょう》を突き、塗りの禿げた鉢を捧げている。そうして軍陣の法螺《ほら》を嚙みしめたような声で読経しながら、道祖神のわきに立ち尽くしていた。

ときどき人がやってきて、銭や米、野菜などを鉢に入れると、偈《げ》を唱える。

「ざいほうにーせー、くーどくむーりょう……」

涼山という男をはじめて見て、生死之介の肌は粟立《あわだ》った。その顔は笠のうちに隠れて見えないが、厚みのある上体を柔らかく、しかも力強く支えている足腰の感じといい、人を威圧し撥《は》ねのけるような雰囲気といい、ただの坊主ではない。錫杖の代わりに槍を持っていたなら、敵にはしないほうが利口だろう。

鬚をいじる生死之介の手に力が入ったとき、涼山の笠が激しく揺れた。石が飛んできたのだ。それでも、涼山は動かずに誦経《ずきょう》をつづけている。

また、飛んできた。今度は胸にあたった。誦経がやんだ。

直後に、二人の子どもが涼山の左右に走り出した。

「裏切り者」

「羅刹《らせつ》坊主」

叫びながら、二人は雑踏の中に消えた。一人は十ほど、一人は六つか七つと見えた。近隣の百姓の子か。あるいは、このあたりをうろつく孤児かもしれない。

直後に、あたりに笑いが湧いた。

「わらわべとは恐ろしい。すぐに大人の真似《まね》をする」

畠山は、顔にやりきれなさをたたえて言った。

「この地には、まだまだ滅びた浅井を懐かしむ輩も少のうござらぬ。なにせ、浅井のために戦って傷ついた者もおれば、身内を失った者もおる。主が替われば、零落する者が出るのも世の習い。その憎しみは、織田家に向けられるのが筋ではあるが――」

「もはや、もうひと合戦するわけにもゆかず、憎しみの矛先はあの僧に向けられる、と」

畠山は首肯《しゅこう》した。生死之介は首をかしげて言った。

「こんなところで托鉢などせんでもよかろうに」

人が集まる市になど来ず、寺の付近をまわっていれば石はぶつけられずにすむだろう。

だが、畠山はかぶりを振った。

「意地悪な師匠に、市に行けと命じられておるらしい」

ひねくれ者の師もまたひねくれ者かと呆れながら、何事もなかったように経文を誦《じゅ》している涼山を見やっていると、畠山に、

「さ、行きなされ。拙者はここまでじゃ」

と促された。

「拙者の面を見ると、あやつは走り出しかねぬ。さ、主半兵衛のためにも、あやつをうまく捕まえてくだされよ」

頷くと、生死之介はじっとりと汗ばんだ手で、懐の中の三日月の寸鉄をもう一度さわる。

それから、蛍が舞うようにちらつく雪の中を、一人で歩き出した。

身長はわずかに生死之介のほうが高いはずだが、近づくにつれ、涼山の姿も声もこちらを呑み込むほどに大きく感じられる。

目の前に立ったとき、涼山は鉢を差し出した。喜捨をするかわりに、言葉を投げる。

「お主になど用はない……本来ならな」

涼山は鉢を引っ込めた。笠をつまみあげてこちらを見る。鞣革《なめしがわ》を思わせる黒光りした顔があらわれた。鼻と頬骨が高く、寄った眉の下の眼が困惑をたたえている。

「お手前は……」

「寺本生死之介」

涼山の眉が、さらに寄る。妙な名だ、と呟いてから、にわかに瞳孔を開いた。

「尼子《あまご》十勇士《じゅうゆうし》か」

何も返答しないことによって、生死之介はその推量が当たっていることを示した。

尼子十勇士とは、毛利氏に滅ぼされた出雲《いづも》守護、尼子氏を再興させるべく奔走した、山《やま》中鹿介《なかしかのすけ》以下十人の武人である。京都東福寺の僧であった尼子一族の勝久《かつひさ》を奉じて織田勢に与《くみ》していたが、尼子の残党狩りに必死になっていた毛利の手から親族の身を守るため、尤道理助《もっともどうりのすけ》、今川鮎助《あゆのすけ》、藪中荊助《やぶなかいばらのすけ》、五月早苗助《さつきさなえのすけ》などといった奇妙な名を用いていた者が多い。寺本生死之介も、もののふの覚悟を示しているのか、ただふざけているだけなのかわからない名をわざわざ称していた。

「生きていたか。みな吉川の手で殺されたと聞いたが」

涼山は、独り言のように呟いた。

尼子十勇士は羽柴秀吉麾下として播磨国佐用《さよ》郡の上月《こうづき》城を守っていたが、毛利両川に率いられた大軍に包囲され、勝久は自刃した。山中鹿介をはじめとする十勇士たちも吉川元春に捕まり殺された、と世間には伝わっている。

「尼子の遺臣が、なぜここに」

「今は、竹中半兵衛どののもとに身を寄せておる」

竹中半兵衛と言っただけで涼山は舌打ちしたが、生死之介は先をつづけた。

「半兵衛どのが、播磨の陣までご足労願いたいと——」

「帰ってくれ。今日はまだ逃げとうはない。十分な施しを受けておらぬゆえ」

と言いながらも、涼山の足は地を擦《す》って後退しはじめている。

「何度ことわったことか。拙僧は出世間《しゅっせけん》の公界人《くがいにん》ゆえ、仕官の望みはござらぬ」

「嫌なら、来ずともよい。そのほうが、俺も嬉しい」

辛酸を嘗《な》めつつ主家再興の夢に殉じた仲間を大勢見てきた生死之介にしてみれば、苦しくなれば簡単に主を捨てる男の顔など二度と見たくない。

にたりと顔をゆがめ、生死之介は涼山に背を向けた。葦簀の陰から覗いていた畠山と目が合った。もう引き返すのかと、気抜けした表情をしている。

次の瞬間、生死之介はまた振り返った。涼山に、懐の三日月を投げつける。

錫杖の鐶《かん》がけたたましい音を立てた。はじかれた寸鉄が地面につき立つ。

涼山がそれに気を取られている一瞬に、生死之介は抜刀した。脳天めがけて、渾身《こんしん》の一撃を見舞う。杖が鳴る。腕に強烈な痺《しび》れがはしった。攻撃を跳ね返された生死之介は跳《ちょう》躍《やく》した。間合いをひろげて着地する。

「何の真似だ」

怒鳴った涼山も後ろに下がり、錫杖を槍のように構えている。

周囲が騒がしい。逃げ去っていく者がいるいっぽうで、集まってくる者もいる。見物人に囲まれながら、二人は睨みあった。

青眼《せいがん》に構えながら、生死之介はおのが背中を冷えきった汗がたっぷりと這っているのを感じていた。やはり恐ろしい男だと思った。動きには隙が微塵もなく、もう一、二合《ごう》わたりあえば、やられるのはこちらかもしれない。

その思いを隠すため、生死之介は歯を見せた。

「化けの皮がはがれたな。俺の攻めを躱《かわ》すとは」

切先《きっさき》を涼山に向けたまま膝を曲げ、地に突き刺さっている寸鉄を拾いあげた。それから、ゆったりとした挙措《きょそ》で刃を鞘《さや》におさめる。

「何が公界人だ。お主の全身から、腐った血の臭いが立ちのぼっている」

見物人は静まり、固唾《かたず》を飲んで見守っている。涼山もばつが悪そうに周囲に目をやると、ようやく構えを解いて錫杖を立てた。

生死之介は去りかけたが、思い出して足を止めた。

「半兵衛どのに、これだけは伝えろと言われた。紫野《しの》とやらが播磨の三木におるそうだ」

涼山の顎からみるみる力が抜けてゆく。よく聞こえなかったのかと思い、さらに言う。

「紫野という白拍子《しらびょうし》だ。お主とは旧知と聞いたが――」

「馬鹿な」

激しい剣幕で涼山が叫んだので、生死之介はしばし二の句が継げなかった。

「困った御坊よ。女のことで、さほどにうろたえるとは」

肩を揺らして笑ってから、つづける。

「俺は、明日には播磨に発つ。同道する気があれば、竹中どのの屋敷を訪ねてまいれ……まあ、そのような気にもなるまいが」

言い残すと、青ざめた涼山に背を向けて歩き出した。今度は振り返ることはなかった。

立ち回りをやらかした男が悠然と進むため、弥次馬たちがあわてて道をあける。畠山が駆けてきて、問うた。

「いったい、何があったのでござる」

「あやつは、参りませぬ」

畠山を黙らせるために、ぴしゃりと言った。それから、ひとりごちた。

「紫野とは何者なのだ」

畠山の足が止まった。

「紫野、と申されたか」

生死之介は顎鬚をつまみながら頷いた。するとまた、畠山が漏らす。

「確か、あやつの一人娘の名が紫野でござった……小谷城が落ちる前に死んでおるが」

「は……」

「忍壁彦七郎の妻女とともに、城の大広間にござった。だが、夫の裏切りを知り、恥じ入った妻女は自刃した際、娘も道連れにしたはず」

生死之介が急いで振り返ったとき、雑踏に涼山の姿はなかった。

二

雪は午後から強まり、とくに伊吹の山道に入ると草鞋《わらじ》の裏で新雪が小気味よい音を立てた。素足に草鞋を履いているため、爪先の感覚はない。笠もずいぶん重たくなったが、涼山の頭の中は雪以外のことで覆われていた。

「紫野が生きている」

道々、同じことを何度も呟いた。

「まさか……」

細い山田が並ぶ集落の中を通りながら、あの寺本生死之介という男の真意をはかりかねていた。斬りかかってきたのは、こちらをからかっただけなのだろうか。それにしては、すさまじい殺人剣だった。思い返すだけで、身がすくみ上がる。

涼山が暮らす寺は集落のいちばん奥まった高台に位置しており、門前には三十段ほどの、切り立った崖を思わせる石段があった。斜面に打ち込んであるふぞろいの自然石を、錫杖を突きながら一段、また一段とのぼり、あと五段で門にたどり着こうというとき、中空に放り出されるような感覚をおぼえた。大股に踏み出し、石の脇に右足をつく。足の裏は直《じか》に石段脇の雪と泥を踏んでおり、足首に紐の切れた草鞋がまとわりついていた。親指の付け根の擦り傷から、血がにじみ出ている。

草鞋を拾いあげて息をつき、残りの段をのぼって門をくぐった。杉林を切り開いた地に小さな本堂と、百姓家と変わらない僧堂が建っている。どちらも藁葺《わらぶき》屋根だ。

僧堂の引き戸を開けて土間に入ると、兄弟子の雲水が竈《かまど》で粥《かゆ》を炊いていた。稗山《はいざん》などというけったいな法名を持つこの男は、兄弟子とはいってもまだ二十歳にならず、涼山の半分ほどの年である。しかし十のときに、貧農の親に捨てられるように寺に入れられたため、六年前、浅井家が滅んだ後に入門した涼山よりも、いわゆる法臘《ほうろう》では年長ということになる。

老師が稗山などと名付けたのも「米麦とはいわず、せめて稗《ひえ》が山ほどあれば寺になど入らずにすんだものを」という本人の悔恨に因《ちな》んだらしい。それほどにこの寺の老師はふざけた人物で、涼山というのも中国唐代の伝説的な僧、寒山《かんざん》に由来しているのだが、寒山ほど徹底した心胆を持たない生ぬるい奴だという意味だそうだ。

稗山は血をにじませた裸足《はだし》や手にした草鞋をちらりと見ただけで、そそくさと近寄り、涼山の頭陀袋《ずだぶくろ》をひったくるように取り上げた。袋の口をくつろげて托鉢で集めてきたものを見ると、半ばからかい、半ば責めるように言った。

「少ねえ」

薬石《やくせき》（夕食）に唾くらいは入れられても仕方がないと覚悟した。かつては足軽百姓に下知していた身だが、いまでは百姓の小悴の下風に立たなければならないのだ。

いささかやり切れない気分でいるとき、板の間の奥の引き戸が開いて、小さな老翁があらわれた。二人の老師、大運無蓋和尚《だいうんむがいおしょう》だった。

七十になろうとしていたが、背筋はまっすぐ伸びており、栗鼠《りす》のようにきびきびとした動きで框《かまち》に近づいた。涼山が手にしている紐の切れた草鞋を指さして、尋ねてきた。

「切れたか」

「はい」

「切ったか」

「は……はい」

「どっちだ」

にこりともせずに見つめる大運老師の顔をながめながら、涼山は首をかしげた。

「お主の足をのせておったのか」

老師は、涼山の携える草鞋に珍しそうな目を向ける。

「はあ」

曖昧に答えながら、はじまった、と緊張した。

しかし、涼山が心の準備を整える暇をあたえず、老師は矢継ぎ早に質問をぶつけてくる。

「足が草鞋をのせておったのか」

「は、いや、草鞋は足の下に――」

「足と草鞋はどちらが大きいのだ」

地面をべたりと踏みつけているおのれの足と、手にした草鞋とを涼山は交互に見比べた。どう見ても、寒さで赤く膨れ上がり、踝《くるぶし》のごつごつと突き出した足のほうが大きい。しかし、「足」と答えても、意地の悪い老師が褒めてくれるとは思えない。だからといって、「草鞋」と言うのも気が進まない。

悩んだすえ、おずおずと言った。

「そりゃあ、足のほうが大きゅうござる」

案の定、拳が飛んできた。鉄炮玉が兜《かぶと》の立物《たてもの》に当たったときのような衝撃を、頭に受ける。さらに老師は、禿頭《とくとう》に血管を浮き出させて怒鳴った。

「草鞋に足が生えておるか、馬鹿」

何のことだか、さっぱりわからない。

おそらく、草鞋のほうが大きいと答えたところで殴られていたのだろう。老師が求めているのは理知分別に関わらない言葉であり、悟った者は何か変わった答え方をするに違いないのだが、それがわからずにいつも殴られることになる。

ふだんの大運老師は、勤行《ごんぎょう》の最中でも、飯を食っていても、歩いていても、静謐《せいひつ》そのもののたたずまいでいる。ところが何か言いはじめたかと思うと、無意味に思われる問いを繰り返し、弟子をがんじがらめに縛り上げ、揚げ句には殴りつける。容赦のない打擲《ちょうちゃく》に嫌気がさして入門者がつぎつぎ逃げ出すため、弟子は二人しかいない。どちらも、ここ以外に行く当てはないと思い定めている者だ。

わきを見ると、稗山がだらしなく口をゆがめてにたついていた。自分の親であってもおかしくない年齢の者が殴られ、叱責されているのがよほど嬉しいようだ。

老師は憤慨の体で奥の座敷に戻っていった。

大運無蓋の名を、涼山は二十年も前から聞いていた。

越前の出身で、京の東福寺で修行したこともあり、塔頭《たっちゅう》の住持に請われるほどの善知《ぜんち》識《しき》だったが、突如姿をくらましたという。十年にわたる行脚《あんぎゃ》に出たのち、この地にあった元は天台宗の荒れ寺に住み着いて、禅の道場とした。

あまりに風狂で、あまりに厳しいため、弟子どもが逃げ出す僧の噂《うわさ》は浅井家中でも話題にのぼっていたが、涼山が老師に直接出会ったのは、浅井家が大いに揺れていた九年前の元亀元年（一五七〇）のことだった。もちろん、忍壁彦七郎と名乗っているころだ。

その年の四月、浅井と同盟関係にあった越前の朝倉義景を織田信長が攻めた。信長は将軍足利義昭の名で上洛を促しつづけていたが、義景が応じないため、業《ごう》を煮やして出兵に踏み切ったのだ。

主君、浅井長政は永禄年間に信長の妹、市《いち》を娶《めと》っており、織田とも同盟関係にあったが、姻戚となるにあたって、信長から「朝倉には手を出さない」という旨の誓紙を受け取っていた。ところが、信長が一切の通報もなしに越前敦賀《つるが》に侵入したため、当然のことながら浅井家中は大騒ぎとなった。朝倉と織田のどちらに味方すべきかで家臣どもは激しい議論を戦わせたが、その最中にも、信長は手筒山《てづつやま》、金ケ崎《かねさき》をへて木ノ芽峠を越え、一挙に朝倉の本拠一乗谷を突こうという勢いを見せた。

彦七郎はもともと、気性の激しい信長を好かなかったが、織田との同盟こそ重んじるべきであると強硬に説いた。もはや信長の勢力は美濃、尾張、三河、伊勢、若狭、近江、丹後、五畿におよんでおり、朝倉義景ごときと組んで戦っても勝てる相手ではないと思ったからだ。だがこれが、長政の父で、朝倉びいきの浅井久政《ひさまさ》の怒りを買った。衆人環視の中、久政は「末座の侍として推参《すいさん》なる申し様《よう》かな」と彦七郎を激しく叱責し、その後もひどく疎《うと》むことになる。

浅井は朝倉を支援することになり、信長に追われた六角氏の残党と手を組んで、織田勢の退路を扼《やく》す行動に出た。信長はただちに進攻を中止し、若狭街道から京へ逃げ帰った。

彦七郎が大運和尚の寺を訪れたのは、もはや信長の近江出兵が時間の問題となった五月のことである。支城間で兵糧《ひょうろう》の移動を行ったり、また浅井麾下の者が調略で寝返らないよう見張る必要もあって、彦七郎も連日、伝令役として領内のあちこちに忙しく馬を走らせていたが、たまたま伊吹の地を通りかかったとき、寄ってみたくなった。

主家を守るために粉骨砕身して戦う覚悟ではいたが、どう足掻《あが》いたところで、いずれは浅井も朝倉も織田に攻め潰される運命にあるのも見えていた。決してかなわない目的に命を張るやり切れなさのせいで、何とはなしに仏道修行の道場に足が向いたのだった。

すでに梅雨《つゆ》がはじまっていた。門前の石段の下に馬をつなぎ、蓑《みの》と笠を身にまとって訪《おとの》うた彦七郎を、老師は客人として丁重に座敷に招じ入れ、熱い茶をふるまってくれた。

何を語ったかはあまり記憶にないが、そのころ九つになる紫野の話をしたのは覚えている。老師はいまと同じようにあまり話さなかったが、こちらの話に興味深そうに耳を傾けてくれた。それにつられて、娘はいい年をして甘えん坊で困る、父に抱き上げて貰うのが好きで仕方がなく、こっちは重くてかなわない、などという話を親馬鹿をもかえりみずしてしまった。そして、胸中の本当の煩悶《はんもん》については語らないまま、辞去することにした。

縁側の沓脱《くつぬ》ぎから雨の中へ歩みだそうとするとき、見送る老師が声をかけてきた。

「荷をおろしにまいられたのか」

彦七郎は振り返りながら、やはり見透かされていたかとはにかんだ。

「我らのような凡夫《ぼんぷ》には、なかなか荷は捨てられぬものにござる」

「まずは、捨てようとするおのれを捨てねば」

老師は澄ました顔で言った。

「そんなことができればよろしいがの」

苦笑した彦七郎の笠や蓑を、娘御のように。篠《しの》つく雨が叩いていた。

「担いでやればよろしい、さすれば、荷は荷でなくなりましょう」

そのときもやはり、老師の言葉はよくわからなかった。しばらく立ち止まって考えたが、あきらめて歩み出した。

わからないながら、老師の言葉はその後も胸に響きつづけた。

翌六月、浅井・朝倉勢は織田・徳川勢と姉川で決戦した。彦七郎は死ぬことだけを考えたが死ねず、味方は敗北を喫した。その後、浅井の家運は傾くばかりで、織田方に寝返る者が相次いだ。そうしてとうとう、敵は小谷の城際まで迫った。

籠城《ろうじょう》戦でも彦七郎は奮戦したが、戦えども戦えども死ねなかった。そのうちに、胸のうちの忠義の炎が消えた。もはや国を保ち、民を撫育《ぶいく》する力もなくなったのに意地の戦いをつづけている主君父子に愛想が尽きて、先代より仕えてきた浅井家を裏切るという選択をした。その結果、人の信用を失い、妻子を失った。

彦七郎は、侍を捨てた。そして、おのれを捨てるとは、荷をおろすとはいかなることかを極めようと、大運和尚のもとに参じる決意をしたのだった。

三

この小さな道場では、土間と、それに面した板の間とが雲水のすべての生活の場であった。土間で煮炊きをし、框の上で食事をし、座禅をし、蓆を敷いて寝る。

しかも、そこでは老師が絶対的な君主であり、規矩《きく》であった。参禅のときには、老師と二人の弟子の三人が板の間に、土間の方へ向いて並んで座るときもあれば、弟子だけが座り、そのさまを老師が樫《かし》の警策《けいさく》を手にして見張るときもあった。あるいは、老師は奥の座敷に引っ込んだままで、巡香《じゅんこう》（監視役）を弟子のどちらかにまかせるときもある。すべては、老師の時々の思いで決まる。

彦七郎は馬を操ることも、刀槍を振りまわすことも、雑兵《ぞうひょう》どもを叱咤《しった》し死地に赴かせるぼとも、天分といってよいほど旨くできた。けれども、仏弟子になってからは事情は一変した。履物のそろえ方が悪いといってはひっぱたかれ、芋の皮の剝《む》き方が拙《まず》いといっては殴られ、座禅のあと、足がしびれて立てなくなったときには足蹴《あしげ》にされた。そのうえ、例の訳のわからない問答をぶつけられ、答え方が悪いとぶちのめされる。いまでは、涼山の体には戦場で受けた刀傷よりも、老師の拳や警策の痕のほうが多くなっている。

　しかもその日、紫野の名を聞かされてからというもの、無様《ぶざま》さは輪をかけてひどくなった。薬石の時には椀《わん》を取り落として粥をひっくり返してしまったし、座禅をする直前には法衣の裾を踏んでよろけてしまった。そのたびにひっぱたかれた。

　その夜の参禅は、三人そろって行われた。脚の痛みと叩かれた頰の痛みとに耐えながら、涼山は紫野を忘れることばかりを考えて座った。親子兄弟といった世俗の縁は一世のものに過ぎないのであって、仏僧はそのような幻のごときものにとらわれることなく、仏道に一意専心しなければならない。だからその境涯を出世間とか無縁などというのであって、仏僧が娘のことを思って心を乱すようでは様にならない。

　しかし、理屈ではわかっているものの、避けよう避けようとすればするほど、紫野の小さな手足が身にまとわりつく感触が蘇《よみがえ》ってくる。

　座禅の際には、半眼《はんがん》を保たなければならないとされる。すっかり瞼を閉じてしまうと、魔境に入るとか、魔に魅入られるなどと言われる錯乱状態に陥り、下手《へた》をすればその後の一生を狂痴《きょうち》の者として過ごさなければならなくなるというのである。そのため、結跏趺坐《けっかふざ》した脚の先の、灯明をうけた框を見ているのだが、油断をするとその鈍い光の中にも、父の愛情に対する疑いを微塵もふくまない紫野の笑顔が浮かびあがるのだった。

頼む、父を一人にしてくれ。

身も心も固くして懇願するうちに、瞼が重たくなってきた。山道を歩いて疲れ、市の人々の好奇と憎悪の眼に疲れ、生死之介との立ち回りに疲れていた。

涼山の新たな敵は、紫野から瞼に変わった。開けておこうといくらがんばっても、瞼はおりてくる。それに抵抗し、持ち上げるたびに、瞼はどんどん重たくなる。しまいには睫《まつ》毛《げ》の上に俵を載せているような気分になり、上下の瞼は膠《にかわ》で合わせたごとくに張りついて、そのまま動かなくなった。

朦朧《もうろう》とした意識に、あとからあとから下劣きわまりない妄想が押し寄せる。

僧侶の禿頭くらいの巨大な干し柿が目の前に迫るのでかぶりつくと、涙が出るほどの美味だ。いつも粥ばかりすすっている身にはこたえられない。だが、よく見ると、その干し柿の化け物には無数の細かい皺《しわ》が寄っている。そこに何やら艶《なま》めかしいものを感じていると、皺の束は群がる女の裸体に変じた。滴がしたたりそうな若々しい乳房や尻、首筋、太《ふと》股《もも》などが、寄り集まりうねっている。

俺は狂いはじめている、と涼山は気づいた。このまま魔境に呑み込まれてはならないとあせって、失せろ化け物ども、と罵る。すると、裸の女の群れのうちから死んだはずの妻女、里久《りく》があらわれた。

里久は浅井の重臣、赤尾一族の出身であったため誇り高く、夫が主家を裏切ったとの知らせを受けるや、ただちに自害して果てた。だがいま、全裸ですっくと立ちながら、淫靡《いんび》なまでの笑いをほんのりと含んでこちらを見ている。

なぜ笑っているのだ、と涼山は問うた。そなたは怒り、恨んでいるはずだ。だからこそ、自害して果てたのだろう。化けて出てきたか。

涼山は腰の刀で斬ろうとしたが、自分は刀を捨てた僧であったことを思い出した。腋《わき》の下に、脂汗が溜まっている。

「俺を取り殺すなら、取り殺すがよい」

荒い息で叫んだとき、里久の体は無数の赤い玉になって飛び散った。すると、その玉の一つ一つが焼き餅のように見る見る膨らんで手足を生やし、しまいには具足をつけた血まみれの屍《しかばね》となった。叢《くさむら》に臥《ふ》す屍が見渡す限りに倒れているなかを、涼山は血の海に足を沈めながら歩いていった。旗指物から判断するに、どれも浅井の兵だ。

目を剝き、歯を食いしばり、あるいは断末魔の名残よろしく大口を開けている骸《むくろ》を見ながら、はじめ「俺が殺した」という自責の念にかられ、身震いした。しかし、「浅井父子が愚物だったのだ」という非難を強く抱いて、罪悪感を打ち消す。

だが、無数の死骸のただなかに生きた女がうずくまっており、こちらに顔を向けたのを見て、へたり込んだ。尻が、冷たい血に濡《ぬ》れる。女は、紫野だった。

実際に記憶に残る娘の姿は十二歳までだが、目の前にいる女はもっと成長しており、大人の色香を漂わせていた。だが、あきらかに紫野なのだ。しかも、直垂《ひたたれ》に白鞘巻《しろさやまき》、立烏帽子《たてえぼし》を着けていた。これは、女ながら男装をして今様を舞い歌う白拍子の装束である。

娘は妻とはうってかわって、あからさまに父を睨みつけていた。そうして、問い詰めてくる。なぜ私と母上を捨てたの、父上のせいで母上は死んだ、と。

これが妄想にすぎないことはわかっている。しかし、心臓に爪を立てられているかのような悲しみに襲われていること自体は決して幻ではない。

「紫野、生きていてくれたのだな。これまで、さぞ苦労したことだろう。父を許してくれ」

紫野は白けきった顔になった。

そんなお言葉を今ごろ聞いて何になります。父上が憎い。殺してやりたいくらい憎い。

「堪忍してくれ。父は、愚かであった」

喘《あえ》ぎながら叫んだとき、頰をはたかれた。目を開けると、老師の憤怒の形相《ぎょうそう》があった。

「しっかりしろ、馬鹿者」

襟《えり》をつかまれ、框から土間に引きずり下ろされた。地面に叩きつけられた衝撃が臓腑《ぞうふ》に響き、呼吸が止まる。激しく咳をしながら、老師の衣の裾をつかんだ。

「娘が……娘が……」

泣きじゃくった。仲間が戦死しても、妻や娘が死んだと聞いても、涙など流したことも
なかったのに。

「娘が、どうした」

「生きていると」

行灯《あんどん》の光をあつめた老師の目が、じわじわと大きくなってゆく。

「播磨で生きていると……竹中半兵衛どのの手の者が」

涼山がそこまで言ったとき、老師が唇をいまいましげに歪《ゆが》めた。そして、拳を鼻柱に叩
きつけてきた。眼前に閃光《せんこう》が走り、涼山は地に転がった。

「なんたる不覚悟。いますぐに道場を出てゆけ」

涼山はうずくまり、平伏した。喉の奥に流れ込む鼻血を吐きながら、言う。

「お許しください。ここに置いてください」

その背中に、老師はめためたに警策をうちつけてきた。

警策がやみ、老師の下駄の音が遠ざかったと思ったら、引き戸が開いて、冷たい風が吹
き込んだ。下駄はまたそばに戻ってくると、いきなり肩を蹴った。指先まで振動する。

「聞こえぬか。出てゆけ」

ここを追い出されたら、どこに行けというのだろう。世間にも身の置きどころがなく、出世間もかなわないとすれば、あとは無間《むげん》地獄に陥るだけだ。

「お許しください。もう、娘になど煩《わずら》わされませぬ。仏道に専念いたしますゆえ」

老師は涼山の襟をとり、引っ張った。さすがに動かない。すると、いまだに結跏趺坐していた稗山を怒鳴りつけた。

「はよう、手伝え」

稗山も裸足のまま土間におりてきた。稗山に後ろから腋の下をつかまれて、涼山は屋外に引きずり出された。

老師も置き行灯をつかんで出てきた。光が、膨れあがる。表は一面の雪だった。空からも白い粒がしきりに落ちている。雪の上を、涼山は引きずられていった。体に力が入らず、喚きながら、おのが体が雪を押しのける跡がどんどん伸びてゆくのを見るだけだった。脚はただれたようにすりむけている。

「どこへも行きませぬ。ここに置いてくだされ」

「黙れ、おのれのような腐った者を置いておけば、臭くてかなわぬ」

「凡愚無明《ぼんぐむみょう》の者でさえ救うのが仏ではござらぬか」

引きずられながら、老師の平手を頰に受けた。

「利いた風な口をきくな。凡愚にも無明にもなり切れぬ者が偉そうに。おのれのような半端者は永劫《えいごう》に救われるものか」

涼山は雪と泥にまみれながら、とうとう門のところまで連れてこられた。稗山が門を開けようとして手をはなした。涼山はふらつきながら膝立ちになり、老師に懇願した。

「もう、俗世は忘れ申した。偽りではござらぬ」

老師の下駄が鳩尾《みぞおち》に飛んできた。低く唸ってよろめき、門の外へ尻餅をついた。石段ぎりぎりに手をついて、ようやく体を支える。首をよじって見ると、暗い階段が奈落に通じているように見える。老師にまた肩を蹴られた。涼山の体は、石段に放り出された。石に当たった脚が跳ね上がり、胴が宙に舞い上がって、激しく回転する。体中に次々と衝撃を受け、頭も二度、三度と強《した》たかに打った。自分ではもはやどうしようもなく、ただ落ちるにまかせるしかない。一番下まで落ちきり、俯《うつぶ》して止まったときには、五体のそれぞれがどこにあるかもわからなかった。

しばらくそのままだったが、目の前の血だらけの右手をようやく動かして、石段をつかんでみた。肘《ひじ》に体重をかけ、上体をそらして見あげる。門のところに、老師が行灯を手にし、仁王立ちしていた。

「播磨へ行け、涼山」

雪の降りしきる夜空に、老師の声がこだました。稗山も老師の脇に姿をあらわし、袱子《ふくす》(風呂敷)の包みを両腕で頭上に掲げ、力任せに投げ落とした。包みは石段を跳ねながら転がってきて、涼山の腰に激突し、さらに後方に飛んでいった。托鉢や食事に使う応量器《おうりょうき》や袈裟《けさ》など、涼山の私物一式だろう。投げ終えた稗山は無感動な目つきでいる。

「里に出てゆくのだ。山の仏は山の仏で一切、里の仏は里の仏で一切ぞ」

老師が小さな体を揺らしながら、天地の万物に説法するごとくがなった。人を殴り、石段から蹴落としておきながら、見下ろす眼が潤んでいるようだ。そこに、一度でも師弟の契りを交わした者に対する深い慈愛がたたえられているかに見えた。

「里で仏に出会うたら、こう伝えてくれい。山の仏はどこかに去ってしまった、とな」

それだけ言うと、老師は稗山をうながして門のうちに入った。軋《きし》みながら、古ぼけた粗末な門が閉まった。

雪の中に傷だらけの体を横たえながら、涼山はひとり取り残された。

結局、今度もまた、老師の言うことはよく理解できなかったが、いささか救われた気分にもなっていた。そして、寺本生死之介とともに播磨の竹中半兵衛のもとへゆき、紫野に会おうと決めた。

紫野を、もう一度この腕に抱く。

そう覚悟したとき、傷つき、動かないはずの体に力が戻ってきた。涼山は膝を引き寄せ、四つんばいになり、揺らめきながら立ち上がった。歯を食いしばり、痺れる素足を交互に前に出して、太い杉の根方に転がっている包みを拾い上げる。

袂子に結いつけてあった草鞋を履くと、真っ暗やみの中、涼山は雪を踏みしめながら山をおりはじめた。

第三章　平井山

一

山の上から眺望し、これは手間取るはずだ、と思った。

小高い山の西方には平地がつづき、その先に、北方で美嚢川と合流する志染川《しじみがわ》が横たわる。志染川を越して平地をさらに西へ進むと、釜を伏せたような丘が聳《そび》えていた。

釜山城の異称を持つ三木城は、美嚢川と志染川とに守られたその丘の上にあった。軍鶏《しゃも》が敵を威嚇するために胸を張るごとく、美嚢川辺には丘の急斜面が張り出している。しかも、本城を取り囲む背後の山々にも砦があって旌旗を西日にきらめかせており、やはりこの城は戦わずして味方にすべきだったと思わざるを得ない。

「愚かなことをしたもんだな」

瘤《こぶ》のように盛り上がった地面に座り、三木城のさまを遠望していた涼山は、すぐ下の柵のそばに座っていた足軽三人組に呼びかけた。ここ数日、ほとんど誰とも話していなかった淋しさも手伝ってのことだ。しかし、三人は面倒くさそうな顔をちらりとこちらに向けただけで、返事もしてくれない。決定的な勝負がつかないまま攻囲が長引いているため、相も変わらない日常に飽き、壮気を失っているに違いない。

ここは三木城より東北三十町ほどに位置する、羽柴筑前守秀吉の平井山《ひらいやま》の陣城である。秀吉はここ以外にもいわゆる付城《つけじろ》を点々と築いて三木城を包囲していたが、総大将である自身は本丸と二の丸からなる陣城を城の鬼門の方角に設けていた。

伊吹山の大運無蓋和尚の寺を追い出された涼山は、夜通し駆けて、長浜の竹中屋敷に逗《とう》留《りゅう》していた寺本生死之介のもとを訪れた。翌朝には二人連れ立って長浜を発ち、琵琶湖沿いに歩いて京に入り、河内《かわち》に出て、それから山陽道を経て、ようやく半時ほど前にこの平井山の陣に到着した。六日の旅の間、二人は織田家の息の掛かった百姓家や商家、寺などに逗留し、ともに飯を食い、床を並べながら、ほとんど何も喋らなかった。

到着すると、生死之介は久しぶりに「お主はそこにいろ」と言葉をかけ、どこかへ行ってしまった。今宵はどこで寝ればよいのか、いつになったら紫野に会わせてもらえるのかわからないままに、涼山は羽柴の陣や、三木城の様子などをながめていた。

互いの陣形を見て思うのは、毛利勢を追いつめる前にこんなところで手を焼いている羽柴秀吉も愚かならば、三木城に籠る別所勢も愚かだということだ。

籠城側に勝ち目があるのは援軍を期待できるときだけであり、別所方はいずれ毛利が東進してくるのを待っていることだろう。しかし、涼山が耳にするところによれば、毛利勢は生死之介ら尼子一党が籠っていた上月城や、三木城の補給線の一つの要《かなめ》となっていた加古川河口の高砂《たかさご》城の攻防戦などに大挙してやって来て、羽柴方を一時は蹴散らすものの、その後は霧が晴れるごとくすぐさま引き上げてしまう。どうも示威《じい》のために兵を動かしているだけで、織田と乾坤一擲《けんこんいってき》の戦いをしてまで別所を助けるつもりはないのではないかと思われる。だとすれば、別所もこう取り囲まれていれば、いずれは敗れなければならない。

どちらにしてもこの戦いに利はないが、利のないものに没頭し、命を捧げてしまうのが人というものなのかもしれない。過去の自分もそうだった、などと思っているとき、後ろの長屋の木戸が開く音がした。振り返ると、生死之介がこちらにやって来る。傍《かたわ》らに、涼山と同じような禿頭の男を連れていた。

「今宵は、そこで寝る」

すぐそばに来ると、生死之介は目も合わさずに、後ろの長屋へ鬚まみれの顎をしゃくった。涼山は寺を追い出されても僧としての規律を守り、頭も鬚もきちんと剃《そ》っていたが、生死之介の鬚はここ数日で相当に伸び、渦を巻くほどになっている。

薄闇のせまる空を背にした生死之介を見上げ、涼山は座ったまま尋ねた。

「半兵衛どのは」

「今日は、ない。御悩《ごのう》だ」

相変わらず、ぶっきらぼうに言う。竹中半兵衛は、病状が思わしくないため、今日は二人に会うことはできないという意味だろう。重い肺病を患っているという噂である。

どうやら、生死之介自身は紫野についてはあまり知らず、半兵衛がその居所を知っているということのようだ。しかしあるいは、紫野の居所を聞き出す前に、半兵衛は死んでしまうのではないかという危惧に涼山は襲われた。

二人の符牒《ふちょう》のようなやりとりのあいだ、中肉の禿頭の男は所在なげに眼を動かしている。何者かと涼山が不審そうに見ても、生死之介は説明しない。紹介もされず放って置かれる居心地の悪さにこらえ切れなくなったようで、禿頭がみずから言った。

「金瘡医《きんそうい》の述斎《じゅつさい》にござる」

挨拶を終えるや、涼山の腫《は》れあがった顔をじろじろと見はじめた。

金瘡医は戦陣にはつきものの刀傷専門の医者である。武将に直接雇われている者もいれば、みずから勝手に陣中に出入りして、負傷した者に治療を施して金銭を得る者もいる。述斎は後者のくちと見えた。涼山の顔や体の傷は老師に殴られたり、石段を転げ落ちたりしたときにできたもので専門外のはずだが、生死之介は、金瘡医も医者である以上なんらかの処置はできるだろうと踏んで、連れてきてくれたのだろう。

「優しいんだな」

意外さに驚き入りつつ、生死之介に言った。

「俺が嫌いではなかったのか」

からかわれたと思ったのか、生死之介は仏頂面で鬚をつまみ、無言のまま立ち去ってしまった。乱暴に戸を開け閉めして、長屋に消える。

「おかしな奴だ」

涼山は笑ったが、二人の関係がわからない金瘡医は口を開けてきょろきょろするばかりだった。

それからしばらく、述斎に面《つら》を見せてやった。

「大事はござるまいが、腫れの引く膏薬《こうやく》を進ぜよう」

顔を見終えた医者は、こんどは涼山の手の傷を見ながら言った。

「述斎どの、せっかくだが……」

「なに、代銀などはいらぬ」

禿頭同士ではないか、とでも言いたげに、述斎は頭を撫でながら親しげに笑った。

月代《さかやき》を剃る、すなわち頭頂部のみを剃りあげ、他の部分の毛は残す髪形は、兜をかぶった際にすわりがよく、しかも頭部に熱気が溜まらないために広まったと言われる。つまり、普通の侍は「俺は勇敢な戦闘員である」と主張するために月代を剃っているのであって、すべての部分に髪を生やしていたり、逆に坊主頭にするのは恥ずべきことと考えていた。

よって、戦乱の世にあっては頭を丸めた医者や僧侶は見下された存在なのだが、その頭ゆえに刃を向けられることはなく、戦場で傷ついた人々の体や心の世話にたずさわれるのである。

「ところで、ここに女はおるか」

涼山の問いかけに、医者はいっそうの親しみを感じたらしく、笑いを強めた。

「御坊といえども、男ゆえの。男の集まるところに、女がいないものかね」

妙にぬめぬめとした唇で説明してくれた。夜になれば、東国からやってきた遊女どももあらわれるし、銭ほしさか、まぐわいそのものを愉《たの》しむためかは別にして、近郷の百姓の娘もやって来るという。涼山は重ねて尋ねた。

「白拍子はどうだ」

医者は力強く頷いた。白拍子など芸人の女が売るのは、芸だけとは限らない。

「御大将のもとにもおるか」

「心配するな。御大将にこそ、お気に入りの白拍子がおるらしい」

述斎は、涼山が「御大将の秀吉が淋しい思いをしているのに、陣中の他の者が遊んでいてはまずくないか」と心配していると考えたらしい。しかし、涼山が聞き出そうとしているのは紫野の居所だった。本当に紫野が生きていて、それを出しに涼山を寺から引き出そうとしたのならば、竹中半兵衛が紫野を雑兵の手に任せておくことはないだろう。おそらく、この陣中で紫野が最もいそうな場所は、竹中半兵衛のいる館か、大将秀吉のそばだ。

巷説《こうせつ》では、秀吉は無類の女好きだという。だとすれば、紫野がよほどの醜女《しこめ》に育っているのでないかぎり、すでに秀吉に手を付けられていてもおかしくない。娘が生きていただけで御の字と思わなければならないのだが、かつて騙《だま》された相手に抱かれていると考えると、やはり穏やかではいられない。

急に、このにやけきった金瘡医のそばにいるのが嫌になった。

「膏薬は好かぬ」

吐き捨てるように言った。淋しげな述斎を残して立ち上がり、宿所と言われた長屋へ歩き出した。

長屋は陣城の二の丸に位置しており、その背後の斜面の上には、本丸の、おそらく秀吉がいると思われる館が建っている。暗さを増した空の下の館をしばらく見上げ、熱い溜め息をついてから、長屋の中に入った。

他の者どもは雑魚寝《ざこね》するのだが、涼山と生死之介には二人きりの部屋が用意されていた。しかしその夜、長旅の疲れにもかかわらず、涼山はなかなか寝つけなかった。兵らは一晩中篝火《かがりび》を絶やさず、交替で警固《けいご》にあたっているため、陣中は何かと騒がしいのだ。

生死之介は長いこと部屋をあけていたが、夜中に帰ってきて、となりの莚にくるまった。一杯やってきたらしく、部屋が酒臭くなって、涼山はまた眠りから遠ざけられた。

ようやくうつらうつらしてきたところで、朗々たる女の声を聞いた。次々と今様を歌っており、おそらくは白拍子だ。声は、本丸の大将の館から聞こえてくるようだ。

我が恋は
一昨日《おととい》見えず
昨日来ず
今日音信《おとずれ》無くば
明日の徒然《つれづれ》
如何《いか》にせん

直後に複数の男の歓声があがったが、今一つ元気がなく、しかもすぐに静かになった。女の声は晴れ晴れとして、剽《ひょう》げた調子も含んでいたが、明日をも知れない者たちが寄り添う陣中で聞くと、かえって気分が塞《ふさ》いでくるのではないだろうかと、涼山は思った。
生死之介は、ゆったりと寝息を立てている。涼山は眠ることをあきらめて静かに起き上がると、表へ出ていった。

二

長持《ながもち》の上に鹿皮を敷き、そこに乙御前釜《おとごぜがま》を載せて眺めてみた。

乙御前とはお多福のことであるが、その名のとおり、この茶釜の肩は姥口《うばぐち》の蓋を取り巻き、包み込むようにふっくらと盛り上がっている。やや茶がかったその肌はざらついて、灯《ひ》の下では大きな蝦蟇《がま》がうずくまっているようにも見える。

「ご堪忍を……」

寝間着姿の羽柴秀吉は釜に向かって手を合わせた。

乙御前釜は、昨年、加古川で播磨の者たちと評定を行う前に織田信長から賜ったものであり、秀吉が中国征討をまかせられたと同時に、茶会を開く許可を与えられたことの証《あかし》だった。つまり、それを機に秀吉は武将として一人前の地位を手にしたといってよく、この乙御前釜を拝領したときの嬉しさは言葉にあらわせない。

ところが今では、この釜を恨めしくさえ感じている。人前にさらすこともできず、ただ夜中にとり出して一人眺め、手を合わせて謝るばかりなのである。主君の期待とは裏腹に、中国攻略は滞ってしまっているからだ。あまりの不運つづきに、何かに祟《たた》られてでもいるのではないかとすら疑いたくなる。

不運は、毛利攻めの案内役を買って出てくれていた別所家が、加古川の軍評定の直後に変節したことにはじまる。織田に心を寄せ、秀吉の陣中に参じていた別所家の家老、別所孫右衛門は三木城に帰ることを拒まれ、城中では親織田派の有力者がつぎつぎ粛清されるという事態になった。しかも、他の播磨の領主たちも、昔から地元の雄とあおぐ別所の動きに同調して、次々と毛利に鞍替《くらが》えした。こうして、羽柴勢は敵に包み込まれるという、最悪の事態に直面するにいたった。

秀吉はただちに三木城の攻撃を開始したのだが、そうやすやすと落ちる城ではない。攻めあぐむうちに毛利勢と、備前、美作《みまさか》に播磨の一部を領する宇喜多直家《うきたなおいえ》勢との連合軍が備州と作州の境に陣をとり、尼子勝久と十勇士がこもる上月城を取り囲んでしまった。

秀吉はその救援に苦心したが、結局、信長の意向もあって見捨てることになり、尼子勝久が自害して尼子氏は滅んだ。山中鹿介をはじめとする主立った家臣らも、寺本生死之介などの例外をのぞいて殺され、あるいは自決して果てた。こうしてただでさえ中国地方で悪かった織田や羽柴の評判は落ちに落ちた。

天正六年十月には、それまでともに戦ってくれた摂津有岡《せっつありおか》城の荒木村重《あらきむらしげ》が信長に謀反《むほん》を起こした。秀吉は背後に大敵を抱えることになったわけだが、さらに災難であったのは、頼もしい軍師の一人として活躍していた小寺官兵衛が村重の説得のために有岡に赴いたところ、捕らえられてしまったことだ。もう一人の軍師である竹中半兵衛も病ゆえに臥せっていることが多く、ここのところ、秀吉はひどい孤独にさいなまれている。漏れ聞くところによれば、信長は中国情勢に苛立ちを強めているというし、秀吉の出世を妬む者たちは安土城の御殿で「中国攻めは、あやつには荷が重すぎた」と声高に罵っているという。もはや、丸裸に剝かれて野ざらしにされているような気分だった。

「もう、おしまいなのか」

乙御前釜に手を合わせながら言ったとき、夜伽《よとぎ》をさせていた白拍子が目を覚ました。はだけていた衣の前をあわせながら躙《にじ》り寄《よ》ると、尋ねてきた。

「東国の風でござりまするか」

「なんじゃ……」

胸も尻も肉の薄い女で、秀吉の本来の好みとは違うのだが、座持ちが良いのと、床の中でやけに体温が高いのが気に入って、ここのところつづけて同衾《どうきん》させている。

「東国のお方は、茶釜を拝むのでござりまするか」

女は真顔で問うている。秀吉は呆れて息をついた。

「そうではない。これをくださった御方に手を合わせておる」

主君信長は意のままに人を一軍の大将として取り立てることもできれば、灯を吹き消すようにその命をたちまちに奪うこともできる神仏のごとき御方だと教えようとしたが、やめた。言葉を尽くしても、この女に自分の気持ちなどわかってもらえるはずもない。

「はあ、お優しきお心ですこと」

白拍子は感激し、貧しい胸をこすりつけるようにして秀吉の腕にすがりつく。そうして、大欠伸《あくび》をしながら言った。

「こんな汚い釜を拝むわけもございませぬわね」

「この、たわけ」

秀吉は怒鳴った。それから、この釜は銭には替えられないほどの名物であり、主君が余人をさしおいてこの俺に賜ったものだと説明してやった。白拍子はしきりに感心して聞いていたが、やっきになって説いているおのれが阿呆らしくなり、肩を落とす。

「されど、いただかなければよかった」

「銭には替えられぬのでございましょう」

「この釜、なにやら憎々しくさえ見える。こう申しては恐れ多いが、叩きつぶし、火にくべて、ぐにゃぐにゃにしてやりたい気になってくる」

こんなものを与えられたから、苦しいのだ。どっしりとした乙御前釜を睨みつけながら、歯ぎしりをした。

白拍子は秀吉から離れ、四つんばいで長持に近づいた。猫のようなしぐさで、細長い腕を伸ばす。

「では、私がいただきます。市で売って、大もうけ――」

あわてて白拍子を後ろからつかまえ、羽交い締めにして耳元で叱りつける。

「それはならぬ」

にわかに、信長に対する畏怖の念が強まった。中国経略がこのような情けない体たらくであるうえに拝領の名物までなくしたとあっては、それこそ自分の命運は尽き果てる。

「叩きつぶすとおっしゃったではありませぬか」

手足を振って喚く女を引っ張って、蒲団《ふとん》のうちに押さえ込んだ。

「さっきのは戯言《ざれごと》じゃ。あれをわたすわけにはゆかぬ」

「御大将のくせして、器量の小さいこと」

蒲団のうえでもみ合っているうちに、部屋の外から呼びかけられているのに気づいた。

殿、と繰り返し呼ぶ声は、咳で掠《かす》れきったものだった。

「半兵衛、いかがした」

衣を整えながら、秀吉は蒲団の上に起き上がった。白拍子も起き上がると、体を斜めにして、うつむく。

まだ、夜は明けていない。病床に臥せっているはずの竹中半兵衛が、この時分に寝所に直接あらわれるとは尋常でなく、秀吉は緊張した。

「苦しゅうない。入れ」

引き戸が静かに開く。入ってきたのは、二人の男だった。一人目は半兵衛であり、もう一人は手燭《てしょく》を持った寺本生死之介だった。

「体の加減は、いかがじゃ」

秀吉が声を掛けると、半兵衛は大事はござりませぬ、と答えたが、幽鬼かと見まがうほどの白んだ顔をしている。しかし、戦陣においては病状に気を使うこと自体が無駄であると言いたげに、すぐに本題に入った。

「こちらに、涼山が参ってはござりませぬか」

白拍子とずっと二人きりでいた秀吉は、何のことかわからずとまどった。生死之介は深刻な面持ちで端座《たんざ》している。

秀吉は、次第にひどい悲しみに襲われた。半兵衛の病はいよいよ悪化し、幻想に取り憑《つ》かれるまでになったと思ったからだ。

お主までいなくなっては、俺はどうすればよいのか。そう詰《なじ》りたかったが、これまで尽くしてくれた名軍師を傷つけないように、秀吉はわざと笑った。

「例の坊主のことか。連れて参ったのだな」

半兵衛は頷いてから、言った。

「生死之介が、涼山の姿が見えぬようになったと」

「わしも、はよう会いたいものだが、ここには面を出しておらぬぞ」

半兵衛を納得させようと、秀吉は周囲の闇を見まわした。

直後に生死之介が灯をかかげて立ち上がった。秀吉の左斜め後ろの、部屋の隅にじっと鋭い目を向けている。秀吉も振り返った。

乙御前釜を載せた長持からやや離れた闇に、人影が沈んでいるのに気づく。よく見ると、全身を黒衣に包んだ男が、禿頭を突き出すようにして、片膝を立てて座っていた。部屋にいる者みなを視野に入れた、とろりとした目つきをしている。

秀吉と白拍子は同時に喉の奥で叫んで、後ずさった。

「ずっと、そこにおったのか」

秀吉が喚いても、禿頭の男は黙ったままだ。

「何のつもりだ、涼山」

生死之介が左手で灯をかかげたまま、右手を脇差の柄にかけた。

涼山はうろたえない。陣中のどこかで盗んできたと思われる薪《まき》割り用の鉈《なた》を手にしていた。ゆっくりと立ち上がりながら振りかぶった鉈は、乙御前釜を狙っている。

「待て」

叫んで手を伸ばした秀吉に、気合いのこもった涼山の声が返ってきた。

「動かんでいただこう。黒衣の身ながら、この茶釜を一撃にて、繕うことがかなわぬほどに潰すくらいの心得はござる」

秀吉は、かつて北枕と呼ばれ、いま裏切り涼山と呼ばれている男をまじまじと見た。自分などよりはるかに不運な役回りに甘んじてきた男の体からは、禍々《まがまが》しい気配が漂っており、心胆が冷えた。

「生死之介、ひかえよ」

命じると、生死之介は刀の柄から手を離したが、まだ涼山と睨みあっている。

何せ相手は、事実上、あの小谷城の喉笛を掻き切った男だ。涼山がここで暴れ出せば、乙御前釜が台なしになるだけではすまず、ことによるとこの三木城攻囲の陣そのものが崩壊するかもしれないとまでの恐怖を覚えて、秀吉は癇《かん》を強めて言った。

「ひかえよと申しておる」

生死之介は恐縮して一礼し、座った。それでも、鉈を構える涼山の殺気は失せない。

「落ち着け。何が望みだ」

震える声で、秀吉は涼山に尋ねた。涼山は、白拍子に目をやった。

「その女の名は」

背中にしがみついていた白拍子の手に力がこもった。涼山の真意がわからずに口ごもっていると、かわりに半兵衛が口を開いた。

「涼山どの、勘違いをなされておるようじゃ。その女は、紫野どのではござらぬ」

涼山の目が激しく揺れた。

「紫野は、どこだ」

叫びながらぎっと睨んできたとき、白拍子が怯《おび》えた声をもらして、秀吉の首にきつく抱きついた。腕が喉に食い込む。秀吉と女は二人して、床の上にひっくり返った。

「紫野などおらぬわ」

秀吉は唾を吐きながら言い返した。白拍子を突き放して、蒲団の上に座り直す。

涼山は、一生のうちで一番の屈辱を味わったのではないかと思った。紫野に会いたいとの一念で、ここまでやって来たのだ。どのような思惑があって自分を寺から引っ張り出そうとしたのかは知らないが、ついてよい嘘と悪い嘘があるはずだ。

乙御前釜に傷をつけられるかもしれないとびくびくしている秀吉を涼山は心底軽蔑した。主君からの拝領物だか、銭には替えられない名物だかしらないが、それが傷つけられたとて、人の心の傷とどちらが重いと思っているのか。おのれの選択によって妻子を死に追いやったという悔恨は、一生どころか、おそらく来世においても癒しきれないだろう。

「騙したな」

この鉈を釜に打ち降ろすべきか、ふたたび殺生戒を犯して秀吉の脳天に打ち降ろすべきか迷った。その思いを見て取ったのか、秀吉が白拍子の袖をぎゅっとつかんだ。肋《あばら》の浮き出た胸板にはりついた、貧しい乳房があらわになったが、女も金縛りにあったように動けない。目の端には、生死之介がふたたび脇差に手をかける姿が映っている。

「これほど非道な嘘を申して、俺を呼んだわけを申せ」

「三木城を落とさぬか」

言ったのは、半兵衛だった。まるで、握り飯でも差し出して、喰わぬかとすすめているような、無造作な言い方だった。

「何度も言うてきた。俺は、僧だ。武者《むしゃ》ではない」

「僧であるからこそ……」

そこまで言って半兵衛は咳き込んだが、涼山はあらましを悟った。

「調略をもって落とせというのか」

寺社が武装して俗権力と対立することが珍しくない時代でも、やはり僧は出世間の身で、世俗の利害には関わらない存在であるという印象が人々のあいだに根強く残っていた。よって僧たちは、籠城中の城にも余人にくらべれば入り込みやすいと言えたし、実際、この時代を通じて和議や調略などの交渉役もしばしば果たしていた。

半兵衛は、床に手を突いて頭を下げる。

「なるたけ早く、しかも無辜《むこ》の民を傷つけずに城を落としたいと存じてござる。それは民と我ら双方のため。別所勢平均《へいぎん》の後、播磨の民のうちに我らに対する深重《しんじゅう》なる恨みが残れば、肝心の毛利との決戦の最中、後ろから刺されかねませぬゆえ」

秀吉も、たまりかねたように言った。

「そちは、わしのことを人でなしと思うておろう。たしかにわしは修羅の鬼だ。武将として、大勢の人を殺さねばならぬ。主君の命とあらば、そちとの約束を反故にもせねばならぬ。されどもな、修羅の鬼とて、心底人を殺したいわけでも、無道を働きたいわけでもないわ」

秀吉は細長い顔を無理に拡げるように、頰を膨らませた。

「一人で落とせというのか」

涼山は問いながら、秀吉と半兵衛の顔を呆然《ぼうぜん》と見た。当代きっての切れ者として知られている二人が、とても現実的とは思えない策に執心しているのが信じられない。

「生死之介も同道する」

半兵衛が答えると、生死之介は驚いた目つきで涼山と半兵衛を交互に見た。それから、秀吉と同じように膨れ面になった。

二人でもまだ現実的であるはずがないと思って、涼山は罵《ののし》った。

「野狐《やこ》にでも憑かれておるのか」

無礼な、と生死之介はすごみ、ふたたび膝立ちになった。

「もはや我慢がならぬ。口の利き方も知らぬ羅刹坊主と同道するなどまっぴらよ」

生死之介は涼山を見据えて、鯉口《こいぐち》を切った。涼山も、鉈を持つ手に力を込める。はたして生死之介の一撃よりはやく、その懐に飛び込んで仕留められるかどうかと考えた。相打ちの場合は、薪割りの道具より、殺人の道具を持つ者にはるかに分があるだろう。

秀吉が生死之介に向かって、あわてて両手を拡げた。

「ひかえよ、生死之介」

「さりながら――」

「くどいぞ。羅刹坊主に悪態をつかれても、死にはせぬ。だが、乙御前が傷物になれば、上様はわしの首をお落としになるかもしれぬのだ」

生死之介はまた膝を折り、脇差から手をはなした。しかしその目は、いずれは斬ってやるとばかりに涼山を睨んでおり、五体には一分の隙もない。

「いったい、誰を籠絡《ろうらく》せよと申す」

霧の中にいるような気分で、涼山は尋ねてみた。

「まだ、わからぬ」

そう言って、半兵衛はかぶりを振った。

「は……」

いい加減にしないか、と涼山が苛立っていると、半兵衛は尻の後ろから藍《あい》色の細長いものを持ち出した。刀袋だった。紐を解き、黒塗りの脇差を取り出す。それを、涼山に見せるように床の上に置いた。鞘には金蒔絵《きんまきえ》で、別所家の定紋《じょうもん》、左三巴《ひだりみつどもえ》が入れてあった。

「昨年の暮、城中から逃げ出してきた者が所持しておった」

「その者とは」

尋ねたが、半兵衛はまたかぶりを振った。それから、お前が説明しろというように、半兵衛は生死之介に目配せした。

「助けてやれなかった」

残念そうにそう言ってから、生死之介は経緯を語り出した。

生死之介が三木城北西の大村あたりを見回っていると、杣人《そまびと》が藪《やぶ》をかき分けて走り出てきたという。城中から逃げてきた者と思われたが、法体《ほったい》の男が木陰から突如あらわれて、錫杖に仕込んでいた刀を抜いて斬りつけた。何事かと問い掛けながら近づくと、その僧は生死之介にも斬りかかってきたので、やむなくその場で討ち果たしたというのだ。

「樵体《きこりてい》の男は、この脇差を俺にさし出すと『孫右衛門さまに』と言い残して事切れた」

孫右衛門さま、とは別所孫右衛門重棟のことだろう。かつては別所の家政を主導していたが、いまや兄山城守一派によって城の外に追い出されている。

「なぜその僧を仕留めた。何者かわからぬではないか」

「お主が俺の立場でも、生け捕りになどできぬわ。かえって、斬られていたかもしれぬぞ。あれは、別所山城守か毛利の放った刺客に相違あるまい」

生死之介は喚き終えると、歯齦みした。涼山はさらに問うた。

「その脇差の男は、なぜ刺客に討たれたのだ」

「知らぬ」

涼山と生死之介がするどい視線をぶつけ合う中、半兵衛が淡々と語り出した。

「別所孫右衛門どのに尋ねたところ、その脇差は、別所長治が家督を継いだとき、家中の主立ちたる連中に配ったもののとのこと。つまりは、城中の重臣の誰かが、織田方に身を寄せる孫右衛門どのに何事かを伝えんとしていたのではござるまいか」

「重臣が織田方に内通しようとしていると……」

涼山が言うと、半兵衛は頷いた。

その重臣は、事が事だけに、使者が本当に自分の意を受けた者であることを孫右衛門に証明したくて、大事な脇差を持たせたのかもしれない。敵を攪乱《かくらん》しようという意図もあって、でたらめな噂や文書がまき散らされるのが戦場というものだ。そして、別所家の者か、何としても別所を味方に引き止めておきたい毛利かが、その内訌《ないこう》を察知したということか。そう考えれば、いちおう辻褄《つじつま》が合わないでもないと涼山は考えた。

半兵衛は説明をつづけた。

「長治より脇差を受け取った者で、まだ城にいる者の名を孫右衛門どのが書き出してくだされた。御刀衆《おかたなしゅう》と申すそうだが、全部で十一名おる。我が方が城中に放っている間者《かんじゃ》の報《しら》せによれば、まだ誰も処罰されてはござらぬ」

涼山は吹き出してしまった。

「三木城におる連中は物狂いになって織田を恐れ、憎んでいる。そのうちに紛れ込み、十一人の大将連中を一人一人つかまえて、『謀反を企てているのは貴公でござろうか。さすれば、お取り持ちつかまつる』と申してまわれというのか。命がいくつあっても足りぬわ。そのような愚かな役目を誰が引き受けるものか」

馬鹿馬鹿しくて、笑いが止まらない。御刀衆で処分された者がいないのも、別所の首脳が内訌に気づいていない証左とまでは言えないだろう。裏切り者の存在を知りながらわざわざ生かしておいて、敵が接触してくるのを待ちかまえているのかもしれないのだから。

涼山がいつまでも笑いつづけていると、半兵衛がおずおずと言い出した。

「確かに愚かで、危うい役目かもしれぬ。されど、そなたなら……」

涼山は笑いをおさめた。半兵衛はその先をなかなか言い出さない。すると、生死之介が顎鬚を歪めてにたりとしながら、涼山を睨んだ。

「半兵衛どのは、裏切り者ならば、裏切り者をかぎ分けられるとお考えのようだ」

むっとして涼山が目をやると、半兵衛はうつむいて黙っていた。秀吉も、ここはまかせたとばかりに、半兵衛を見やっている。生死之介の推量はあたっているようだ。

「裏切り者なら、他にもいくらでもおろう」

秀吉は調略の名人であって、三木の支城を潰すあいだにも大勢を寝返らせているはずだ。わざわざ出家を引っ張ってくることもあるまい。だが、半兵衛は言う。

「城中に潜入する者には、将としての才がなければならぬのでござる。この脇差の持ち主を探し出したら、その者の麾下の兵を動かしていただくゆえ」

「裏切り者の軍師をつとめろということか」

「さよう。そうして内外呼応して動けば、城は落ちる」

聞けば聞くほどむちゃな話だが、何よりも決定的なものが欠落していた。

「俺がそのような策に力添えせねばならぬわけは何だ。うまくいった暁には、恩賞をたっぷりくれるとでも申すのか」

かつて約束を反故にした者が何を言うかと思って、涼山はわざと声をたてて笑った。

半兵衛は悲愴《ひそう》な面持ちで返答しようとしたのだが、直後にひどい痙攣《けいれん》におそわれた。袖で口を覆い、胴全体を鳴らすように咳をする。

白拍子が、立ち上がって半兵衛のもとへいたり、その背をさすった。半兵衛の余生は長くはないだろうと涼山は察した。

咳の止まらない半兵衛を心配げに見やっていた秀吉が、涼山に目を向けた。

「そちには小谷での借りもある。わしにできることなら、なんでもしてやりたい。城持ちにしてやってもよいし、城などいらぬとなれば、近江にそちのための寺を建ててやってもよい。三木城の内通者にも、無論、恩賞を与え、この地を治める力になってもらわねばならぬ……されど、さようなことを申してもそちには信じてはもらえまいし、そもそも、そちは恩賞につられて動く男ではあるまい」

「では、何でつるつもりだ」

　秀吉は神妙な面持ちで答えた。

「そちには、息女を思う強い心がある」

「紫野……紫野はおらぬと申されたはずだが」

　そのとき、まだ落ち着ききらない半兵衛が、咳払いをしたのか、喋ったのかわからない掠れ声で詫《わ》び出した。

「『仕官いたされぬか』とうるさく迫り申したのも、無論、御辺《ごへん》のもののふとしての器を見込んでのことでもござるが、せめてもの罪滅ぼしをせんとの寸志のゆえにござった」

「いらざることを」

「半兵衛を責めるのは筋ちがいぞ」

　秀吉が上ずった声で言う。

「わしが甲斐性《かいしょう》なしだったのだ。上様をご説得申し上げられなんだ……さりながら、半兵衛はその後もな、そちに仕官の気がないのであれば、係累でも探し出して取り立て、忍壁の家名を残してやれまいかとわしに言うて来たのだ。そちのように仏門に仕える者にはいらざることかもしれぬが、我らは俗世を思いきれぬ凡夫ぞ。わしも『そうしてやってくれい』とこちらから半兵衛に頼むように承知した。やがて、半兵衛の手の者の探索により、娘御の行方がわかってきた」

「偽りを申すな。生きておるなら、紫野はなぜ俺に会いに来ぬのだ」

「会いとうても、会えなかったのでござろう」

半兵衛が言葉を継いだ。

「我らの探索によれば、御辺のご妻女、里久どのは一人でご生害《しょうがい》召されたのだ。幸助《こうすけ》と申す仁が、おのが娘を道連れにせんとする里久どのを説き伏せ、紫野どのともろともに小谷より落ちたそうにござる」

幸助は、忍壁家の僕《しもべ》の名だ。小谷での戦いの最中、世話役として妻子のそばにつけておいたのだが、その後の行方はわかっていない。しかし、涼山の父、忍壁権兵衛《ごんべえ》の代より仕えているあの男ならば、水火《すいか》をも厭《いと》わず紫野を救おうとするかもしれない。

「幸助は、いまどこに」

尋ねた声が、思わず震えた。

「城を脱出する際に織田の雑兵によって傷つけられ、身を寄せた百姓家で身まかった。紫野どのは、その後、旅中の白拍子に拾われ、京にのぼったという」

「それから、どうした。拾うたのは、どこの、どいつだ」

「しかとは、わからぬ」

やはり騙されたか、という思いに涼山が焼かれたとき、半兵衛は顔をあげた。

「こたびの戦がはじまる前、このあたりで吉野《よしの》と名乗る白拍子がもてはやされていたという。姿よく、声のびやかで才知に富み、その女性があらわれれば、輩《ともがら》の死に沈みたる座が明るみ、むくつけきもののふどもが花鳥風月に落涙《らくるい》する、と。その白拍子みずからが語りたるところによれば、近江の裏切り者なる父がかつて播磨守を名乗りしゆえに、何とはなしにゆかしくこの地にまいったと。しかも、父より与えられし名は紫野と申したそうだ」

不覚にも、眼前の半兵衛の姿がぼやけた。

彦七郎はたしかに播磨守を称していた。正式に朝廷から与えられた官名ではないが、父権兵衛が名乗っていたのをおのずと引き継いだのだ。娘の名も、いずれは京に浅井の旗を立てんとの志をこめて、京の地名「紫野《むらさきの》」に因んでつけてやったものだった。

「紫野どのは、今……」

半兵衛は、手を上げて板壁を指さした。涼山の視線もまた、壁に向かった。そしてすぐに、半兵衛が何を言おうとしているかがわかった。

「まさか……」

壁の向こうには志染川があり、その先には三木城が聳えている。

半兵衛は頷いた。

「戦いがはじまると、『裏切り者の娘なれど、播磨を捨てて織田のもとに参るわけにはまいりませぬ』と言うて、播磨の民草《たみくさ》とともに城に入ったと申すのでござる」

人違いだろう。娘はこの俺を憎んでいるはずだ。そう思ういっぽうで、その白拍子が娘であってほしいという気持ちもある。

だが、もし紫野が生きているとして、いずれは落ちる運命にある城に籠っているとはなんと因果なことだろう。せっかく拾った命をまた捨てるようなものだ。

涼山の思いが千々に乱れているとき、半兵衛がまさに短刀を突き立てる勢いで言った。

「早めに和議をととのえて開城させられれば、紫野どのを無事に救えるかもしれぬ」

「仮に内通を望む者を見つけ出せたとして、俺は逆にそやつを別所長治に突き出すかもしれぬぞ。そうして紫野を連れてどこぞへ逃げ去るか、あるいは、別所の一味として羽柴の兵に弓を引くかもしれぬ。そうは考えぬのか」

すると、秀吉が即座に言った。

「そのために、生死之介もついてゆく」

「裏切り涼山の見張りなど、ご免にござる」

生死之介は、露骨に嫌な顔をした。

「そちは、毛利退治のためなら、何でもすると申したではないか」

秀吉にきつく言われた生死之介がうろたえているのをよそに、涼山は思案した。

紫野に会えるものならば会いたい。この腕に抱きたい。しかし、半兵衛の述べた話はこちらを騙すための嘘かもしれないし、仮に紫野と名乗った白拍子が実際にいたとしても、娘とは別人かもしれない。あるいはそれが紫野であったとしても、三木城には籠っておらず、もはや別の地へ去っているかもしれないではないか。

問題はそれだけではない。いかに法体の身とはいえ城中への潜入には危険がともなうし、潜入できても内通を望んでいる者をうまく探し出せるとは思えない。探し出せたとしても、はたして落城までもっていけるものだろうか。万に一つ落城させられたとしても、羽柴秀吉や織田信長がまた約束を反故にして、内通者を野に放逐することだって十分に考えられるのだ。小谷のときの屈辱を、もう一度味わってたまるものか。

こんな馬鹿な話に乗るわけにはゆかない。そう決心したとき、御大将、申し上げます、と部屋の外で慌ただしい声がした。

「敵が、城より出て参って候」

居合わせた者が、いっせいに背筋を伸ばした。

「すぐにゆく」

秀吉は叫んで立ち上がると、部屋にいる者たちに言った。

「みな、ゆくぞ。涼山も来い」

「行かぬ。戦など、勝手にやれ。俺は、近江へ帰る」

半兵衛に肩を貸し、立ち上がらせた生死之介が嫌みたらしく言う。

「御仏《みほとけ》に仕える御坊には、戦は目の毒でござろう」

秀吉はいい加減にせよ、と生死之介を窘《たしな》めてから、涼山に言った。

「戦など見ぬでもよい。すぐに別所のやつばらを追い払って戻るゆえ、ここでもう少しだけ待っていてくれ、な」

こちらが待たずに去ってしまうことなど少しも考えていないように、厚かましく言って、秀吉はさっさと部屋を出ていってしまった。半兵衛は丁重に頭を下げ、生死之介は憎々しげな視線で一瞥《いちべつ》しつつ、二人とも後を追う。

涼山は白拍子とともに部屋に取り残された。気まずい雰囲気で見つめ合っていると、ばたばたと足音がして、秀吉が帰ってきた。

「涼山、乙御前には手を触れんでくれ。この通りだ」

顔を見せたまま頭を二度下げた姿は、一軍の総大将というよりは、物頭《ものがしら》に行きあった足軽みたいだった。さらに、白拍子に言う。

「ひと合戦おえるまで、この御坊のお相手をせよ」

秀吉はまた、やかましく床を鳴らして去っていった。

涼山は、苦笑せずにはいられなかった。恨んでしかるべき相手ながら、不思議な魅力の持ち主であるのは否めない。気がよくまわり、体も壮健で足取り軽く、しかも何とも言えない可愛げがある。家臣団にああいう男をもち、縦横に働かせられたかどうかが、織田と浅井の命運をわけたのかもしれないという感慨を涼山は抱いた。

ふたたび二人きりになると、白拍子は艶《えん》を含んで笑いかけてきた。

「さて、私でお相手がつとまりますことやら。私の得意な遊びと申せば、御坊はお厭いあそばすものばかり。酒を飲み、歌い舞いおどるか、はたまた――」

そこまで言って、女は身をよじり、脹脛の上にすえていた尻の位置を右から左に変えた。意味あり気に襟元をあわせ直す。法衣の身ながらぞくりとした。

「僧を誘惑したとなると、地獄へ落ちるかもしれぬぞ」

「では、何をお望みで」

「さきほど、我が恋は、と謡うていたのは、そなたか。よい声であった」

「忝《かたじけの》う存じます」

「一つ、面白いことをしてみぬか」

涼山は、ずんぐりとした乙御前釜を見ながら誘った。

「拙僧は見ての通りの痩《や》せ坊主だ。今すぐに大枚をくれてやるというわけにはゆかぬ。されど、明日の徒然の心配はせんですむかもしれぬぞ」

涼山がしゃがみ、耳元でささやいてやると、女は笑いながらも疑わしげな目を向けた。

「それは面白うございますが、御大将のお咎《とが》めは恐ろしゅうございます」

「なに、この涼山が知らぬ間にしでかしたことにいたせばよい。あるいは、『羅刹坊主に脅かされて致し方なく』とでも申しておけば、そなたがさして咎められることもあるまい」

女は喉を鳴らして、嬉しげに頷いた。

「承知つかまつりました」

「では、頼んだぞ」

涼山は、寝所を出ようとした。

「御坊、いずれへ参られます。もうご出立でござりますか。それでは御大将に叱られます」

「いや。修羅場にて衆生を引導するのも僧のつとめだ」

涼山はもっともらしく答えた。だが正直なところは、合戦のさまを見たくてたまらなかったのだ。あれほど避けていたくせに、戦がはじまると思うと体が熱かった。

三

秀吉は二の丸の位置まで降《くだ》り、柵の外へ床几を据えていた。すぐ側には、瓢簞《ひょうたん》と唐傘《からかさ》を馬印《うまじるし》として立てている。

涼山はそこからやや降った藪のうちに腰をおろし、両軍の動きを見物した。

すでに夜明けになっており、高台である平井山からは三木方の動きが手に取るようにわかった。二千五百ほどの兵が三木城を出て川のこちら側に渡ってきており、すでに鶴翼《かくよく》の陣を敷いて静まり返っていた。

涼山は首をかしげないではいられない。鶴翼の陣は文字通り大きな鳥が翼を拡げたような陣形であり、どちらかと言えば守備的な性格を持っている。特に大軍が少ない敵を受け止め、包み込んで殲滅《せんめつ》するのに適していた。取り巻かれている城方が敵の攻囲線を突き崩そうというのに、明るいときに、しかもたかだか二、三千の兵力で鶴翼の陣をかまえ、相手の攻撃を誘うなどというやり方があるだろうか。別所にはまともな将がいないか、あるいはいたとしても、その発言は取り上げられないに違いない。

浅井の命運が極まろうというころ、みずからも主君の父に疎まれ、意見を用いてもらえなかったことを思い返して涼山が塞いだ気分になったとき、山の下から、無数の鳥が一斉に飛び立ったような音が響いてきた。先手《さきて》同士で鉄炮戦《いくさ》がはじまったのだ。涼山は膝立ちになった。眼下の平地に、轟音と煙が満ちる。

鉄炮の音が鳴りやまないうちに、我慢しきれなくなった若武者どもが、双方から五騎、十騎と駆け出して槍を合わせはじめた。矢玉の乱れ飛ぶ中、押し出していく武者の数がどんどん多くなっていく。

「臆すな、かかれ」

涼山は膝をうち、声を漏らしていた。

いよいよ両勢がもみあっての乱れ討ちとなった。足軽どもの長槍が敵の陣笠をひっぱたく音や、武者どもの太刀の鍔音《つばおと》が聞こえてきて、涼山の鼓動も速くなる。

「そこで引く奴があるか。押し返せ」

あられもなく叫んでしまったとき、後ろから忌々《いまいま》しげな声をかけられた。

「出家には戦は目の毒ではないのか、糞《くそ》坊主」

振り返ると、鎧兜《よろいかぶと》に緋色《ひいろ》の陣羽織姿の秀吉がいつの間にか立っていた。馬印はまだ先ほどの位置にあり、小姓二人だけを連れて、こんなところにまで来ている。

「涼山、そちはどちらの味方だ」

秀吉に白い目で見られて、自分が別所勢を応援していたことに気づいたが、すまして答えた。

「どちらの味方でもござらぬわ。強いて申さば、御仏の味方よ」

「よう言うわ」

秀吉は目と歯を剝いたが、表情には余裕がある。それもそのはずだと涼山は思った。向こうがあのような拙い仕掛け方をしてくるのであれば、羽柴勢に憂いはないだろう。

ところがそう思った直後、周囲の兵らがどよめいた。涼山と秀吉はあわてて山の下へ目をやった。別所の陣の後方から、新手《あらて》の兵があらわれたのだ。

疲れた兵と入れ替えるつもりかと思いきや、それまで戦っていた兵が引き上げる気配はない。どうやら羽柴勢を二方から包むつもりらしい。しかし、一時的な優勢は得られても、羽柴勢は山上に多くの兵を温存しているため、すぐに押さえ込まれるだろう。

あまりぱっとしない策だとがっかりしていると、その予想もはずれていたことに涼山は気づいた。七百ほどと見える新手は、まっすぐに山を駆け上がってくるのだ。主力で羽柴勢の主力をささえているうちに、別動隊で一挙に秀吉の本陣を突こうという策らしい。

「阿呆《あほう》な」

涼山と秀吉は同時に言った。

例えば夜のうちに兵を伏せておき、戦いが始まるとともに思わぬ方向から本陣に襲いかかるという策ならわからないでもないが、いま、山を登ってくるわずか七百の兵は高所に布陣する羽柴勢から丸見えなのである。これでは、全滅したがっているに等しい。

「みなの者、動くな、動くな」

はやる兵らをよく透る声で諌《いさ》めながら、秀吉は馬印のほうへ駆け戻っていった。

「別所の阿呆どもには、まだまだ山を登らせてやれ。向こうが疲れ、息を切らし、足をもつれさせたところで一挙に追い崩す」

秀吉の下知どおり、別所の別動隊の列が伸び切って、隊形が乱れたところで、羽柴勢は山を駆け降りた。

別所に肩入れしているのが涼山には馬鹿馬鹿しく思えてきた。羽柴の兵は槍の穂先をさげてまっしぐらに突っ込み、まるで鉋《かんな》が木の肌を削り取るように別所の兵たちを浮き足立たせ、山下へ転げ落としてゆく。別所勢はたちまちに追い崩された。

いっぽう、山の下の別所の主力も押されている。陣立てを次々と突き崩されて、羽柴勢に大将の間近にまで迫られていた。

そばを通りかかる足軽連中をつかまえて尋ねてみたところ、理由はわからないが、当主の別所長治はすでに二十二になるというのに表にはあらわれないのが別所家の風らしく、大将は叔父の別所山城守だということだった。馬上の山城守は、涼山の位置からは豆粒みたいだが、それでも敵の猛攻にうろたえているのがわかる。

別所の拙い戦ぶりを苛立ちながら眺めていたとき、山城守の側に馬を並べている者の異様さに目がとまった。一頭の馬に二人で乗っているのだ。前に乗っているのは赤鎧を着た武者である。それを、小具足姿の者が後ろから支え、手綱をとっていた。後ろの者は一見、少年のようだが、胸や尻の肉のつき方から女とわかる。

女と一緒に馬に乗っている武者というだけで人の耳目を引きつけるに足るのだが、それだけでなく、涼山には赤鎧の男の乗馬姿に見覚えがあった。

それは浅井の猛将の一人として恐れられ、〈鬼赤尾〉の異名をとった赤尾左馬介だった。涼山の妻、里久はその従妹《いとこ》にあたる。年齢も左馬介は涼山より一つ上で、幼い頃から互いに忠勇を認め合ってきた。しかし、左馬介は武功のためならば手段を選ばない酷薄《こくはく》さの持ち主で、それが気に入らなかった。

けれども今では、左馬介は涼山のことを薄情な男と罵るにちがいない。中途で主家を見限った涼山とは異なり、左馬介は最後まで本丸近くの赤尾曲輪で奮戦したと聞く。そしていまも、織田勢への徹底抗戦をつらぬき、別所の大将の近くに仕えていると見えた。

赤尾に目を奪われているとき、そばで、けたたましく呼ばわる声がした。

「御大将はいずこにおわす。功名の印を見せ申さん」

秀吉の本陣を突こうとした別所の兵らは散々に討たれ、崩れ去っていたが、その死体の山を越えて斜面を駆け登ってくる二人の男がいる。二人とも黒糸縅《くろいとおどし》の鎧ながら緋縅《ひおどし》のように血まみれで、抜き身の刀の先に首を貫き掲げながら、秀吉を探している。

「御大将はいずこぞ」

羽柴の兵が、討ち取った敵の首を喜びいさんで大将の実検にそなえようとしていると見えなくもないが、それにしては、目におびただしい殺気があった。

決死兵だ、と涼山は悟った。別所の武者が羽柴兵のふりをしてできるだけ秀吉の側に近づき、斬ろうとしているのだ。無論、生還することは考えていまい。

「若い」

思わず呟いた途端、口中に春草のえぐみが広がったように感じた。おのれの死がどれほどの意味を持つかもかえりみず、ただ敵将の命を奪うことだけを、火の玉になって目指していられることこそ若さのあらわれだ。

ああいう若すぎる者たちの命が、姉川でも小谷城でも多く散った。そしてこの俺もまた、かつてはあのような若者だったと涼山は思った。主家のために死を望みながら、なにゆえにか死ねず、生き恥を晒《さら》しているまでのことだ。

首を掲げて駆け上がる二人を呆気にとられて見守る秀吉の馬廻衆《うままわりしゅう》のうちから、ひとり駆け出した男がいた。寺本生死之介だった。刀を振りあげ、行き向かう。決死兵らは、刀の先の首を捨てた。

ようやく我に返った馬廻衆が、ぞくぞくと斜面を駆け降りはじめる。

生死之介は一人を一刀のもとに斬り伏せた。すぐさま、もう一人を仕留めにかかる。

次の男は、生死之介の打ち込みを刀の峰で撥ねのけた。生死之介は上段に構えなおし、相手の前進をはばむべく立ちはだかる。

二人が睨み合っているうちに、馬廻衆が追いついた。

決死兵は闇雲に刀を振り回し、前へ前へと出ようとする。しかし、取り囲む羽柴兵が、寄ってたかって槍で叩きはじめた。決死兵は刀を取り落とし、倒れて、涼山の位置からは見えなくなった。別動隊によって秀吉を襲う別所の企図は潰《つい》え去ったのだった。

麓の別所の主力も分散してしまっていた。ちりぢりになった小勢は羽柴の兵に包まれて、相互の連絡を失っているのだ。これ以上、戦っても利はなく退却すべきだが、散らばった兵をおさめるのは容易ではないだろう。そう涼山が思っていると、小高い丘の上に陣取った大将と赤尾左馬介の乗馬がこちらに尻を向けた。周囲の馬廻衆も動き出した。

「なんと――」

涼山は立ち上がった。山城守らは死闘を繰り広げている麾下の兵を見捨てて、川向こうに引き上げるつもりらしい。

左馬介の進言ではあるまいか、と涼山は想像した。あの男なら、軽い身分の兵の命など平気で見殺しにしかねない。しかし左馬介の発議であっても、それを容《い》れる大将も大将だ。またあのような愚将が、意地のために無辜の民を無駄死にさせているのか。侍が為政者としてふんぞり返っていられるのは、下々の身や生活を守ってやるからではないのか。

激しい怒りに駆られていると、秀吉の馬廻衆の群れから、先程の決死兵がふらりと出てきた。まだ生きている。しかし、すでに戦意を喪失しており、数歩すすんだところで地面に崩れた。そのまま、両側から腕をかかえられ、秀吉のもとに引きずられてゆく。途中、抵抗できないその兵を、羽柴の兵どもが横から殴ったり、蹴ったりした。

「待て、これが羽柴のやり方か」

我慢できず、涼山は駆け出した。

「勝負は兵家《へいか》の常。次は我が身と思い、勇者は丁重に遇するが古来の例《ためし》なり」

別所の武者が引かれてゆくさまを槍を立てて見物していた、兜をかぶった武者がうるさそうにふりむいた。

「坊主は黙っていろ。かわりに、この者に引導を渡してやれ」

ぼろ切れのように振り回されている別所の武者を指さす。それから、また背を向けた。

〈仏に逢うては仏を殺し、祖に逢うては祖を殺す〉という禅語が脳裏をよぎった。あの勇士が無道な扱いを受けているのに黙って見ていなければ仏罰を受けるというのであれば、その仏とやらと斬り結んでくれるという気分になった。

涼山の凄絶な気合いを感じて、先ほどの武者がもう一度振り返った。その瞬間、肩で武者の鳩尾のあたりにぶつかりつつ、腰の打ち物を奪う。武者は立てていた槍を倒す。その喉を、掻き切った。

久方ぶりに、人間の命脈を断った感触が腕に走った。その途端、憤りが数倍に膨れあがり、もう自分で自分を止められなかった。

突如坊主が暴れ出したことに驚いた羽柴兵らが、いっせいに槍や打ち物をこちらに向ける。涼山はものともせず、そのただ中に身を投じた。たちまちに、二つの首を撃ち落とす。首が転がるのを見慣れた者どもも、その素早さに震え上がった。

「狂ったか、涼山」

目の前に駆けてきたのは生死之介だった。長浜の市でのときと同じく、上段から来る。

激しい鍔音。涼山と生死之介は互いの肩をぶつけた。刀は、鍔元で絡み合っている。

「待て。みなの者、引け、引け」

秀吉の声だった。馬を疾駆させて近づいてくる。

「うぬら、恥を知れ。御坊の申す通りぞ。その別所の強者《つわもの》に、早う手当てをしてやれ」

兵どもに激しく下知しながら、馬を走らせる。その後ろから、竹中半兵衛も馬に乗ってやってきた。二人は涼山と生死之介のそばまで来ると、馬を降りた。

「二人とも、離れよ」

秀吉に言われても、涼山と生死之介は絡み合ったまま動かなかった。頬を寄せ、瞳を流して睨みあう。

「これが、公界人のやり方か」

生死之介が低く詰った。

「僧の身は捨てた」

そう呟いた涼山は、つぎには大音声《だいおんじょう》で言った。

「羽柴筑前守どのに申し上げる」

「な、なんじゃ」

「三木城、落としてみしょうぞ」

生死之介が目を剝いた。刹那、涼山は生死之介を押しのけた。二人とも跳躍して間合いをひろげると、切先を相手に向ける。

しかし、涼山はすぐに刀を背にまわし、秀吉の前にひざまずいた。秀吉の後ろには半兵衛が蹲踞《そんきょ》している。

「調略のこと、お引き受け仕《つかまつ》る」

「まことか……」

秀吉は半兵衛へ目をやった。半兵衛はかなりだるそうな様子だが、それでもはっきりと顔をほころばせている。

掻楯《かいだて》にぐったりと横たわった決死兵が、秀吉たちの背後を運ばれてゆく。あるいはもう息はないかもしれないし、あったとしても長くはあるまいと涼山は思った。暗澹《あんたん》とした気分でそれを見送ると、立ち上がって三木城のほうへ向いた。散々に追われた別所勢の城への退却は、まだつづいている。

弓鉄炮を並べて丘の上に籠る別所の侍と播磨の人々が、暗く冷たい深海でじっとしている貝のように思えた。その固く閉ざされた殼を開かせる策など見当もつかなかったし、あの中に紫野がいて、ただ死を待ちつづけていると考えただけで居ても立ってもいられないほどの焦慮《しょうりょ》をおぼえる。しかし、三木城に潜入し、調略に当たろうと決意するにあたって、城中に紫野がいるかどうかは大きな問題ではなくなっていた。

必死になって主を頼み、忠順に働く人々を、頼まれた主のほうがいいように使ったうえで無駄死にさせることが許せなかった。すなわち、涼山を突き動かしたのは、小谷城で浅井家を裏切ったときにおぼえていたのと同じ類《たぐい》の怒りだった。

第四章　坊主入城

一

初めて袖を通した僧衣にも、地面にも、おのれの髪が散らばっている。遺髪には事欠くまいと生死之介は思った。盥《たらい》の水に映る顔は、頭も鬢もつるりと剃られて豆のようだ。

「こうして見ると、なかなかの善知識だ」

剃刀《かみそり》を手にして傍らに立つ涼山が笑った。二人とも行脚の僧のふりをして、今夜、三木城内に潜入しようとしていた。

「お主にも法名がなければならぬな」

涼山はしばらく、乾き切った高い茜空《あかねぞら》を見上げ、それから言った。

「キュウトクというのはどうだ」

「キュウトク……どんな字だ」

「涼山の趣旨は、〈寒山より生ぬるい奴〉だそうだ。お前も拾得《じっとく》より一つ引いて九得《きゅうとく》だ」

拾得は寒山とともに中国の天台山に暮らしたと伝えられる僧で、寒山拾得あわせてしばしば画題になった。

「そんなふざけた名はご免だ。もっと徳のありそうな名にしろ」

「生死之介とどちらがふざけている」

するとそこへ、鉄炮を担いだ連中が七、八名やってきた。引き連れているのは、竹中半兵衛だ。左右の者に見守られながら、痩せた体をふらふら揺らして進むさまは、必死になって地に足を着け、天に舞い上がるまいとこらえているようだった。

「涼山どの、お望み通り、陣中でも選《え》りすぐりの名手を連れてまいったが」

どうだと言わんばかりに、半兵衛は鉄炮足軽を見渡した。どれも歴戦の強者らしい面構えだった。

涼山は、足軽たちに語った。

「できるだけたくさんの鉄炮を集め、弾を込めておくのだ。いざ我らが走り出し、別所方の柵に向かいはじめたら、背中にどんどん撃ちかけてもらいたい」

生死之介は両手で携えていた盥を地面に叩きつけて、立ち上がった。水が跳ねる。

「馬鹿な。城方からも撃たれかねないんだぞ。前後から蜂の巣にされてしまう」

「こちらの陣が黙って見ている中、我らがゆうゆうと城方の柵にいたったとしたら、それこそ『羽柴の間者がまいってござる』と申しておるようなものだ。我らは捕まり、きつく尋問された揚げ句に斬られる。そこで、この調略策は終《しま》いだ」

「柵にたどり着いたとき尻を撃たれていれば、羽柴勢の手から命からがら逃げてきたと思ってもらえるということか」

生死之介が最後に皮肉な笑いを付け足すと、涼山も目尻に皺を寄せて頷いた。

「まあ、そういうことよ。織田は仏敵だと評判だ。頭を丸め、法衣を着た我らが、羽柴の足軽に鉄炮を撃ちかけられながら走ってきてみろ。『哀れよ、また御坊が濫妨《らんぼう》狼藉を受けて逃げている。早う助けてやらねばならぬ』と柵の門を開けてくれる」

「柵にたどり着く前に、味方に撃たれなければの話だ」

「だから、半兵衛どのに手練《てだれ》を集めてもろうた。確かに、本当に弾を当てられては、敵中にたどり着く前にあの世ゆきだ。されど、あからさまに外れるように撃ってもろうても、間者であることが露見し、これまた敵の手にかかることになる。つまり、我らが生き延び、この策を全うするには――」

涼山はするどい目つきを、足軽たちに向けた。

「当たりそうで当たらぬように撃ってくれねば困るのだ」

足軽たちは互いに緊張した顔を合わせた。だが、一人が顔をほころばせると、次々と吹き出した。

「これはなかなか難儀だの」

そう言って、半兵衛も一緒になってにやついている。

人の生死に関わる大事に何をへらへらしていやがると、生死之介はむかっ腹が立ち、言い放った。

「勝手にしろ」

涼山の計画どおりに物事が動き、それに自分が振り回されるのが気に入らない。しかし、命を惜しんでいると思われるのも癪《しゃく》であるため、それ以上は何も言わなかった。

朝の合戦に勝利した羽柴勢は、志染川の間近まで掻楯や逆茂木《さかもぎ》を進めていた。このところ水嵩《みずかさ》は減り、剝き出しになった石のあいだを十間余の幅に水が流れている。

川の向こうには、別所方の馬防柵《ばぼうさく》や逆茂木が並ぶ。城外へ使いに立ったり、城中に食料を運び入れたりする者がないよう監視するため、羽柴勢は夜になっても昼間のように篝火を焚《た》いている。その光に照らされた河原の石や草木、別所方の柵は深い影をたたえて、動物の骨のように見えた。

「涼山、もしあの柵の向こうに生きてたどり着けたとして、そのあとどうするつもりだ」

塀のように並べられた掻楯を背にして、生死之介は問うた。息が白い。

「裏切り者には裏切り者がわかるのか。こいつの持ち主を、どうやって探し出す」

脇に置いている笈《おい》を叩いた。行脚の僧が経典や仏具、販売用の札などを入れて背負うものだが、中には三巴の紋のついた例の脇差が隠してある。

横に座っている涼山は、こちらを見ずに言った。

「向こうに行ってから考えるさ」

二人が背にしている楯の向こうには、川の浅瀬がある。鉄炮足軽たちの準備ができ次第、そこを駆け抜けて別所の陣へ向かう心積もりだ。

生死之介は懐をさぐると、三日月の寸鉄をいじった。どうやら、涼山にもこの調略策を成功させる目算はないと思うと、そうせざるを得なかった。寸鉄を取り出して見つめる。

すると、尋ねられた。

「大事なものなのか」

「山中鹿介どのが、ご愛用の品をくださったのだ。三日月がお好きなお方でな。天空に三日月がかかるたびに、祈られていた。『限りある身の力ためさんがため、我に七難八苦を与えたまえ』と。奇特な御仁よ」

先端の刃の部分が、篝火を受けて鋭く光っている。それに、じっと見入る。

「鹿介どのが吉川の手にかかられたとき、俺も一緒にいた。上月城が落ち、毛利の虜囚《りょしゅう》となって押送《おうそう》される最中、川辺で休息を取った。そのとき、だまし討ちにしやがった」

白い息が、目の前に大きく広がった。

「刀は取り上げられていたから、さすがの鹿介どのもあっけなく討たれてしもうた。だが、俺はこの寸鉄を隠し持っていた」

「それをふるって、囲みを抜けたか」

「命を拾った揚げ句、お主の目付役をやらされるとは思わなかった。しかも、お主が引き受けたのは、とうていうまくいきそうにない策だ」

「では、なぜついて来る。お主も七難八苦を引き受けて、身の力をためそうというのか」

正直言えば、ついて行きたくなどない。しかし、羽柴秀吉も竹中半兵衛も恩人だ。毛利を倒すという同じ目的を抱く自分を拾ってくれた。

「俺は、それほど立派な人間ではない。だが、任された務めが難しいものや嫌なものだからといって逃げたり、主を簡単に変えるようでは、禽獣《きんじゅう》に等しいことになろう」

わざと当てつけるように言ってやると、涼山はぶすっとした表情になった。そのとき、敵に姿を見られないよう、身をかがめながら走ってくる者がいる。

「諸事、ととのうて候」

選りすぐりの鉄炮足軽を率いる物頭だった。涼山と生死之介は尻をあげた。笈を背負い、錫杖を握る。

「御坊らが柵から走り出るや、鉄炮を派手に撃ちかける。当たりそうで当たらぬように撃つつもりだが……なにせ夜だ」

太った物頭は、髯《ひげ》とつながった豊かなもみ上げをかきむしっている。

「それは、どういう意味だ」

生死之介は食ってかかった。

「万が一、当たってしもうたら、忘れずに糞を飲めよ。腹いっぱいに」

それだけ言うと、物頭は駆け戻っていった。訳がわからずに涼山に問う。

「何のことだ」

掻楯と掻楯の間から外をうかがいながら、涼山は答えた。

「昔から、馬糞を飲むと血が止まり、傷が癒えると言われている」

「効き目などあるのか」

「さあな。我らがやろうとしている策略よりは役に立つかもしれぬ。さ、行くぞ、九得」

一度笑ってみせると、涼山は掻楯の外へ走り出た。

「その名はやめろ」

生死之介も追いかける。

途端に、射撃が始まった。足下で、弾丸にはじかれた石がつぎつぎに跳ね飛んだ。やけにぎりぎりに撃ってくるものだ。

川の浅瀬に駆け込んだ。月明かりに、小さな水柱が一面に躍るのが見える。膝まで水につかり、足が重い。前を行く涼山が何か喚いたようだが、轟音で聞こえなかった。

水は驚くほど冷たかった。ごつごつとした石が、足の裏に突き刺さる。

別所のほうからも、射撃がはじまった。羽柴方から撃ってきたので、じっとしてはいられなくなったのだろう。水柱は立ちつづけている。手首と肘が激しく痺れた。錫杖に別所の弾が当たったのだ。

「おい、俺たちを撃つな。助けてくれ」

生死之介は別所の柵に向かって叫んだが、おそらく聞こえないだろう。前からも炮声はやまない。篝火の明かりに、煙がたなびくのが見える。

涼山が対岸にたどり着き、水から上がった。生死之介も息を切らして、ようやく岸にあがる。そのとき、涼山が地に体を投げ出した。俯《うつぶ》せに、大の字になって倒れる。笈から煙が出ていた。生死之介は駆け寄った。

「背中を撃たれたか」

「ほんとに当てやがったな」

涼山は忌々しげに言った。意識はあるようだ。

その間も、硝煙の匂いが満ち、周囲の石は跳ね、転がりつづけている。じっとしていては、二発目、三発目を喰らう。生死之介は別所勢に手を振り、呼ばわった。

「おい、助けてくれ」

手足を縮めながら、涼山が言った。

「あわてるな、九得。大事ない」

前方からの射撃がやんだ。柵の門が開いて、別所の兵が三人、駆け出た。

「御坊、しっかりなされよ」

「いま、助けにまいる」

涼山が起きあがったとき、兵らがそばまでたどり着いた。涼山は両側から担がれるようにして、連れていかれた。生死之介も走る。そうしてようやく、柵の内側に入ることができた。途端に、射撃音が聞こえなくなった。

へたり込んでいる二人のところへ、雑兵たちが何十人も集まってきた。みな、涼山のことを心配そうに見ている。涼山は大事ない、大事ないと繰り返しながら、穴のあいた笈をおろした。中から、丸く大きな風呂敷包みを抱え出し、おもむろに拡げる。鏡餅でも入っているかに見えた。

「なんだそれは。重そうだな」

中から出てきたものを見て、生死之介はしばし言葉を失った。兵がたずさえている松明《たいまつ》に浮かび上がっているのは、灰がかった姥口の茶釜だった。

「乙御前ではないか」

涼山が裏を返すと、茶釜の底は無残にも、粘土の塊を篦《へら》で削ったようにくぼんでいた。その中心部には、丸く鋭い弾の痕がある。涼山はそこに指を突っ込みながら、苦笑した。

「白拍子に持って来させた。あとでくれてやるとの約束で」

生死之介は涼山の耳元で詰った。

「こんなことをして、ただではすまぬぞ」

「我らを見捨てたら乙御前がどうなるかわからぬぞ、という脅しのつもりだったが……すっかり傷ものだ。乙御前どのは、もう乙女《おとめ》ではない」

「そんなことを申しておる場合か」

生死之介は周囲を見まわした。兵たちは僧侶に対する敬意から助けてくれたというのに、このような品のない会話を聞かれてはまずいと恐れたのだ。しかし兵らは、僧たちが激しい剣幕で何をぼそぼそ言っているのかと当惑するばかりだ。

涼山は笈に茶釜を戻したところで、みなに頭を下げた。

「よう助けてくださった。忝い」

「また、織田の連中に痛めつけられたのでござるか」

兵の一人が尋ねてきた。涼山は、これまで見せたこともない、卑屈な笑顔になった。

「これより西国へ参ろうと通りかかったとき、東国の兵どもに衣服と荷物を置いて、裸でいけと言われましてな。『ご勘弁を、ご勘弁を』とひたすらに断って逃げようとすると、刀で追いまわされ、鉄炮を撃ちかけられる始末。こうしてようよう、みなさまにお救いいただいたのでござる。まことに地獄で御仏に逢うとはこのこと」

涼山が話すあいだ、一同からはどよめきや、溜め息などが聞こえた。そしてみな、「我らが借りは返してくれよう」とか、「もうご心配にはおよばぬ、ゆるゆるとご逗留くだされよ」などと言う。ずいぶんと純朴な人々だと、生死之介は呆れ返った。

そのとき、衣笠さまだ、という声が聞こえ、一同に緊張が走った。足軽たちが左右に別れ、その間を烏帽子姿の、若い鎧武者が歩いてくる。足軽大将くらいが来たようだ。生死之介も涼山も膝立ちになり、姿勢を正した。

「敵のもとより逃げて参った坊主とは、そのほうらか」

「それがしは涼山と申し、これなるは九得と申しまする。ありがたくも、御家中のご慈悲をもちまして、ようよう露の命をつなぎ申した」

衣笠という武者は、二人に毛虫でも見るような目を向けてきたかと思うと、今度は周囲に下知した。

「坊主らを、すぐに追い出せ」

兵らが抗議する。

「せっかく、命からがら逃げて参られたものを……」

「相手は出家ではござらぬか」

なかには「仏罰、恐るべし」と叫ぶ者もいたが、衣笠は動じない。

「法衣を着ておるからと申して、安心できぬわ。敵の間者かもしれぬ。すぐに追い出せ」

雑兵たちは衣笠の前でつぎつぎと膝を折り、額を地面にこすりつけるようにして、お願いでござる、お願いでござると唱えはじめた。衣笠の表情も、さすがに困惑し出した。

「よし、持ち物を調べよ。怪しい物を持っておらなければ、願いの通り坊主らをここへ置いてやろう」

雑兵どもが歓声をあげた。しかし、生死之介は鼓動の高鳴りをおぼえた。自分の笈には三巴紋の脇差が入っている。それこそ、こちらが羽柴の密命を帯びている動かぬ証拠であり、見つかれば命はあるまい。

地に伏せてある錫杖に手をやる。ようやくたどり着いてすぐに逃げ出さねばならないとは情けないが、一か八か、こいつをふるって柵の外へ飛び出すよりほかはない。

「九得よ、そなたの笈を貸せ」

生死之介の承諾を得る前に、涼山が後ろへまわり、背中に取りついた。笈を開けている。

「おい、何の真似だ」

振り返ったときには、涼山は例の脇差の刀袋を取り出していた。紐をほどき、中身を引き出した。そして、鞘の紋を見せつけるように、差し出してしまった。

衣笠は松明に照らされた三巴の蒔絵に、じっと見入っている。

「これは……」

「ご明察のとおり、我らはただの僧ではござらぬ」

ぎょっとする一同を、涼山は上目遣いに睨めまわした。

生死之介には、涼山が何を考えているのかさっぱりわからない。あるいは、羽柴を裏切り、娘が身を寄せる別所に寝返るつもりかもしれないと思った。

二

生死之介と涼山は前線の地から、三木城内に連れていかれた。大勢の兵たちに囲まれているためもあり、また涼山の真意をはかりかねているためもあって、生死之介は黙ってついて来てしまっている。

内部を歩いてみれば、ここがいかに難攻の城かがわかる。細い通路の両側には狭間《はざま》を設けた塀が並んでおり、侵入者があれば、左右から矢玉鉄炮玉を浴びせられるようになっている。また急斜面にはいたるところに竪堀や柵が設けてあり、主郭には容易に近づけない。それはつまり、ここから逃げ出すのも難しいことを意味した。

二人が連れてこられたのは、美嚢川に面した曲輪の、大きな御殿の庭先だった。建物は屏風《びょうぶ》を立てたように、折れ曲がって連なっている。そこはおそらく、家臣が集まり式典などを行う場所と思われた。二人の両側には、大きな篝火が燃え盛っている。

先程の衣笠が、御殿の奥から三方を手にし、濡れ縁を歩いてきた。足軽に囲まれていたときとはうってかわった折り目正しい挙措で、二人の目の前に座す。それからしばらくして、障子戸が半開きになっている書院の中に影がうごめくのが見えた。

「別所山城守どのである」

衣笠が宣するのにあわせて、二人の僧は体を折り曲げた。衣笠は、三方を戸のあいだに差し出した。脇差が載せてある。影が殿中の闇より躙り出て、前かがみになったため、篝火の光に太い口髭と四角い顎が見えた。鞘の紋様をしげしげと見てから尋ねてきた。

「この脇差を、どこで手に入れた」

書院にも燭台があるのだが、生死之介の位置からはその姿はぼんやりとしか見えない。

涼山が、答える。

「左三巴は別所家の御定紋。さぞや、御当家の御歴々のお持ち物かと――」

「確かに、殿より重臣らに下賜されたものだが、どこで手に入れたかと尋ねておる」

今日の敗戦もあってか、山城守の言葉は落ち着きを失っているように聞こえた。

「これを所持して、御城の外へ出た者がござる。だが、別所孫右衛門どののもとへ参ろうとしたものの、我らの一味によって斬られ申した」

「一味とは」

「小早川左衛門佐《さえもんのすけ》どのに忠義を尽くす者ども」

大口を開けて、生死之介は涼山を見た。小早川左衛門佐隆景といえば、吉川駿河守《するがのかみ》元春とともに毛利両川の一人である。でたらめにしては大物の名前を出したものだ。

「ご用心あらせらるべし。御歴々のうちに、孫右衛門どのを仲立ちとして、羽柴方に内通せんとする謀反人がおるものと思われます」

縁上の二人が息を呑んだのがわかった。しかし、いちばん驚いているのは自分だと生死之介は思った。内通を企てている者をこっそり探し、ひそかに内外呼応して兵を動かすはずであったのが、涼山は謀反人の存在を敵の事実上の大将に教えてしまっているのだ。やはり、こうなっては何をしても無駄だ。この調略策は失敗したのであり、寸鉄で涼山を突き殺してやりたい気分だった。

生死之介が歯嚙みしているとき、障子戸が大きく開いた。別な男がいる。篝火のすぐ近くであることもあって、その姿はよく見えたが、異様なものだった。赤胴を着け、殿中にありながら赤い面頰と柿色の頭巾で顔を覆っている。

面頰の、端のつり上がった細い口を通して、耳障りな、こもった声がした。

「忍壁彦七郎……いや、涼山か。久しぶりだの」

「赤尾左馬介か」

どうやら、二人は知り合いらしい。

「俺も名を変じ、いまでは降魔丸と名乗っておる。天魔織田信長を降《くだ》さんとの誓願ゆえだ。されども、遁世《とんせい》したうぬが、小早川どののもとで働いているとは知らなんだ」

「遁世はしたのだが、やはり織田は気にくわぬでな」

降魔丸は背筋が寒くなるような、酷薄な響きの笑い声をあげた。

「因果応報、自業自得とはこのことだな」

「降魔丸、存じ寄りの者なのか」

山城守が尋ねる声が聞こえた。降魔丸は一礼して答えた。

「この者も、それがしと同じく近江浅井の旧臣。私利を得んとして主家を裏切ったところが、結局は頼みの織田に裏切られ、所領も妻子も失った愚かな男にござる。憎きことにその妻は我が親類。それがしに成敗をお許しいただければ、欣快《きんかい》の至りにござりまする」

「もし小早川どのの配下であれば、そのようなことは許されぬ」

「さりながら、こやつは詐計《さけい》を事とする者。御歴々のうちに謀反人がいるなどという話も、どこまでまことやら疑わしきかぎり」

「だが、これは恩賜の御刀に間違いない。用心せぬわけにはゆかぬであろう。私怨に拘泥《こうでい》している折ではない」

降魔丸は頭《こうべ》を垂れ、引き下がった。

「八郎」

山城守が呼びかけると、衣笠八郎は縁に手を突いて、はっ、と応じた。

「ただちに御刀衆一同に伝えよ。明朝、それがしの屋敷に恩賜の御脇差を持参いたせと」

「はは」

「それから、不穏な動きをなす者があらわれるかもしれぬゆえ、油断なく守りを厳にせよと全軍に触れを出せ」

「承知つかまつりました」

衣笠が立ち上がり、小走りに去ると、山城守は庭上の僧侶たちに語りかけた。

「そちらも、事が明らかになるまではここに留まってもらうぞ」

「それは、ありがたき幸せ」

涼山は感激した声をあげた。

「我らとしても、もう、敵の鉄炮玉はご免にござります」

「ところで、毛利の軍勢はいつごろこの地へやってきて、織田を蹴散らしてくれる。小早川どののご存念は」

こちらの心底を探るように山城守は尋ねてきた。生死之介は緊張しながら、涼山の答えを待った。

「詳しきことは我ら下々にはわかりかねますが、毛利家は信義のお家柄。必ずや機を見て織田のやつばらを打ち払うべく東進されましょう。それまで、ご当家にはご奮戦いただかねばなりませぬ。ここはすみやかに、獅子身中《しししんちゅう》の虫を成敗するがご肝要」

涼山の答えを聞いても、山城守は何も言わなかった。沈黙と緊張が一帯を占める。ややあってようやく、御殿のうちより声が返ってきた。

「降魔丸、この坊主らを休ませてやれ」

山城守は立ち上がり、奥へ消えてしまった。

替わって庭の隅から、狐でも駆けてきたように、影が涼山たちのもとへ素早く近づいてきた。

「ついて来い」

身形《みなり》は帯刀した男だが、声は若い女のものだった。涼山と生死之介がその男だか女だかわからない者にしたがって立ち上がったとき、降魔丸が殿上から体を震わし、声をかけてきた。

「俺はうぬを許さぬぞ」

涼山は振り返った。

「うぬが小早川どののために働いていようとも、いずれは、決着をつけねばならぬ」

赤鎧の札《さね》がこすれ合って鳴っている。それが愁訴の声にも聞こえた。

何も答えないまま、涼山は御殿から目をそむけ、歩き出した。

男女が生死之介と涼山とを連れていったのは、東国兵を恐れ、城中に逃げ込んだ領民が暮らしている長屋であった。

屋内に入ると、ざっと見渡して三十人ほどの老若男女が、蓆を敷いたうえに胡座をかいたり、寝転がったりしているのが松明に浮かび上がった。本日の敗戦のせいか、みな虚《うつ》ろな表情をしている。中には実際に合戦に参加したと見え、鮮血に汚れた布を顔や手足に巻いている者もいる。羽柴秀吉の陣所では二人は特別待遇だったが、ここでは一介の遊行《ゆぎょう》の僧として、一般の民に交じって寝ることになるようだ。

城中にはこうした長屋がいたるところにあった。羽柴の陣所では、数千人単位の播磨の民が兵とともに三木城内に籠っていると推定していた。

この当時、戦における濫妨狼藉はほとんど正当な経済活動とみなされており、領主が他国に出兵するのは、自領の民に略奪行為をさせるためである場合が多かった。兵は侵略地において、蓄えられた金品や穀物を奪い、収穫前の田畑を刈り取り、逃げおくれた人を捕まえて奴隷商に売る。不作などに陥って生活が苦しくなると、領民のあいだには「よそへ行って強盗を働きたい」という欲求が高まるものだが、にもかかわらずぐずぐずと戦をしない領主は、その地位を追われることになる。

いっぽう、他国の兵が略奪に来たときには、領主には領民を城中にかくまい、その生命と財産を保護する義務がある。領民から保護者としての頼もしさに欠けると目されれば、領主はまたその地位を追われるのが世のならいなのだ。

先に横たわっていた人々に詰めてもらい、涼山と生死之介が寝場所を確保すると同時に、男女は帰っていった。するとすぐに、涼山は傍らの百姓の婆に問いかけた。

「白拍子を見かけぬか。二十歳ほどで……」

婆は突然に語りかけられた戸惑いもあって、首をひねるばかりだ。

「父に似たか、母に似たかは知らぬが、なかなか評判の女らしい」

「さて……」

生死之介は涼山の肩をつかんで、話をやめさせた。口を涼山の耳元に近づける。

「さっきのは、どういうつもりだ」

「どう、とは……」

澄ました顔で問い返してくるから、いよいよ腹立たしい。

「なぜ、内通せんと企む者がいると教えたのだ」

生死之介は懐中の三日月を握りしめた。

「御殿で、しかも山城守の前にて『謀反を企てる者がいる』などと申してしまえば、その噂は城中に瞬く間に広まるではないか」

懐に入っている生死之介の腕に一度目をやってから、涼山はつっけんどんに答えた。

「わざと広めるためにそう申してやったのだ」

「お主は裏切ったのか。あるいは、小早川に仕えているというのはまことか」

涼山の目が細くなった。そして、あれははったりよ、とふてぶてしい笑顔で言った。

「山城守が謀反人を探しておるとなれば、内通を企てていた御刀衆は、今夜のうちにも兵を挙げるだろう。もちろん、山城守もそれを予想して城中のいたるところに兵を配している。ひとたび謀反人が立ちあがれば、城内で大きな合戦が起こる」

目をぎらりと輝かせる。

「そのとき、俺は反逆者のところへ行って話をつける。お主は城のあちこちに火をつけてまわってくれ。それを見れば、羽柴の兵も動くはずだ。燃えさかる炎の中、内外で兵が動けば、城は明日のうちにも落ちる」

生死之介は舌を巻いた。このような大胆な策が涼山の腹に渦巻いていたことに驚き、あの竹中半兵衛が惚れ込むだけのことはあると見直した。降魔丸という男が恐怖に近い敵意を剝き出しにしているように見えた理由も、そのあたりにあるのかもしれない。

返す言葉を失っていると、涼山は、右腕を枕にして横になってしまった。生死之介も横になり、乱の勃発を待つよりほかはなかった。

慣れない禿頭がちくちくと痒《かゆ》くて仕方がない。静まり返った長屋のうちに頭を掻きむしる音を、生死之介はいつまでも響かせていた。

三

外が白々と明けた。涼山は起きて、どこかへ行ってしまっている。

生死之介は一睡もせずに待ちつづけたが、反逆者が兵をあげたり、合戦が起きた気配はない。みずからも起きあがり、表に出た。

涼山は朝日の中でしゃがみ、盥の水で、つるりと剃り上げられた頭を洗っていた。三木城は丘の上にありながら水の利がよく、良質の井戸がある。

「謀反など起きぬではないか」

近づいていきながら非難を込めて言うと、涼山は濡れた頭を撫でて応じた。

「お主も洗面いたせ。仏僧の清規《しんぎ》だ」

そのとき、御坊、と呼びかけられた。背の低い、痩せた百姓の男が小走りにやってくる。尖った小さな口を持っているところが、皮剝《かわはぎ》を思わせた。

「供養してやって欲しいのだが」

「たれぞ、亡くなられたか」

顔にあてた手拭いを止めて、涼山が尋ねた。

「悴がの……経文を唱えてはいただけぬか」

戦死者は城中の墓穴にまとめて埋めるから特別な供養はいらず、亡骸《なきがら》を運び出す前にありがたい経の一節でも聞かせてやってくれればよい、と百姓は願った。

涼山は頷くと、お主も来い、と生死之介にまるで命じるように言った。二人はいったん長屋に戻り、絡子《らくす》（略体の袈裟）を着けてから百姓についていった。

連れていかれたのは、とある長屋の前だった。死体は一つではない。長屋の戸の外に莚が敷かれ、その上に六つの骸が並んでいる。周囲には二十名ほどが集まっていたが、涼山と生死之介の姿を見ると、いっせいに合掌し、頭を下げた。死体のさまは、顔に包帯を巻いていたり、胸に鏃《やじり》が刺さっていたり、肩から腕が断ち切られたりといろいろだ。

「悴はどれだ」

涼山が尋ねると、さきほどの百姓はいちばん手前の骸を指した。前髪立ての少年が、肩口を斬られていた。涼山の眉間に、するどい皺ができた。

「いくつだ」

「十三だ」

「子どもを戦場に送り出したのか」

涼山が目を剝いて百姓の襟に摑みかかった。とうてい、仏僧の所業ではない。生死之介はあわてて割って入る。

「よさぬか。こんなときに」

涼山の手から逃れると、百姓は両膝を地につき、悴の亡骸の前で泣き出した。

「止めても、この馬鹿が勝手に行ったんだから仕方があるまい。兄の仇《かたき》を討つというて」

「兄も死んだか」

激しい怒りをあらわにしてしまったことを悔いているのか、二人の悴を失った百姓に同情しているのか、涼山は肩を落とし、唇の端を下げている。前髪立ての骸だけが、知らぬ顔で、眠るように横たわっていた。

涼山は六つの骸の前で合掌し、目をつぶると、もぞもぞと経文を唱え出した。周囲の人々も合掌しはじめる。生死之介は経文など一つも知らなかったが、一緒になって合掌し、涼山の声にあわせて口をもぐもぐさせた。なんとも居心地が悪い。

読経が終わると、人々は感謝の言葉を述べながら、真っ赤な目で涼山と生死之介に拝礼した。偽ものの僧侶である生死之介は、胸がつかえるほどの後ろめたさをおぼえた。

最前の百姓が目の前に来た。涼山はその手を力強くとった。

「そなたの悴たちは立派だ。褒めてやらねばならぬ。忠義のために死んだのだからの」

百姓は尖った口をさらに尖らせ、泣いた。しばらくして、こう言った。

「いまの御坊の言葉を、志村《しむら》さまに聞かせてやりてえ」

「志村さまとは誰だ」

「御刀衆の一人よ。これから、首を刎《は》ねられる」

憎々しげな言い方だ。

「殿さまの股肱《ここう》のはずが、謀反を企てておったと申すから浅ましきかぎり」

生死之介も、周囲が騒がしいのに気づいた。長屋の脇に、下の曲輪へ通じる坂道があったが、そこを人々が列をなして降りてゆく。涼山がふらふらと歩み出したため、生死之介もついていった。そのまま、二人とも列に加わった。

「御坊らも見物するのかね」

一緒に歩く者に揶揄《やゆ》されるように尋ねられて、謀反人の処刑場に向かう列であることがはっきりした。

刑場に近づけば近づくほど、人の数は増えた。みなが我も我もと前に出ようとするので、生死之介たちももみくちゃになりながら進んだ。

二層の櫓《やぐら》が見下ろす広場に竹矢来《たけやらい》がめぐらされていた。その中央に粗筵《あらむしろ》が敷かれ、前には穴が掘ってある。筵の上に、後ろ手に縛られた、小太りの男が座らされていた。志村だろうが、哀れというよりは見苦しいほどにわななき、泣き叫んでいる。

「わしは、謀反人などではない。何者かに、陥れられたのだ」

生死之介は、櫓の二階の窓に山城守がいることに気づいた。髭と顎の形が、昨夜篝火のもとで見たのと同じであったためだ。さめた目つきで志村を見下ろしている。

「白拍子を探してくれ」

涼山は、あたりに目を向けている。娘の紫野を見つけようとしているらしい。だが、生死之介が見たかぎり、それらしき姿はない。

どけ、どけ、という叫び声とともに、車輪が地をすべる音が聞こえてきた。それまで押し合いへし合いするように参集していた人々がさっと引いて道があいた。赤鎧を着て、朱鞘の太刀を抱いた降魔丸が、土車に乗ってやって来る。童頭の大男が前から縄で車を引き、後ろからは、昨夜、寝床まで案内してくれた女が押していた。その姿を見てはじめて、降魔丸の足が立たないことに生死之介は気づいた。

「おう、坊主ども」

降魔丸が声をかけると、車は生死之介と涼山のそばで止まった。

「謀反人が早々に見つかって、欣快の至りよ」

降魔丸は、わずかに覗いた目を泣き叫ぶ男にやりながら言った。

「今朝はやく、みずから出頭してまいった。具足櫃《ぐそくびつ》をいくら探してみても、恩賜の御脇差が見つからぬと申して。当人は盗まれたと弁解したが、この期《ご》に及んで見苦しい」

志村は目隠しをされると、なおも激しく喚いた。抜き身の刀を振りあげて近づいたのは、衣笠という若い足軽大将だった。姿から練達の者と思われた。だが、首にねらいを定めようとしても、志村が体をくねらせているので、なかなか自刃を打ち降ろせない。

「志村どの、もののふらしきご最期を遂げられよ」

衣笠に怒鳴られると、志村は憑き物が落ちたように黙り、動かなくなった。衣笠は息をつき、もう一度、刀を構えなおした。そのとき、志村は小鼻に皺を寄せた。歯を剝く。そして、狂ったように笑い出した。

「別所が滅亡は決定《けつじょう》よ。頼むべき相手を間違えたのだ。毛利は救いになど来ぬわ」

「黙れ」

一喝《いっかつ》するや、衣笠は刃をおろした。あたりが霞《かす》むほどの血飛沫が舞う。筵の前に掘ってある穴の底に、首は叩きつけられた。山城守は、櫓の窓際から立ち去った。

志村の声が止むのに応じるように、見物人がざわめいた。

「志村さままでが裏切るとは嘆かわしや」

「重代のご恩を忘れるとは、憎らしきお人じゃ」

生死之介は、白けきった気分に襲われた。内通を望む者と内外呼応して兵を起こし、落城にもち込むはずが、当の内通者が死んでしまったのだ。昨夜、涼山を見直した自分が情けなかった。やはり、一挙に城を落とそうなどという案は乱暴に過ぎた。

「裏切り者の末路とは、あのようなものだ。そうだろう、涼山」

ともに処刑を見ていた降魔丸が、勝ち誇ったように喚いた。涼山は黙っている。

「そうそう」

いま思い出した、というように降魔丸は言った。

「殿さまが、畏《かしこ》くもうぬらに謁《えつ》を賜《たま》うとのことだ。謀反人捕縛の功をお褒めくださる」

「殿さまとは誰だ」

「知れておろう。別所の御当主さまよ」

涼山は、瞼をひろげた。生死之介も内心、大いに驚いていた。それほどに、別所家の当主、長治というのは謎めいた存在だった。

当主とはいっても名ばかりで、対外的な折衝も、内政的な下知も、戦場での指揮も、すべては補佐役である別所山城守吉親が執り行っている。暗愚であるとか、病弱であるとか、人前に出られない重大な理由があるのかもしれないとも生死之介は思っていた。家中でも、どれほどの者が長治本人に直接会ったことがあるのだろうか。

「楓《かえで》、本城の御殿まで、二人を連れていってやれ」

降魔丸に楓と呼ばれたのは、例の男みたいな女だった。

「来い」

昨晩と同じように無愛想に言うと、女は先に立った。色黒の顔をして、隙のない所作できびきびと歩く姿は、山猫を思わせた。

四

「策は、失敗した」

生死之介は声をひそめながら、わかりきったことを言った。あらためて指摘されなくても、自分のやり方が急ぎすぎたものだったことは涼山にもわかっていた。

「お主はここに残るつもりか、娘を探すために」

二人は御殿の控えの間に肩を並べて座り、長治に呼ばれるのを待っていた。部屋の襖は開けてあったが、目の前の廊下の障子戸は締め切ってあり、昼とはいえ薄暗い。

「いや、夜を待って、ともに脱出しよう」

涼山は前を向いたまま、ささやいた。何とはなしに、この城に紫野はいない気がしていた。それに、内通を望む者が死んだ今、調略をつづけるにせよ、いったんは竹中半兵衛のもとに戻って方策を練り直すべきだろうと思った。

生死之介が腹のあたりを触ったのが目に入った。おそらく、懐のうちの、三日月の寸鉄を撫でたのだ。

「長治を斬るつもりか」

生死之介は答えない。

「周囲は武者によって固められていよう。そんなものでやれるか」

「わからぬ」

「やれたにしても、長治は飾りにすぎぬ。山城守は籠城をつづけるぞ。しかも——」

「長治を斬っては、生きて逃げ出すことは難しいわな」

生死之介も前を向いたまま、平然と言う。そのうえ、こう付け足した。

「お主は命をかけることもあるまい。いますぐに逃げよ」

「一人でやるというのか。何のためだ」

「お主の無茶なやり口のために、半兵衛どのの策は台なしになった。このまま、『しくじり申した』という知らせだけを持って、おめおめと帰れるものか。面目が立たぬ」

「面目のために死ぬと申すか」

「それが、もののふだ」

時が止まったようにしんとなった。

沈黙を破ったのは、涼山だった。

「じゃ、やろう」

耳元で、小馬鹿にした響きの短い笑いが立った。柄にもないと言いたかったのか、お前のような奴を味方として信用できるかと言いたかったのか。しかし、かまわずつづけた。

「俺もひと暴れして、お主に手柄を立てさせてやろう。名目だけの大将であっても、斬れば城兵の戦意を削《そ》ぎ、落城を早められるかもしれぬ。だが、守りが堅いときはやめるんだ」

強い反発のこもった目がこちらに向いたのが感じられる。

「どう考えてもこちらの刃が長治に届かぬか、届くにしても、その後、逃げおおせられぬというときに事を起こすのは犬死にに過ぎぬ。もののふの面目などとは無縁の所業だ」

そう言って涼山も首を曲げ、睨み返した。

「この場で討てそうにないときには、警衛の様子、御殿の造りなどをよく頭に入れたうえで、今宵、もう一度訪うてやろうではないか。そして、長治の寝首を手に、夜陰にまぎれて城外へ出よう」

生死之介の目が鋭さを増した。刃を交えて睨み合ったときと同じ目つきだった。だがすぐに、ふんと鼻息を吹いて前を向いた。涼山も前を向く。

「この場でやるか、やらぬかは俺が合図する。俺が先に動いて、かならずお主に手柄を立てさせる」

生死之介は反応しない。表で一声、雲雀《ひばり》がのどかに鳴いた。

衣擦《きぬず》れの音が近づいてきた。廊下を歩んでくる。音は半ば開いた襖の外で止まった。膝を折ったとき、花鳥を織り込んだ裲襠《うちかけ》の端が見えた。

「お立ちを」

女の声だ。主君の御前に出るのに、女が案内をつとめるというのも妙だと涼山は思ったが、促されるままに生死之介とともについていった。

やって来たのは、下段の十二畳に六畳ほどの上段がついた部屋だった。謀反人をあぶり出すという功をあげた者を招くとはいえ、ずいぶんと狭いところで謁を賜うものだ。

部屋の隅に座って待っていると、後ろから複数の足音がやってきた。一人はさきほど迎えに来た、そろそろ三十路かと思われる女中であり、もう一人は、もう少し若い女中だった。太い白髪眉《しらがまゆ》の法師と、二十ほどの、黄蘗《きはだ》の直垂《ひたたれ》姿で嬰児《えいじ》をみずから抱いている男もいる。それに、十代と見える者が太刀を携えてつき従う。嬰児を抱いた男が上段に座り、太刀持ちはその後ろに控える。女たちと法師は上段のすぐ下に座った。

「よう参られた。殿さまのお出ましにござる」

法師が、平伏する生死之介と涼山に言った。場違いに感じられるほどの、くだけた口調だった。この法師は、室町将軍家の同朋衆《どうぼうしゅう》のように、ともに連歌などの芸事をしたり、話し相手になったりして、長治をなぐさめる役割を果たしているのだろう。

「面《おもて》をあげなさい」

法師は柔和な笑みをたたえている。そして、さあ、さあ、もっとおそばに参られよ、としきりに促す。

「それでは、打ち解けてのお物語りもできまいて。殿は堅苦しいことはお好きではない」

長治は周囲に人無きがごとく襁褓《むつき》のうちを覗き込み、色白のふっくらとした顔を緩ませている。狂しているのではあるまいか、と涼山は思った。そして、山城守は愚かな甥が謀殺されることを望んで、彼をこのような境遇に置いているのではないかとさえ勘ぐった。周囲には女や年よりの法師、いかにも非力そうな小姓しか侍《はべ》らせていないからだ。生死之介と二人で暴れれば、何度か瞬《まばた》きをするうちに全員の命を取って帰れるだろう。

さあ、さあ、と呼ばれているうちに、涼山と生死之介は上段と畳一つを隔てたところまで進んだ。法師と女中は左右に離れて座っており、長治を一息で仕留められる位置だ。

長治は襁褓を抱きなおし、赤子の顔をこちらにむけて上機嫌に言った。

「ほれ、七郎丸《しちろうまる》。また坊主頭だぞ。饅頭《まんじゅう》でも、鏡でもない。坊主頭だ」

赤子はわけがわからず、ただ真ん丸な眼で涼山を見ている。

「殿、お言葉を……」

法師がたまりかねた様子でささやいた。

「そうであった、そうであった。涼山と……」

長治が考え込むように目を細めたので、涼山は言った。

「九得にござる」

「そうそう、九得」

笑顔で頷きながら、長治は応じた。

「二人とも、こたびの働き、褒めてとらす」

「ありがたきお言葉」

涼山と生死之介は頭を深々とさげた。しかし、長治はもう坊主どもになど興味をなくしたらしく、また赤子と向き合う。法師が溜め息をついてから、涼山に耳打ちした。

「のちほど、殿より褒美《ほうび》の金子《きんす》をくだされる。額は、いま山城守どのと相談中だがの」

法師は心底情けなさそうに苦笑した。涼山は恐縮した様子で首を振った。

「いや、金子など結構にござる……それより、若殿にござるかな、何とも可愛い御子よ」

すると、長治が初めて、みずから涼山のほうへ顔をやった。

「そうであろう」

造作《ぞうさく》が崩れ落ちるほどに、顔をほころばせる。戦いの最中にある君主などではなく、百姓の兄貴分か何かとして村の子どもの面倒でも見ている身分であれば、この男にとってどれほど幸せであっただろう。涼山は、そう思わないではいられない。

「ほれみろ、七郎丸。父の申すことは偽りではあるまい。そなたは、本当に可愛い子ぞ」

裲襠の女中が、ぷっと吹き出した。

「これほど七郎丸さまばかりを可愛がられては、女房衆のうちに妬心《としん》が高じるのも無理はありませぬ」

「致し方あるまい。七郎丸さまは、近江御料人《おうみごりょうにん》さまの和子《わこ》さまゆえにの」

法師も、あきらめきった笑顔で応じた。涼山は法師に問うた。

「近江御料人さまとは……」

「近江の出で、白拍子ながら、殿がお手をつけられた」

これ、と女中がたしなめたが、法師は、ほう、ほう、と笑い声をたてている。長治も七郎丸に見入りながらも、笑みに恥じらいを含ませた。

涼山は額に虫が這っているような感覚をおぼえた。脇を見ると、生死之介は体を折り曲げながら、懐に手を入れて、上目遣いに長治を見ている。それをわかっていながら、わざと穏やかに言う。

「お美しい御方でござろうな」

「確かに、見目うるわしき御方じゃが、父君はもと浅井家の被官とのこと」

まさか紫野では、という思いがいっそう強くなり、顔から血の気が引くのがわかる。だが、浅井家滅亡後、被官らは四散した。浅井の縁者で白拍子になった者など大勢いるはずだ。そう思い直して、涼山は心を落ち着けようとつとめた。

「おいたわしや、小谷落城によって母君は死し、父君とは生き別れ、芸事を浮世を渡るたずきにせねばならなくなったとのこと……そう言われてみれば、どことのう凛《りん》とした、誇らかなところがござってな、桔梗《ききょう》さまには」

「桔梗さま……」

「いや、近江御料人さまのことにござる。御実家の御定紋が桔梗であったとのことで、そばの者は桔梗さまともお呼び申し上げておったのでござる」

涼山は、ぎゅっと胸をつかまれたような衝撃を受けた。忍壁家は桔梗紋を用いていた。

「御料人さまは、ご息災にあらせられますや」

焦り尋ねると、法師は火が消えたように黙り込んだ。女中たちもうつむき、長治も笑顔をおさめて所在なげに目を動かしている。

ようやくまた、法師が口を開いた。

「昨年、七郎丸さまをお産みあそばされてより、間もなくして身まかられての。今は、戦陣に散った武者どもと一処に眠っておられる……父君が浅井家を裏切られたとかで、よく『私は謀反人の娘』などと戯れに仰せであったが、なんのなんの、本当に殿に甲斐甲斐《かいがい》しくお尽くしあそばされてござった。あのような良き御方が、あれほどあっけなく亡くなられるとは……」

本当に残念そうに、法師は首を落とした。

涼山は平静を装おうとしたが、うまくいかない。指がふるえて法衣の膝のあたりをつかんだが、その拳がふるえる。矢玉鉄炮玉で鍛えたつもりの武者魂も、禅堂で鍛えようとしてきた不動心も、一つとして身についていないと思い知らされる。

生死之介の片膝が、ほんの少し前に出たのに気づいた。懐手のままだ。生死之介は忍壁家の紋など知らないため、近江御料人の素性にも気づいていないのだろう。あるいは長治を討つことばかりに気を取られているため、話の内容など耳に入っていないのかもしれない。こちらの準備はできているとばかりに、黒目を涼山に向けている。

涼山はもう一度、長治父子を見た。娘は死んだという空虚感が占めていた胸に、七郎丸は我が娘が産んだ子、すなわち自分の孫だという熱い思いが溢れだした。また、長治を我が婿と思っていけないはずがない、という念も抑えがたく湧きあがってきた。

「その話はもうよせ」

身に危険が迫っているなどとは気づかないようで、長治は暢気《のんき》な笑みを法師に向けた。

「悲しんだところで、桔梗は喜ぶまい。この子とて、喜ぶまい。のう七郎丸」

赤子に語りかける長治に、法師は頭をさげた。長治は、今度は涼山たちに語りかけた。

「座が明るくなる話が聞きたいの。どうじゃ、遊行の御坊ら、何か面白いことはないか」

もう事を起こしても良いのか、と催促するように、生死之介がこちらを見ている。

「九得よ、手柄を立てさせてやろう」

涼山は膝立ちになった。長治に背を向けるように、生死之介の前に出る。

「さあ、手を出せ」

呆然とする生死之介の右手をひっぱると、寸鉄を握りしめている。耳元で、素手を出せ、とささやいたので、生死之介はぽかんとした表情で寸鉄を懐に戻した。涼山はその掌《てのひら》を引っ張って生死之介の後ろに回った。反対の手も押さえ、袂《たもと》から藁縄《わらなわ》を取り出す。

「殿さま、この九得坊は縄脱《ぬ》けの名人でござりまして」

と言いながら、瞬く間に生死之介の両の手首を後ろ手に縛り上げてしまった。

「縄脱け……」

生死之介は大口を開けて、涼山の目をとらえようとする。しかし、知らぬ顔で、余った縄を腕の上から生死之介の胸に巻き付けていった。

「これは面白いの。七郎丸、縄脱けの妙技ぞ」

長治も身を乗り出し、七郎丸をこちらに向ける。また小さな、きょとんとした顔が見えた。大人しい子だ。

「ごまかしではないのか。本当に、縛っておるのであろうな」

疑いながらも、長治は楽しげである。法師が立ちあがり、生死之介の背に回った。

「殿、しっかりと縛ってござる。これを抜けると申されるのか」

「抜けられそうにもなき固き縛《いまし》めをも、九得めはするすると抜けてご覧に入れまする」

わざと余裕の笑顔で涼山は言った。

「九得、いつものように抜けてみよ。さ、さ」

生死之介はかっと開いた目で畳を見つめたまま、じっとしている。指先や手首をもぞもぞと動かしているが、皮膚に縄の痕が深まるばかりである。

「どうした、じらすでない。はよう抜けよ」

「これは、何のこと――」

「まさか、しくじったか、九得」

脂汗でぬらぬらと濡れた生死之介の禿頭を、涼山は力任せにはたいた。

「たわけ。よりにもよって、殿さまのまえでしくじるとは何事ぞ」

涼山は立ち上がり、生死之介の襟首をつかんで、引きずり出した。

「なんとも、情けなき仕儀にござる」

そう言って、何度も頭を下げると、法師と女中は手を打って笑い出した。長治も、赤子を揺すぶりながら哄笑《こうしょう》している。

涼山は生死之介を引っ張って立たせ、御前を逃げるように去ってしまった。

「何のつもりだ、涼山。訳を申せ」

廊下を歩んでいるとき、生死之介は尋ねてきたが、涼山は泣けて泣けて答えられなかった。その涙を見て、生死之介も啞然となった。

「俺はこの城を出ぬ」

震える声で、ようやく言った。

「この城を無事に開いて見せる」

生死之介の襟首をつかんで歩きながら、涼山は拭うことなく落涙しつづけた。

第五章　半兵衛永逝《えいせい》

一

蒲団の傍らに膝を折った羽柴秀吉は、先ほどから何も言わない。横たわりながら、その痛々しいまでの精いっぱいの笑顔を、竹中半兵衛は見上げていた。何か言いたいことがあって来たに違いないとは察していたが、半兵衛も水を向けるようなことはせずに黙ったままでいた。屋根を叩き、軒より落ちる五月雨《さみだれ》の音だけが響く。

四肢《しし》の肉が痩せ衰え、もう起き上がることもままならなかった。そのため、陣中より民家のほうが過ごしやすいだろうという秀吉の配慮によって、半兵衛は、本陣が置かれた平井山の麓にある豪農の家に逗留していた。

雨音は鯨波《げいは》のようで、さっき薬湯を飲んだばかりなのに、胸を痺れさせた。黙ってそれに耐えているとき、その家の奉公人が新たな来客を告げた。

秀吉は平静を装って、通せと言ったが、その顔つきが強ばっているのを半兵衛は見逃さなかった。そしてそれだけで、自分が陣を離れて臥しているあいだに、秀吉のまわりで何が起きているのかをあらかた悟った気がした。

入ってきたのは、秀吉の異父弟である羽柴小一郎秀長《こいちろうひでなが》と、最古参の与力である蜂須賀彦右衛門正勝《はちすかひこえもんまさかつ》だった。半兵衛は仰臥《ぎようが》したまま軽く会釈をして迎えた。

秀長と正勝もまた緊張していた。そちらが先に物を言えと譲り合っているらしく、互いに目配せをしている。

張りつめた空気の中で待ちつづけるのも、病身にはこたえるものだ。こらえきれなくなって、半兵衛は誘いをかけた。

「みなさまうち揃うて、何やら申しづらいことを申されにお越しかの」

意を決したように、秀長が口を開いた。

「それがしは、半兵衛どのを師と思うてござる」

草莽から取り立てられ、みずからの軍団をにわかに形成しなければならなくなった秀吉は、尾張中村で百姓をしていた弟秀長を急ぎ呼び寄せ、側近として働かせるべくその教育を半兵衛に依頼したのだった。いまでは周囲からも、名実ともに羽柴軍団の有能な参謀の一人と認められ、その発言も軽くは扱われない存在に成長しているが、それも半兵衛のおかげであるという引け目が、第一声にあらわれたものと思われた。

「まわりくどうござるの」

半兵衛はくすりと笑うと、また先回りしてやった。

「裏切り涼山のことにござるか」

図星と見えて、秀長は目を泳がせた。しかし、大きく頷くと、ようやく縛めを解き放たれたというように一挙に話しだした。

「それがしとて、敵味方双方に大勢の犠牲を出す力攻めは避け、調略によるが上策とは心得てござる。さりながら、あの坊主を三木城に送り込んでから四月《よつき》がたとうとしておる。にもかかわらず、城内には何の動きも見られず、坊主からの音沙汰もござらぬ。もはや、連中は生きてはおらぬのではありますまいか」

「あるいは、また裏切っておるかもしれませぬぞ」

蜂須賀正勝が、急《せ》いた口調であとを引き継いだ。

「別所の者どもとともに、こちらがやって来るのを手ぐすね引いて待ちかまえておるのかも知れぬ。城を落として後、民のうちに恨みが残ることを恐れるのはわからぬでもないが、ときに無慈悲になって、遮二無二《しゃにむに》攻めかからねばならぬのが戦というもの」

正勝は、挑戦的な目を秀吉と半兵衛の顔に交互に向けた。

秀吉麾下の重鎮と言えば、この正勝、および彼と義兄弟の契りを結び、いま秀長の参謀をつとめている前野将右衛門長康《まえのしょうえもんながやす》である。正勝と秀長がそろって来た以上、長康も同じ意見を持っているのだろうと半兵衛は踏んだ。そして、この三人が同心しているとなれば、秀吉軍団の大勢は強攻策に転じてしまっていると見て間違いはないだろう。

「もし涼山が寝返ろうとすれば、寺本生死之介が必ず斬りましょう」

「生死之介が涼山に斬られていたらどうする。いや、二人して、別所の者に斬られているかも知れぬ」

正勝は兵への号令で鍛えた濁声《だみごえ》を張りあげたが、半兵衛はつとめて静かに答えた。

「生死之介は、毛利の大軍の囲みを抜けて逃げてきた男。そうやすやすとは死にますまい。そもそも、毛利が滅亡するまで、あの男は死ぬわけにはゆかぬ。よって、こちらの間者であることを知られても、生死之介だけは生きて帰ってまいる。あの二人で斬り合いがあるとすれば、斬られるのは涼山でござろう」

「くだらぬ」

「涼山が死ねば、生死之介はただちに戻ってくるはず。だが、まだ戻って来ぬということは、涼山は生きており、調略の脈は絶えてはおらぬということ」

「屁理屈だ」

わざと屁理屈を言っていた。みなが痺れを切らすような局面に来たとき、ただ腹だけが頼りであって理屈など何の役にも立たない。それが言いたかったのだが、言ってもわかるまいと思って目を逸《そ》らし、口をつぐんだ。その態度が気に入らないらしく、正勝は拳をおのれの腿に叩きつけた。

「お主は敵の心ばかり気にかけておるようだが、味方の心はいかがあいなるのだ。我が陣中には、別所孫右衛門以下の別所衆や小寺衆など、播磨の者どもも多い。無為に日を移しておれば、敵に内通する者もあらわれよう。しかも、真におそるべきは上様だ」

横目で見ると、流雲に陽が遮《さえぎ》られたように、秀吉の顔が陰った。

「上様が何ぞ仰せでござりまするか」

半兵衛が問いかけると、秀吉は薄い唇をゆがめ、扇で肩を叩きはじめた。

「摂津の荒木どのの謀反がまだ片づかぬうえ、我らの別所退治もはかゆかぬゆえ、いこうご立腹よ。疑心暗鬼にもおなりだ。他にも逆らう者がおるのではないかとな」

「小寺官兵衛どのの謀反が大きゅうござった」

下を向いて悔しそうに言う秀長の表情も沈痛である。

「官兵衛どのは、謀反人ではござらぬ」

半兵衛は即座に否定した。だが秀長も、師にあたる人物に反論しているというやましさを撥ね返そうというつもりもあってか、やけに気張って言い返した。

「しかし、上様は謀反人と思し召しじゃ」

一向宗や別所、毛利などと結び、信長に反抗しだした荒木村重を説得するため、小寺官兵衛は摂津の有岡城へ赴いたが、その後、消息を絶った。半兵衛も秀吉も、官兵衛は荒木方に幽閉されてしまっただけと見ていたが、信長は官兵衛が荒木方に寝返ったとみて憤慨し、人質として長浜に預けられていた官兵衛の子、松寿丸《しょうじゅまる》の処刑を秀吉に命じた。平井山から動けない秀吉に代わり、処刑を任されたのは半兵衛である。

秀長は膝を進めた。

「ここは無理にも力攻めしかござらぬ。さもなくば、次に上様に謀反人とのお疑いをかけられるのは……」

兄を見る。正勝も秀吉に鋭い視線を向けて頷いた。秀吉は首をすぼめると、助けを求めるように半兵衛を見た。

半兵衛は目をつむった。そして喉を笛のごとく鳴らしながら、息を吐いた。

「すべては、殿が決めること。それがしは、殿に同心いたす」

「つれないの、半兵衛」

「さりながら、我らの真の目当ては毛利退治にあることをゆめお忘れあるな。別所ごときに疲れ切って、そこから足が進まぬでは、それこそ上様に対し奉り不忠……それから、これはご舎弟どのへの我が遺言と思うていただきたいのだが——」

目を開いて、ぎょろりと見てやると、秀長はたじろいでいる。

「堪《こら》えることのかなわざる者に将領はつとまり申さぬ。転機は明日かもしれず、今宵かもしれませぬ。それを待てず、倉卒《そうそつ》に動く者は、十のうちの七、八は敗るるもの」

言い終わると、半兵衛はまた目を閉じた。もうこれ以上、議論をしたくなかった。

だが、しばらくの沈黙の後、秀長と正勝が反論しようと、同時に唸り声をあげた。うるさい者どもだとかっとなって、半兵衛は目を剝いた。そして、この場で命が尽きても構わないというほどに力を込めて、声を張り上げた。

「いま一度、申す。それがしは、殿に同心にござる」

息を呑んだ秀長と正勝は、秀吉に目を向けた。半兵衛も見ると、秀吉は頬を紅潮させ、視線を揺らめかせている。そして、顔を皺だらけにして言った。

「あの糞坊主……茶釜まで持ち去って、いまごろ何をしているのだ」

秀吉は半ば開いた扇を額に打ちつけ、顔を隠した。

二

七郎丸は腕の中で、ゆったりと寝息を立てている。

「やはり、七郎丸さまは、涼山どのの腕の中がお好きとみえる」

別所長治に初めて会ったときにも同席した法師の道阿弥《どうあみ》が、白眉《はくび》を垂らして述べた。

「これも修行のたまものかの。その禅定《ぜんじょう》が、和子さまにも移るものと見える」

もっともらしく言ったのは、涼山がその日、初めて会った、三宅肥前入道という老人だった。俗名を三宅治忠という。長治の傅役《もりやく》をつとめていた男で、籠城戦がはじまる前の加古川での軍議では別所山城守とともに秀吉に面会したほどの重臣であったという。いわゆる御刀衆の一人だ。ところが戦がはじまるや隠居を願い出て、以来、城中にありながらも、人前にはあまりあらわれないらしい。

しかし、殿中では人気のある男と見え、三宅が参上するというだけで、長治の弟、彦之《ひこの》進友之《しんともゆき》も列席していたし、女中たちの数もいつもより多い。

「それがしのごとき無能、未熟にはとうていかなわぬ」

三宅は温厚な笑顔を涼山に向け、しきりに感心している。

伊吹山の大運和尚のもとにいるあいだ、まともな仏道修行などできなかった涼山は恥じ入って、顔の前で手を振った。しかし、どのような理由であれ、七郎丸が自分の腕の中を好いているなどと言われれば、祖父としてこれほど嬉しいことはない。

ここのところ涼山は、ほとんど毎日、御殿に出仕している。最初の謁見の直後から、涼山九得両人に「顔を出さぬか」とお呼びがかかったのだが、生死之介は「また縄脱けをさせられてはかなわぬ」と言って断った。そこで何度か一人で伺候《しこう》していたところ、七郎丸がむずかったとき、涼山が抱いてやるとどういうわけか大人しくなるため、いまでは長治の同朋衆の一人のような扱いを受けている。

「余の腕の中でも、よく眠るぞ。よこせ」

長治が立ちあがってやってきた。そして、涼山の腕から、七郎丸を取りあげてしまった。起こさぬようにそっと歩いて、長治がまた上座に着くのを淋しく見送る。

部屋の隅に七郎丸付きの女中が二人座していたが、途端に袖で口元をおおった。長治の弟、友之も自分が笑われているかのように頰を染めている。七郎丸が涼山に懐《なつ》きすぎていることに、長治が嫉妬しているのをおかしがっているのだ。

しかし、長治は一向に意に介さず、愛《いと》おしそうに七郎丸に見入っている。父御にこれほど可愛がられているとは幸せな子よと思い直し、涼山は淋しさを堪えた。

一座がまだ和んでいるとき、新たに参上する者があった。足軽大将の衣笠八郎だった。

「お召しにござりまするか」

部屋の外の廊下で平伏する衣笠を見て、下段の間に座す者たちは訝《いぶか》しげに顔を見合わせている。どうやら、予期せぬ出頭人らしい。すると、上段から長治が声をかけた。

「よう参った。入れ、八郎」

下段の間の両側には、友之や道阿弥、三宅入道、涼山が居並んでいる。その中ほどへ衣笠八郎は進み、平伏した。

「戦の按配《あんばい》はどうだ」

日頃、戦局のことはあまり語らない長治がそう尋ねたものだから、空気が一挙に張りつめたものとなった。衣笠はしばらく考えてから、言上した。

「東国衆も、この三木城の堅固なことには驚き入ってござりましょう。端城《はじろ》を落とし、村々に火を放つことはできても、この城を落とすことはできませぬゆえ」

主戦論者、別所山城守の側近らしい答えだと涼山は思った。長治は表情をあらわさずに問い返した。

「されど、城に籠っているだけでは、いずれは兵糧が尽きよう。その前に、敵を追い払う手だては講じておるのか」

痛いところを突かれたようで、衣笠は黙り込んだ。そしてようやく、こう返答した。

「それは、山城守どのにお尋ねください」

「山城に質《ただ》しても、まともに答えぬに決まっておる。それゆえ、そちを呼んだのだ」

「山城守どのは、殿のご心中を煩わし奉らざるが臣下の道とお考えなのでござりましょう」

「では、余の心中を煩わすようなことがあると申すのだな」

長治にするどく問い詰められ、衣笠は平伏したまま激しく身震いした。

「いえ、そうではござりませぬが、勝敗に関わりなく、犠牲と苦しみをともなうが戦と申すものゆえ……」

「臣下と苦しみをともにせざれば、余は何のために別所の統《とう》を継いだのだ」

「殿は、世俗の苦しみを越えられた御方」

「馬鹿を申せ。それでは、人ではない」

「殿は、人ではござらぬ」

今度は長治のほうがたじろいだ。

「では、余は何だ」

「殿は、殿にござる」

衣笠は、悪びれもせずに言った。

「そのような詭弁《きべん》を弄《ろう》して、そちまでも余を押し込めておこうという腹だな」

「いえ、決してそのような……」

「山城が何を考えておるかには構うな。そち自身の、忌憚《きたん》のない考えを申せ。この戦、このままつづけて勝算はあるのか」

長治が激しい口調で問うと、衣笠も向きになって言い返した。

「負けるつもりで戦う者がござりましょうや」

「そは、まことかの」

と、咳払いをしつつ口を挟んだのは、三宅肥前入道だった。

「まことにござる」

衣笠はとっさに返答したものの、驚いている様子で隠居の入道を見ている。おそらく三宅も日頃は、戦況について口出しするような人物ではないに違いない。

三宅は、上段へ体を向けた。

「この地は殿の国、この城は殿の城、民は殿の民にござる。山城守どのがいかに申されようとも、殿が扱い（和平の斡旋《あっせん》）こそ然るべしと思し召しならば――」

「なにを申されるか」

衣笠は険をあらわにして、入道の言葉を遮った。

「すでに幾度か停戦は申し入れてござる。さりながら、敵はまずは城を明け渡せと申す。さようなことが受け入れられるはずもなきゆえ、城中の者どもは下々にいたるまで、身命を軽からしめて奮戦しているのでござる」

「それはみな、戦をつづけることが殿のご存念と思うておるからであろう」

三宅がなおも言うと、衣笠は目を剝いて怒鳴り返した。

「この城を明け渡せというは、殿と別所家をこの地より追い払い、滅ぼさんとの魂胆のあらわれにほかならず」

「まあ、よい」

長治が二人を制した。

「そのように大声で罵っておれば、また七郎丸がむずかるではないか。さすれば『涼山に抱かせよ』と申して、女中どもが余の手から七郎丸を取り上げる」

まあ、なんと仰せか、と女中どもがけたたましい声で笑った。長治は唇に指を当てて、しっ、と叱り、静まらせた。

「勝算があるのなら、それでよい。よく山城を補佐して、励むように」

は、と衣笠は気合いをこめて応じた。三宅は唇をへの字にし、うつむいた。


別所長治がいる本城の東南に位置する曲輪は、この戦の直前に築かれたため新城と呼ばれ、別所山城守があずかっていた。涼山と生死之介がすごす長屋はそこにあった。

寺に入ってから、涼山はずっと酒を断っていたのだが、その日、長治の御前で飲んだ。御殿を退出して、新城へ向かう暗い通路を歩いてみると、しばらくぶりに飲んだせいだろう、少しばかり足がふらつく。

雨がつづいていたが、その日は久々に雲間から月が顔を覗かせていた。火照《ほて》った五体には蚊が群がってきて、手足を搔きむしりながら歩いた。

「なんとも、可愛い子だ」

七郎丸の寝顔を想起して呟いたとき、後ろから、固いものがかちあうような音がやってきた。鳴子よりはだいぶ低い音だ。松明の火も揺れて近づいてくるため、右側の斜面の木々が踊って見える。振り返ると同時に、御坊、という親しげな声が聞こえた。

「儀助《ぎすけ》どんか」

儀助とは、以前に前髪立ての倅の供養をしてやった百姓だった。やかましい音がしたのは、儀助が紐をつけた一尺あまりの竹筒を、十数本まとめて担いでいるためだ。

「なんだ、それは」

「飯をわけてもらってきた。明日、粥を炊くから、御坊もござれ」

儀助が竹筒の一つを振って見せると、ざくざくと重たい音がする。中に米や麦が入っているようだ。

「それを、どこで」

尋ねると、儀助は満面の笑顔になった。

「川まで降りて、取ってくる。帰りに山を登るのが一苦労だ」

「こんなものが、川原に生えておるとでも申すのか」

「御坊、酔うてござるな。御殿で頂いたのかね」

背の低い儀助は伸びあがるようにして、涼山の息の匂いをかいだ。そして、うらやましい、と漏らしてから説明した。

「飯の入った竹が生えておるはずがない。流れてくるのよ」

並んで歩を進めながら、儀助は声を立てて笑った。

「教海寺《きょうかいじ》の御坊らが流してくださっているという話だ。ありがたいの」

教海寺は弘法大師ゆかりの古刹《こさつ》であるが、儀助の話によれば、別所に心を寄せる寺僧らが、竹筒に穀物を入れ、美嚢川の支流である脇川《わきがわ》から夜中にこっそり流してくれているらしい。三木城中の者どもは、それを魚獲りのように網にかけて、引き上げている。

籠城戦はゆうに一年を越えているにもかかわらず、この城が落ちない理由を涼山は悟った。教海寺の僧侶だけではあるまい。これまで別所を一帯の守護者と仰いできた人々が、危険をおかし、さまざまな手だてを講じて城中に食物を運び入れているのだ。

「いくら囲まれたところで、こっちは音《ね》をあげねえ」

松明に目を輝かせ、儀助は得意げに言う。

「俺の、いや俺のおっとうの生まれるずっと前から、ここらの民百姓は別所の殿さまのもとで暮らしてきたんだ。この地の草木も、山も川も、みんな俺たちのものでさ」

闇をまとった木々を見まわしていた儀助は、目を空に向けた。

「あのお月さんだって、俺たちのものかもしれねえ。ここで戦をしているかぎり、東国の連中はやがてはくたびれて、逃げ帰らなければならなくなる」

俺たちのもの、という無邪気な言葉に、涼山は警策《けいさく》ではたかれたような衝撃を受けた。

儀助は、別所家と自分たちと東播磨の大地とを一つのものと思っているようだ。先祖が生きていた時代から山がつねに聳《そび》え、四季ごとに咲く花が決まっているのと同じく、別所の殿も変わることなく自分たちとともにあると固く信じているらしい。

儀助の暮らす長屋が見えてきた。竹筒の音に気づいた男が二人、女が一人、外へ出てきた。女の側には、七つ、八つと見える童女もいる。

「まだ、寝ておらなかったのか」

儀助は先へ駆けてゆき、童女の頭を撫でた。

「明日は、たっぷりと粥を食わせてやるぞ」

儀助を迎える者たちは、竹筒の束を受け取りながら、はしゃいだ声を上げている。その姿を、涼山は足を止めて、やや離れたところから呆然と眺めた。

この城はいずれは陥落する運命にある。いくら細々と食糧を運び入れても、援軍なく籠城をつづければ、限界は必ずやってくるだろう。にもかかわらず、城内の民は別所を頼み、苦しい戦いをつづけている。その愚かなまでのけなげさに、涼山はかつて忍壁彦七郎と名乗っていた頃のおのれの姿を見た気がしていた。それが、衝撃の理由だった。

浅井の命運が尽きたことはとうの昔にわかっていながら、自分もまた、父の代からの主家はなかなか捨てられなかった。そして、追いつめられ、悩み抜いた揚げ句に裏切ろうと決断したときも、浅井父子に対して憤激を抱きつつも、体の一部が切り取られるほどの悲痛をおぼえたものだ。いや、いま振り返ってみれば、あのときは怒りの炎を燃やさなければ、裏切りがもたらす淋しさと罪悪感を乗り越えられなかったのに違いない。

愚かではあれ、何かに馴染み、とらわれ、しがみついてしまうのが人の心だ。

そう思うと、自分が裏切ったのを聞いた妻が怒り、恥じ入って自殺したのも納得できる気がした。裏切り者の自分に憎しみをぶつけた北近江の民草の思いも理解できる。

瘦せ、窶れながらも、儀助たちは踊るような大げさな身振りで「羽柴の頓馬《とんま》ども」と語り合っている。涼山はそれを見つめながら、利だけでも、義だけでも生きられない人間という生き物はやっかいなものだと嘆じていた。

三

こうして、その傷だらけの肌を覗き見ていることは、気づかれていないはずだった。忍び物見を事とする奸《かまり》の娘は、気配を消すことができる。

そこは、新城の主、別所山城守の館の一角だった。廊下から一つ入った部屋にいる楓は、さらに奥まった戸のすき間に目を近づけていた。

すき間の向こうの薄暗い部屋には、降魔丸が諸肌《もろはだ》脱ぎになり、背を向け座っていた。頭にもかぶり物はなく、髪をむしられたようにあちこち禿げた頭も剝き出しである。

降魔丸の背中は、海岸の巌の群れを思わせる火傷の痕に一面をおおわれていた。しかもその中央には、地層の断面に似た刀傷が走っている。落ちようとする小谷城で、最後まで奮戦したときにできた傷なのだろう。

また、左肩には、黒ずんだ蚯蚓《みみず》腫れが見えた。別所家に自分たちの力量を売り込んだ後、衣笠八郎に責められた痕だが、似た傷は、ともに折檻《せっかん》された楓の背中にも残っていた。同じ傷を背負っていると考えるだけで、楓は恍惚となれた。

復讐の闘士、降魔丸にとって、傷だらけの体は誉《ほま》れであるはずだったが、降魔丸はそれを人目に晒すのをひどく嫌っていることも楓は知っていた。

女は捨てたつもりで男装で暮らす楓だったが、かつてあの肌の温《ぬく》もりによって救われたと思うと、見ないではいられないのだ。あのごつごつとした肌の奥には人の血が通っていることを、十九のこの胸だけが知っているような気がしていた。

表はまた、冷たい雨だった。

そういう日は、今になっても体中の傷、とくに背中の傷が疼《うず》くようだ。だから、降魔丸は軟膏《なんこう》を塗ろうとしているのだが、手がうまく届かず苦労している。そのくらい、自分に任せてくれればよいのにと思い、楓は溜め息をつく。

楓の父は畑野次郎衛門《はたのじろうえもん》といって、西播磨佐用郡上月城主、赤松政範《あかまつまさのり》に仕えていた。奸は貰《もら》える金銭の多寡でそのつど主を変えるから、仕えていたというよりは雇われていたといったほうが正確かもしれない。

三木城での戦いがはじまる前年の天正五年に、上月城は中国経略に取りかかった羽柴勢に落とされたが、そのとき、二百人以上の城兵が、婦女子も含めて磔《はりつけ》あるいは串刺しにされた。その多くが、楓の父や兄弟をふくむ奸たちだった。羽柴勢には中国進出劈頭《へきとう》に織田の威を示そうとの思いもあっただろうが、忍びの技を駆使する有能な戦闘集団でありながら、向背をころころと変える奸への強い恐怖もあったものと思われた。

　親兄弟を殺された楓は、織田勢を倒すべく女を捨てたつもりだった。しかしその日、このままでは三木城は落ち、自分たちはみな死ななければならないという思いが、楓を変えた。

「降魔丸さま」

　声をかけると同時に、戸を大きく開けた。降魔丸は軟膏を塗るのをやめただけで、振り向きもせずに言った。

「いつも覗いておるが、この情けない体がさほどに面白いのか」

　気づかれていたのかと思い、楓は縮みあがった。しかし、降魔丸の傷だらけの体に対し、敬意を抱きこそすれ、面白い見せ物だなどと思ったこともない楓は、泣きたくなるのを堪えながら言った。

「お薬くらい、私が――」

「いらぬ」

　いつもは降魔丸に従順な楓であったが、そのときは部屋の中へ駆け込んでいった。そして、降魔丸の肩にしがみついた。火傷の痕に、女の涙が伝う。

「放せ」

　降魔丸は楓の襟をつかんで引き離し、投げた。床を転がった楓はすぐに起き上がると、小袖の襟の合わせ目を力まかせに拡げた。さらに、胸の膨らみを隠すために巻き付けている晒《さら》し布を、乱暴に引きはがしていった。

「何をしておる」

降魔丸は顔の刀傷を深め、睨んでいる。

楓があらわにしたのは、右の乳房の下の傷だった。槍を突き入れられた痕が、半開きの唇のように残っている。上月城が落ちたあと、羽柴の兵に突かれたのだった。

「谷間の鎮守さまの近くで倒れていた私を、降魔丸さまはお助けくだされた。御みずからの肌をもって、私を温めてくだされた」

槍を受けてのち、昏睡《こんすい》状態から目を覚ましたのは、鎮守の祠《ほこら》の中だった。その日も、今と同じように表は雨だったのを記憶している。槍傷のせいで高熱を発し、震える体を、降魔丸は抱きしめてくれていたのだ。

それから幾日も、降魔丸は傷口に薬を塗っては抱いてくれた。その間、二人とも裸ですごしたが、男と女のことはなかった。けれども楓にとって、本当に幸せな日々であった。

「それなのに、なぜ私めを遠ざけようとなさいます」

「そちの体は、奸のものだった」

降魔丸は背を向け、はだけていた小袖を引き上げて肩にかけながら言った。

「幼少より、尋常ならざる鍛錬をしてきたことは、裸にすれば見まがいようもない」

楓の胸を、寂寥《せきりょう》が駆け抜けた。織田への復讐という目的を達成するために使えると思ったから助けてやった、とでも言いたげだと思ったからだ。

「女に戻るというのであれば、すぐに城から脱け出よ」

楓は乳房を剝き出したまま、降魔丸の肩に抱きついた。

「女としてでなくてかまいませぬ。私はただ、今まで以上にお役に立ちたいまで」

「さがれ」

降魔丸は膝元に置いてあった朱鞘の刀を引き寄せると、鐺《こじり》を楓の脇腹に突き入れた。呻《うめ》きながら、楓はまた転がった。今度は内臓全体がきりきりと痛んで、しばらく立ち上がることも、話すこともできない。

ようやく起き上がると、晒し布をかき集めて、逃げるように部屋を出た。

涙を流しながら廊下を足早に歩いているとき、脇の部屋から大きな体軀《たいく》があらわれて目の前に立った。四方八方に跳ねのびた頭髪のあいだから、同情しているのか馬鹿にしているのか判別のつかない、不気味な瞳が覗いていた。いつも楓とともに、降魔丸の土車を引いている狗阿弥《いぬあみ》だった。

「俺が相手をするぜ、姐《ねえ》さん」

抱き寄せ、口を吸おうとする。懐の中に手をさしいれ、乳房を痛いほどにつかんできた。その手首を、楓は右手で握った。唇が触れ合おうとする刹那、手首をひねり上げ、足を払う。狗阿弥は板床に俯せに叩きつけられた。後ろに回した手を、楓はひねり上げる。狗阿弥は、石をぶつけられた野良犬のような、情けない叫びをあげた。

「放してください、姐さん」

狗阿弥は昔から体が大きくて力が強かったのだろう。そのうえ、人を斬り倒すことに悦《よろこ》びを感じる性格だったために、並外れて喧嘩が強くなっただけだと楓は睨んでいた。しかし、本格的な武芸修行をしたことはないはずだ。

「からかったつもりだった。勘弁だ」

悲鳴をあげる童頭に、吐き気がするほどの侮蔑を感じる。この男はままならぬ世を何とはなしに恨んで、降魔丸の怨念に共感しているばかりであって、大事を成さんという、本当の意味での志は持ち合わせていない。肋の下あたりに蹴りを入れながら、楓は狗阿弥を突き放した。降魔丸に冷たくされた腹いせもあって、きつい蹴りになった。

狗阿弥は鼻水を垂らしながら這いつくばい、絶え絶えの息で言う。

「本当に、からかうつもりだった」

襟を合わせると、楓は何も言わず去っていった。

四

新城から本城へ向かう門の近くに、すでに空になり、人の寄りつかない蔵があった。その軒を借りて、生死之介はうずくまりながら雨宿りをしていた。

栄養状態が良くないせいだろう、大きな戦闘は行われなくても、子どもや年寄りを中心に病み衰えて死ぬ者が多くなってきた。涼山は本城の御殿に忙しく通っているものだから、一人残された生死之介は、引導を渡してくれ、供養してくれと頼まれて、死体の前や息を引き取ろうとする者の前にひっぱりまわされる日々を送っている。仕方なく、涼山に教えてもらった般若心経《はんにゃしんぎょう》をもぞもぞと唱えてやってきたが、それにもほとほと疲れた。そこで、みなに見つからないように隠れているのである。そうして、今日こそははっきり文句をつけてやろうと、涼山が帰ってくるのを待っていた。

「いつまでつづくのか」

雨に叩かれて、すっかりぬかるんだ地面を眺めながら、呟いた。涼山が城にいる以上、生死之介は城から出ることは許されなかった。

羽柴秀吉や竹中半兵衛には、涼山だけを残して城を去ることは決してならぬという厳命を受けている。二人は涼山を頼みながら、涼山が別所方に寝返ることをひどく恐れていた。

涼山が裏切ったとみれば、ただちに斬れとも言われている。

煙るような雨の中、門の方から蓑笠《みのかさ》姿の影がやってきた。生死之介をみとめると、親しげな笑みになった。涼山だ。

雨をはじき飛ばしながら駆けてきて、軒下に逃げ込むなりこう言った。

「七郎丸が、はいはいをしおった。殿の膝元で、懸命に小さな手を動かしてな」

こちらが恥ずかしくなるほどの、ゆるみきった表情でまくしたてる。それがまた腹立たしくて、生死之介の言葉ははなから喧嘩腰になる。

「孫の顔を見て喜んでいるうちに、どれほどの時がたつと思うておる」

七郎丸が娘紫野と長治の子であることに気づいた涼山は、彼らを助けるために生死之介を縛り上げた。もし涼山がその直後に言ったように、三木城を開くために必死に働いているのであれば、その恨みは忘れてやってもよい。しかし、どうもそうは見えない。

「何を怒っておる、九得」

「その間の抜けた名はやめろと申しておるだろう。もう、坊主の真似はご免だ……そもそも、お主は御殿の動きをさぐるなどと申しておったが、いったい何をつかんだのだ」

涼山はまじめ腐った顔で、さかんに水滴を落としている軒先に目をやった。

「別所から羽柴の陣へ、和議を申し入れたようだ」

「何だと」

生死之介は壁から背をはなした。

「だが、羽柴のほうは拒んだ」

雨滴を見つめる涼山は、苦笑いをしている。

「別所としては、今後とも三木城主としての地位を安堵してもらいたいらしい」

「馬鹿な。そのような条件を、安土の上様が認めるはずもなかろう」

織田に味方すると言っておいて反旗を翻し、三木城に一年半近くも立てこもってきた別所を、信長は攻め潰すことしか考えていないはずだ。別所一族が生き延びる道を本気で模索するならば、少なくともこの城は明け渡し、長治は頭を丸めて信長のところへ命乞いにゆかなければならない。それでも許してもらえる保証はないが。

「されども、和議が取り沙汰されたこと自体、御歴々が動揺しはじめているということだ。実際、戦いの行く末につき、長治の前で諸将が口論におよぶこともあったぞ」

「そのわりに、羽柴勢の動きはもたもたしておるな」

羽柴方は兵糧攻めの方針を堅持し、補給路を断つための付城や土塁の構築には精を出しているようだ。しかし、戦えば必ずといっていいほど打ち負かされ、和議まで口にしはじめた別所側の動揺を知っていながら、あまり激しい攻勢には出てこない。

「竹中半兵衛どのが、まだ生きておる」

雨音にかき消されるような声で、涼山が言った。

「教海寺の坊主どもが竹筒に米を入れて流しておる。それを、儀助どんが掬《すく》いあげていた」

「半兵衛どのが、わざと見逃していると申したいのか」

「敵を追いつめつつも、追いつめすぎぬようにしてうまく交渉に持ち込むのが策士だ。おそらく、半兵衛どのはまだ、我らの調略に大いに期待しておるのだ」

涼山は、仇に対しているごとく長雨を睨む。

「これから城内で、あくまでも戦いに固執する者と、和議に持ち込もうとする者との対立がますます激しくなるだろう」

「そうなれば、調略の目が出てくるか」

涼山は頷いたが、生死之介には信じられなかった。

「その対立の火を、お主が煽《あお》いで大きくするというのか、涼山。されど、調略がかなうほどに対立が激しくなるには、どれほど待てばよいのだ」

そこまで言った生死之介の肩に、涼山が突然、手を置いた。生死之介は黙り、涼山の視線の先を見た。山城守の館の方向から、陣笠に具足姿の男が歩いてくる。いや、そばまで来ると、男ではないことがわかった。楓だった。

生死之介には、立ち姿を見るだけで、相手の武芸の力量がわかる。楓の声は男のものではなかったし、顔の一つ一つの造作も、女らしい柔らかさを持っていたが、足腰の雰囲気は手練の男のものと言っていい。

「ここにおったか」

軒下に入るなり、楓は言った。

「お主たち、本当に毛利どのの一味か。羽柴の間者ではあるまいな」

涼山は、青黒い顔になった。生死之介も背が痺れた。懐に手を入れる。

「三巴のついた御脇差だがな――」

そう言いながら、楓は隙のない目つきで、涼山と生死之介を観察している。

「お主たちが、志村どののもとから盗んだのではないのか」

「御城に忍び入り、御脇差を盗んで逃げてから、また御城に入ったと申されるのかね」

涼山は、呆れたように応じた。

「志村どのが謀反を企てていたとは思われぬということだ。もともと家中でも人徳者として知られた、大人しいお方だったという」

楓は、涼山と生死之介へ交互に目をやりながら話す。

「しかも、お主たちがこの城にやってきて、山城守どのが御刀衆に御脇差を持って来るようにと命じられたあと、志村どのはいつもと変わらぬ様子で近習《きんじゅ》に『御脇差を持って参れ』と命じたという。そして、見つからぬとの報告を受けて、にわかに慌てはじめたそうだ。謀反人らしくないとは思わぬか」

「他の御刀衆は調べたのでござるか」

涼山が問い返すと、楓は当然だというように頷いた。

「山城守どのがひとりひとり個別に面談をしたが、みな、御脇差をきちんと持っていた」

「志村どのの御家来が、御脇差をどこかへやってしまっただけではないのか。あるいはこの戦がはじまる前に盗人《ぬすっと》に入られたとは考えられぬか」

「そうかもしれぬ」

「志村どのをすぐに斬ったりせず、もっとじっくりと調べるべきでござったな」

涼山がつっぱねるように言うと、楓も頷いた。

「敗戦の直後で、士気が阻喪しておるときだから、すぐに斬れと命じられたというがな……」

声は細いが、男の口調だ。そのちぐはぐとした様子が生死之介にはおかしかった。

「我らが敵であったとして、志村どのの御脇差など盗んで、何の得になる」

「わからぬ。考えれば、考えるほど、不思議でならぬ」

腕組みをし、また二人の坊主をじろじろと見てから、楓は忌々しげに言った。

「お主たちは、腹のうちを見せぬな。もう少し調べあげてから、あらためて参ろう」

楓はふたたび雨の中へ歩み出し、もと来たほうへ戻っていった。その後ろ姿を拍子抜けした気分で見送りながら、生死之介は言った。

「何が目当てだったのだ。はじめから、よく調べたうえで来ればよい」

「今日のあやつはやけに落ち着きなく見えたが、やはり旗色が悪いせいか」

涼山が言った途端、楓は石ころを蹴飛ばした。涼山と生死之介は同時に吹き出した。

楓の姿が見えなくなったところで、涼山がまた口を開いた。

「楓は、山城守が御刀衆を個別に面談したと申していたな」

「志村のもの以外の御脇差が、城にすべて揃っていることを確かめ得たのではないわけだ」

生死之介がそう応じたのは、城外へ送られた紋付きの御脇差が他の御刀衆のものである可能性がある、と涼山は言いたいのだろうと察したからだ。山城守のもとへ御脇差を持参した重臣が、退去した後、後から参上する者にそれを貸してやったのかもしれない。

重臣同士の結びつきは微妙な力関係で成り立っている。山城守は別所一門でもあり、家老でもある。しかし、確たる証拠もなく、あからさまに裏切り者たる志村の一味ではないかとの疑いをかけ、身柄を拘束したり、重い身分の証である脇差を召し上げることははばかられたのではあるまいか。権力の座にある者は一見、大胆に見えながら、実は臆病なまでの繊細さを内に蔵している。

そして、もしその推測が当たっていれば、羽柴への内通を考えている重臣は一人ではなく複数いるとも考えられなくはない。

「御刀衆の具足櫃を調べてくれ。それから、家来の動きもだ」

そう頼まれて、やはり涼山の考えは自分の察する通りであったと確信した。

「城外へ御脇差を遣《や》った者が、お人よしの志村の御脇差を盗んだのかも知れぬぞ。その場合には、御刀衆のもとには漏れなく御脇差があろう。調べても無駄だ」

「そうかもしれぬが、とにかく御刀衆の身辺をさぐってくれ。お互いにやれることからはじめるしかない。俺は、御殿で御歴々の動きをさぐるゆえ」

涼山がこちらを見たとき、生死之介は大きな溜め息をついた。

「やはり、まだ調略策をつづけるつもりか、涼山。城を出る気はないのだな」

「何ぞ、文句があるか」

生死之介は、片目をつむりながら、首を横に振った。

「お主がこの城で調略のために働きつづけるかぎり、付き合うのが俺の役目だ。どこへでも忍び込み、何でも調べるさ」

「だが、急がねばならぬぞ。半兵衛どのは、もう長くはない」

竹中半兵衛が死ねば、この調略策は捨てられ、力攻めがはじまると言いたいようだ。

「半兵衛どのの命が、いつまでもつか」

涼山は、飽きもせず雨を降らせている雲を見上げながら、震える声で言った。

おそらくその胸には、孫を生き永らえさせてやりたいという切なる思いがあるのだろうと生死之介は想像した。

五

かんかん照りの太陽を受け、庭前の夏草が青々と輝いて天を目指している。庇に切り取られた空もまた、抜けるようだ。

それなのに、竹中半兵衛は象牙色の顔に汗を浮かべて、眠りこけている。枕元に座った秀吉は、扇で煽いでやっていた。医者が、そろそろ覚悟しなければならないと言ったので、山上の陣を駆け出して、半兵衛の休む民家まで降りてきたのだ。

二人きりで語り合いたかった。しかし、半兵衛が眠っているため、秀吉は座敷から表を眺め、やれ久しぶりの良い天気だとか、今年ももう六月だなとか、あの雲の形は鮎《あゆ》に似て旨そうだとか、意味もなく一方的に話した。

「梅雨もそろそろ終わりかの、半兵衛」

くたびれた紫陽花《あじさい》を見ながら呟いたとき、そうかもしれませぬ、と声が返ってきた。半兵衛が目をあいていた。

「殿、戦の様子は……」

秀吉は何も答えず、二度、頷いた。半兵衛も黙って、同じように二度、頷いた。

風に煽られた蜜蜂が部屋の中に入ってきた。蜂は半兵衛の床の上を大きく旋回して、また外へ出た。秀吉はそれに見入った。

「殿が我が閑居、長亭軒《ちょうていけん》へお出でになったとき……」

目を引き戻された。半兵衛は懐かしそうに微笑《ほほえ》んでいる。

「おう、あのときか。お主がつれないものだから、ほんとに弱ったわ」

半兵衛は美濃の斎藤家や近江の浅井家に仕えた後、美濃国栗原山下に人を避けるようにして暮らした。その軍学の知識と才に惚れ込んだ秀吉がたびたび訪問し、織田家に仕えないかと誘っても、半兵衛は断ってばかりいた。

「だが最後は、わしのところに来てくれた。粘った甲斐があったというものだ」

「殿は、『それがしは戦は好かぬ。戦をしても、友を失うばかりだ』と仰せられた」

床の上から天井を見つめ、しみじみと言う。

「『軍師としてそなたを欲するのは、虎狼《ころう》の心を抱いていたずらに勝負を好むためでも、富貴栄華を望むためでもない。天下を平定し、民百姓を塗炭の苦しみから救わんがため』とおっしゃった。いや本当に、感服つかまつった」

あまりに褒められて、秀吉は照れ隠しに笑ってみせた。

「半兵衛が腰を上げてくれなんだら、いまのわしはないさ」

半兵衛は顔に謙遜をにじませて、枕の上で首をぐらぐらと振った。

「だが、まだまだ道半ばぞ。今後とも、よろしく頼む、半兵衛」

また首を振ったが、今度は謙遜したのではないことは、淋しい笑顔からうかがわれた。みずから死を覚悟している者に、そのような偽りの励ましなどいらないと言っているようだ。秀吉は笑いをおさめ、おずおずとながら腹中を正直に述べることにした。

「お主がいなくなると、わしのまわりには『急ぎ城兵を討つべし』と唱える者ばかりになる。しぶとき別所勢への恨みもあるが、上様への恐れもあって、そう言い張るのだ」

秀吉の頭には、古くから仕えてくれている蜂須賀正勝や前野長康、弟の羽柴秀長などの顔があった。みな、今のやり方は手ぬるいと焦っているが、それは自分の身を心配してくれているからであるのもわかっていた。

「上からも叱られ、下からも突き上げられる。辛《つら》いものだ」

秀吉は背を丸め、顎を落として息を吐いた。

「あの涼山という坊主、どこまで信用できるのだ。乙御前は無事なのだろうな」

半兵衛は口角を上げて、笑顔を強めた。

「それがしに気兼ねなどなさるな。それがしが死したるうえは、生きておそばにある方々の言葉によくよく耳をお傾けのうえ、諸事、ご決断くだされ」

とは言いながら、半兵衛はこうも付け加えた。

「とくに、官兵衛どのを頼まれよ」

秀吉は苦り笑った。播磨人の小寺官兵衛なら、半兵衛と同じく、城兵に大きな犠牲が出るような案には賛成しないだろうと思ったからだ。

「それにしても、官兵衛はどうしているかの。不憫《ふびん》にも死なせた松寿丸のことを思うと、荒木方に裏切ってくれているほうが気が楽にも思える」

ふたたび重たい溜め息をついたとき、衾《ふすま》から骨と皮だけになった手が出てきて、秀吉の腕をとらまえた。びくりとなって見ると、半兵衛はまたぐらぐらと首を振った。唇がかすかに動いている。秀吉は耳を近づけた。

「松寿丸は菩提《ぼだい》の城に……」

秀吉は息が吸えなくなった。美濃国不破郡岩手《いわで》の菩提山城周辺は、半兵衛の領地である。微笑んだ半兵衛の顔を見つめ、喘《あえ》ぐように聞き返す。

「生きておるのか」

痩せた白い顔が、小さく、しかしはっきりと頷いた。

「官兵衛どのは裏切ってはおりませぬ。おそらく、生きて帰り、松寿と再会しましょう」

「されど、上様の御命に逆ろうてしもうたことになる」

自然と、声が小さくなった。

「上様もほっとなさるはず。殿に、お褒めの言葉をたまわりましょう」

女のような優しい顔をしながら、度胸のすわった奴だと秀吉は感じ入った。この度胸は、自分にはない。だから、そばにいてもらいたい男なのだ。

「さりながら、あまり上様をお見くびり申し上げるのもよろしくありませぬ。乙御前は、取り返されたがよろしい」

ここまで大胆に言われると、憎たらしくさえ秀吉は思った。それではやはり、涼山の気の済むまで調略をやらせよと言っているのと変わらない。もういつ死んでもおかしくないはずの半兵衛は、疲れた様子ながら話をやめない。

「それから、敵将の内通を許したり、扱いにて開城に持ち込む際には、まずは上様のお許しをお請いになりますように」

秀吉は苛立って、扇を膝に打ち付けた。

「こら。やはりお主は、死したる後もわしを縛ろうというつもりだな」

「これは、無礼をいたしました」

病人に対して少し言いすぎたかと心配になるほどに半兵衛は恥じ入り、黙った。

「いや、ま、よいのだ」

「それがしのことなど、気づかわれますな。そもそも、昨日正しきことが今日誤りとなるが戦場というものにして、大将は臨機応変を旨とせねばなりませぬ。そのつど、そのつど、みなさまの進言をよくお聞きになり、戦陣のご采配をなされよ。ただ……」

「ただ、何だ」

「あの、民を塗炭の苦しみから救わんとのご覚悟はときどき思い出してくだされ」

炯々とした眼が、秀吉を射ぬいている。

「つきつめれば、弓矢より仁慈のほうが強うござる」

秀吉は目頭が熱くなったのをごまかすため、からからと笑ってみせた。半兵衛にはまったくかなわない、と思った。そして、この男はまだまだ死なないとも思った。その先の先まで見通す知略といい、ずぶとい腹といい、いささかも衰えていない。これは魂がこの世でまだまだ輝き、働かなければならないと考えている証のはずだ。

「半兵衛、飯を食っているか」

秀吉は、これまで多くの人の心を獲ってきた、自慢の朗々たる声で言った。

「は、はい、少しは」

「飯を食わねばならぬぞ。わしはいったん陣に戻る。だがまた昼に来るゆえ、いっしょに飯を食おう」

「はい」

半兵衛の返事もまた、いつになく元気になった。頬には、赤みが戻っているようにさえ見えた。秀吉は、勇躍して山上に帰った。

だが、それが秀吉と半兵衛が交した最後の会話になった。一刻あまりのち、昼飯を食いに麓に帰ってきたときには、半兵衛は帰らぬ人となっていた。

盟友の冷たくなった手を取り、秀吉は蒼天《そうてん》を目に映して泣いた。

「このような晴れの日に、逝ってしまうこともなかろう」

秀吉は落涙しながら、いつまでもそう詰っていた。

第六章　大村合戦

一

闇の中を、男が手探りしながら動いているのはわかっていた。しかし、いかに奸は夜目が利くとはいっても、天井裏からでは何をしているのかまではわからない。

そこは本城の南側に隣接する、南構《みなみがまえ》と呼ばれる曲輪の多聞櫓《たもんやぐら》だった。曲輪の壁面にそって細長くつづく櫓の内部は細かく仕切られていたが、楓が覗き込んでいるのは、三宅肥前入道とその一族の納戸として使われている部屋である。

漆黒《しっこく》の中に、赤い光の点があらわれた。その光が強くなったり、弱くなったりする。男が火縄に息を吹きかけているのだろう。

室内に光の扇がひろげられた。火を小型の手燭に移したのだ。具足櫃や長持、衣装箱などの間を、蜘蛛《くも》が這うようにそっと移動しているのは、涼山とともにこの城にやってきた九得という僧だった。

　摂津の荒木村重勢から食糧を運ぶ中継地であった丹生《にぶ》山の城を五月に落とされて以来、城内の食糧事情は困窮しはじめたが、七月以降は特に厳しさを増していた。九月の今では城中の草木はめっきり減り、松の樹皮もあちこちはがされている。もちろん城兵の胃袋におさめられてしまったわけだが、このような状況では士気の阻喪、人心の動揺は避けられない。苛立ちを強めている別所山城守と降魔丸は、城中の要注意人物への監視を強化していた。楓が監視を命じられたのが、この九得だった。

　つけまわしてみたところ、九得は何やらさかんに調べている様子である。僧侶は城中の政治的対立とは無縁であるかのように思われ、あまり警戒心をもたれない。それをよいことに、処刑された志村の旧臣をつかまえて、生前の主の様子を事細かに尋ねていることもあった。また、篝火の下で少ない酒を分け合っている山城守の家来にまじって、「山城守どのは無二の大将だ」などと褒め称えつつも、さりげなく山城守の戦の方針を聞き出そうとしているときもあった。そして今夜は、何を企んでか、多聞櫓に忍び込んでいる。

　ずらした天井の羽目板に、楓は眼をちかづけた。九得は光をひろげないように気遣い、足音もしのばせている。そうして、いくつかの箱を開けては中を調べていた。

　楓の眼の真下にある長持を開けたとき、九得は刀袋を取り出した。袋の紐をほどき、中身を引き抜く。手にしたのは、黒鞘の脇差だった。灯に金蒔絵の三巴がはっきりと見えた。

かつて長治が三宅治忠に賜ったものだろう。

恩賜の御脇差を盗もうとしていると踏んだ楓は、飛び降りてこの場で九得を捕まえるか、外へ出たところで取り押さえるかと迷った。日頃の挙措から判断して、涼山もそうだが、この九得も相当の手練であることは疑いようがなかったからだ。

楓は、腰帯から一尺あまりの苦無《くない》を引き抜いた。鋼《はがね》を細長い葉のような形に鍛えたもので、穴を掘ったり、壁を崩したりするのに使うが、もちろん武器にもなる。その柄を握りしめ、羽目板をさらに大きくずらす。飛び降りてこの場で襲いかかることに決めた。

そのとき、戸が開かれる音がして、室内に別の灯があらわれた。

「誰かいるのか」

呼びかけられた九得は一度身震いしたが、背を向けたままじっとしている。部屋に入ってきたのは、胴丸をつけた夜回りの者だ。松明に照らされても、九得はうずくまったままでいる。そうして、懐から輝くものを取り出した。掌の上で何度かはねあげ、摑みなおす。得物は三日月形に歪んでいるのがわかった。

「おい、誰だ」

夜回りが震える声をあげたとき、九得は立ちあがった。背の高い九得より何倍も大きい影が、壁に湧く。夜回りはひるんだ。九得はその口を押さえ、喉に三日月を突き入れた。松明が床に落ちた。光が揺れ、影が暴れまわる。直後に、夜回りの体は床に崩れた。

九得は夜回りの松明を何度も踏みつけ、消した。その見事な動きに見入っていた楓は我に返り、急いで下へ飛び降りようとした。御脇差を盗むために見張りを殺すとは、いよいよただではすまされない。

だがそのとき、予想外のことが起きた。九得は御脇差を拾いあげると、刀袋に入れ、丁寧に長持の奥に戻したのだ。長持の蓋をすると、部屋を去ってしまった。

九得の魂胆がますますわからなくなった楓は、闇に身を浸したまま呆然とたたずんだ。

二

その日の昼前、三木城中の兵民は重苦しい空気に包まれて、美嚢川に面した塀や柵の近くに集まった。その人込みに、涼山と生死之介の姿もある。川向こうの羽柴勢がおさえている地には、二本の十字架が立っていた。

羽柴の兵たちが囲む中、三尺高い木の上に括《くく》りつけられている二人の男は、涼山や生死之介と同じように禿頭だった。

「おい」

一人を指さして、生死之介が声を漏らした。羽柴秀吉の平井山の陣で出会った金瘡医、述斎だった。だが、さっきから気づいていた涼山は反応しなかった。

羽柴の侍は、これより教海寺の坊主どもを磔にすると城に向けて繰り返し叫び、城中の者どもを柵際に呼び寄せた。三木城に食糧を送り込んでいたことを摘発したのだ。

涼山は直に語り合ったときの、述斎の人のよさそうな、穏やかな雰囲気を思い出していた。あの男が医者に扮して羽柴陣中の偵察を行ったり、三木城に食糧を送ったりしていたとは想像もつかなかった。山下で縄を打たれている述斎にも、命知らずの勇者という印象はまるでない。血の気の失せた唇はかすかに震えているように見えたが、遠目のことで、恐怖のために痙攣しているのか、経文を唱えているのかは定かではない。

「志操《しそう》を曲げず、死んでゆく者だ」

脇に立つ生死之介が呟いた。

「敵ながら、褒めてやりたい」

裏切り者の自分への当てつけもあってそう言うのはわかっているから涼山はわざと無視したが、述斎の姿に、ある種の罪悪感をおぼえていたことも確かだった。

述斎も自分と同じく、城中の人々を苦境から救い出そうとしていたわけだ。しかし、述斎が城中の兵民の飢渇《きかつ》を少しばかりではあっても実際にやわらげてきたのに、自分は早期開城を目指しながら、徒《いたずら》に日を送るばかりで何の成果もあげられないでいる。その揚げ句、真の勇者はいま死のうとしており、無能者であるこちらはのうのうと生きつづける。

そのことを思うと、やりきれなく、情けないのだ。

述斎たちの前に、長槍を持った四人の男が駆け出た。二人一組になり、それぞれの十字架の前に立つ。指揮をとる侍は、よく見ておけと言いたげに、無理に作ったような笑顔を丘の上の城兵に向けている。

「志村はやはり、謀反を企ててはいなかっただろう」

生死之介が、涼山だけに聞こえるようにささやいた。

「それから、三宅は御脇差をちゃんと持っていたぞ」

いまこのときに、そのような報告をしなくてもよいではないかと苛立ちながら目を遣ると、澄ました様子ながら、刑場を睨む生死之介の目はかすかに潤んで見えた。

坊主たちの前で、長槍が交差した。わきで生死之介の体が硬くなるのがわかる。

述斎は、すでに魂は冥土へ旅立っているかのごとく、弛緩《しかん》しきった表情になっていたが、隣で磔になっている僧は、恐怖を堪えるためか、力いっぱいに瞼をひろげた。

二人の体に、斜め下から槍が突き入れられた。両手をひろげて並んだ体が、同時にのけ反る。涼山の背骨も、痛いほどにこわばった。槍は木の上の僧たちに二度、三度と突き入れられた。そのたびに傷口から、血がほとばしる。僧たちの体がぐったりしても、兵はしつこく槍を突き入れた。おそらく腐りゆくさまを城兵に見せつけるために、あの二人の亡骸は、しばらくそのまま晒されつづけるだろう。

憐《あわ》れな刑死者を眺めながら、涼山の周囲にいる足軽や百姓がすすり泣いている。中には、膝を落としてしまった者もいた。それを眺めやりながら、涼山は呟いた。

「竹中半兵衛どのが、死んだ」

生死之介は驚いた顔を向けてきたが、すぐに合点がいったというように頷いた。

「どうりで、城内の糧食がひどく減ってきている」

「急がねばならぬぞ」

「腹が減ってきたほうが、城兵の気が削がれて都合が良いともいえるがな……」

生死之介は、声にためらいをにじませた。涼山にも、その気持ちがわかる気がした。

小谷城で戦った涼山も、上月城で戦った生死之介も、幸いなことに餓死者が続出する状態は経験していない。しかし、糧食を断たれた籠城の苦しみは知っているし、さらに飢渇が高じたときの悲惨さは、戦場に生きてきた者であれば当然、耳にしている。

腹が減れば、人は人でなくなるのだ。食べ物がまったくなくなれば、いずれは餓死者の死体を喰わねばならず、しかもさらに事態が悪くなれば、戦友の屍肉を争って味方同士で殺し合うにいたる。それは、まさに地獄にほかならない。

そこまで追いつめられれば、人心の離反によって内紛が起きたり、別所山城守が降参を決心する可能性も高まるかもしれない。しかし、自分たちもその地獄を経験しなければならず、しかも、その地獄には七郎丸がいると思うと、胃がむかむかとしてきさえする。

涼山と生死之介が黙って突っ立っていると、処刑を見物していた群衆のうちから、けたたましい声が聞こえた。

「これは、俺のもんだ」

「何を言う。約束をたがえる奴があるか」

「そんな約束の覚えはない」

足軽同士でもみ合っている。一人は六尺を越える大男で、一人はその胸のあたりまでしか背のない小男だった。大男に振り回され、はね飛ばされても、小男は起きあがり、立ち向かっていく。

「理不尽な」

「どっちが理不尽だ。その乾飯《ほしいい》をよこせ」

乾飯は炊いた米を乾燥させた保存食品で、鍋に入れて粥にしたり、そのままかじり、唾でとかして食べる。どうやら、その分配でもめているようだ。まわりにいる者たちはくたびれた表情で見守るだけで、わざわざ止めに入ろうとはしない。

このままゆけば、二人とも腰の刀に手をかけるだろうと涼山が案じていると、こら、こら、と叫びながら駆けてゆき、二人のあいだに割って入った者があった。生死之介だ。

「まあ、落ち着け。どうしたというのだ」

「こいつ、俺の乾飯をとりやがる」

「とってねえ。チビのくせに、どれだけ強欲《ごうよく》だ」

「どっちが強欲だ、糞野郎」

とうとう、背の低いほうは刀の柄をつかんだ。生死之介は素早く、その柄頭を掌でおさえた。

「城際に敵を引きつけて戦っているとき、味方同士で揉《も》めるとはどういう料簡《りょうけん》だ」

生死之介の眼光に、小男は蛇に睨まれた蛙のように縮みあがった。生死之介が柄に手を添えたまま、腰を落として前に出ると、小男は膝を崩し、地面に尻餅をついた。

「俺のをくれてやるから、行け」

生死之介は帯に括り付けていた布袋を押し付けるように小男に渡した。中には乾飯が入っているのだろうと涼山は思った。小男は受け取ると、そそくさと立ち上がり、黙って走り去っていった。相手の大男もぶつぶつ文句を言いながら、人込みに消えた。

「城兵の腹が減ってきたほうが都合が良いのではないか。乾飯を与えてやるのは、志操を曲げることにはならぬか」

そばに戻ってきた生死之介に嫌みを言った。

「しかも、お主の食いぶちがなくなるのだぞ」

「うるさい、もうぐだぐだ言うな」

生死之介が顔を歪めて会話を打ち切ろうとしたとき、坊さま、坊さま、と呼びかけられた。声の方へむくと、十ほどの、ひょろりとした童《わらべ》が走ってくる。その目は涼山ではなく、生死之介ばかりを見ていた。

「おう、またか」

生死之介が顔をしかめて言ったところから、お互いにずいぶんと馴染んでいるらしい。

「九得の坊さま、婆《ばば》が死にそうじゃ。お頼み申します」

童は、涙を浮かべて懇願する。婆とはこの子の縁者だろうか。

「と、言われてもな」

生死之介は困惑しきっている。

「お顔を見せてやってたもれ。それだけで、婆は安堵いたします」

断り切れず、生死之介は一瞬、恥ずかしそうな目を涼山に向けると、手を引かれるままに童についていった。

生死之介の心も変化しはじめているのを、涼山は悟った。この城にいる者は生死之介にとって敵のはずだが、長くともにいて経文を唱えてやっているうちに、親しい感情をも抱くようになったのだ。そうでなければ、自分もまた餓死するかもしれないというときに、食べ物をくれてやることもないだろう。

見上げると、ひろびろとした秋の空を鳶《とび》がゆうゆうと飛んでいる。その姿は、城の内と外で敵味方に分かれ、睨み合っている人間を嘲笑《あざわら》っているようにも見えた。

三

夜回りの男は、血に汚れた胴丸を着けたまま、具足櫃や長持のあいだに横たわっていた。死に際にひどく恐ろしいものを見たらしく、瞼をめいっぱいに開けている。

すぐそばで胡座をかく降魔丸は男の喉の傷に見入り、赤い手甲に包まれた手でときどきいじる。狗阿弥と楓、および別所家の二人の検分役《けんぶんやく》は傍らに立ち、そのさまを見ていた。

確かにおかしな傷だった。喉元の穴は縦長の逆三角形になっていて、それがほぼまっすぐに体の奥に入っているが、そこから胸の方へ、切り傷が直線的に伸びているのだ。刀や槍で突いても、このような傷痕はつかない。

「何を用いた」

降魔丸は首をひねる。

「忍びの道具か、楓」

突然に呼びかけられて、楓はどきりとした。忍び道具について尋ねてきたのは、奸の娘なら忍びの術に詳しいと思ったからだろう。

「やったのは、姐さんではあるまいな」

狗阿弥が、跳ね散った髪のあいだから薄ら笑いをたたえた目を覗かせた。楓は無言で睨み返してやった。だが、降魔丸の目も面頬の奥からこちらを見ているのに気づいたとき、背筋が寒くなった。

死体は今朝、未明に別の夜回りに発見されたが、それが九得と名乗る坊主の仕業であり、彼が三日月形の得物を使ったのをこの目で見たことを、楓はずっと言いそびれている。

「十文字の手裏剣を使えば、かような傷がつくかもしれませぬが……」

胸が高鳴って苦しい。これほどあからさまに降魔丸を裏切ったのは初めてだろう。理由は自分にもよくわかっていなかったが、尽くしても、尽くしても、本当には受け入れてくれない男に対する反発心のせいかもしれないとも思った。

「この城の者は、だらしがない。少々、旗色が悪くなったからといって敵を倒そうという初志を失い、果ては盗人になる」

狗阿弥が漏らすと、別所の検分役たちは色めき立ったが、反論はしなかった。狗阿弥の言うことが当を得ているからだろう。食糧が乏しくなるにしたがって、壁際や木陰に座り込んでだらつく者や、互いに罵り合う者が多くなってきた。城兵の持ち物の盗難も頻発しており、とくに食べ物がよく盗まれる。

「狗阿弥よ」

降魔丸が制した。

「これは、盗賊の仕業ではない。納戸からは何も盗まれてはおらぬのだ」

「では、何のために……」

狗阿弥は声に驚きをあらわしたが、楓も当惑していた。

九得は何から何まで辻褄の合わない男だった。恩賜の御脇差にひとかたではない興味を持っているようだが、しかし盗もうという気はないらしい。おそるべき手練であり、戦場慣れしているが、親しい者を失った連中や病人のところへ行って、熱心に読経したり、なぐさめてやったりしているから、似非《えせ》坊主ともあながちには言えない。さきほどは、乾飯の分け前をめぐって争っていた足軽に、自分の分をくれてやっていた。

降魔丸も疑っているように、小早川隆景につながる者だというのもどこまで本当だか知れたものではない。だからといって、敵とも言い切れないようだ。何かを熱烈に目指していることは間違いないと見えたが、それが何なのかはっきりしない。

捕まえて突き出せば、降魔丸は九得を拷問にかけ、それによって謎は腑分《ふわ》けされるかもしれないとは思った。しかし、それでは満足できない気がした。九得を突き動かしている情熱を、それが呼吸し、脈打ち、走り回るままに追いかけ、観察してやりたい。

「何かを調べていたな。いったい、何を……」

降魔丸は呟きながら、工芸品を愛《め》でるように死体の傷口に見入る。

「それにしても、見事な腕だ。城内で、これほどの腕を持つものと言えば……だがな……」

呟きながら、降魔丸がまたちらりと楓を見た。楓は、必死になって平静を装った。

四

御殿から帰ってくると、まだ陽が高いのに、生死之介は長屋ちかくの楠の根方にもたれ、目をつぶっていた。涼山は近づきながら、声をかけた。

「こんなところで、何をしておる」

「腹が減ると、動く気がせぬ」

生死之介は眩しそうに片目だけを開けて、見上げた。確かに、その頬はこけ、顔全体が筋張って見える。涼山自身も、肋が浮き出るほどに痩せていた。いまでは日に一度、薄い粥を食わせてもらえるだけだから、致し方あるまい。

「寒くはないのか」

すっかり秋めいてきて、午後の風は涼しかった。しかし、生死之介はかぶりを振った。

「長屋は、病人ばかりで気が滅入る」

涼山は袂から炒《い》り豆の入った懐紙《かいし》を出して、わたしてやった。それをひろげると、生死之介が急に俊敏さを取り戻し、上体を木から離した。

「御殿で頂いたのか。いい身分だな」

憎々しげに言ったが、生死之介は豆を突き返しはせず、つかんで口に入れた。

隣にみずからも腰を下ろしながら、涼山は言う。

「魚住《うおずみ》から敵中を突破して、毛利の手の者が来た」

水軍をそろえた毛利勢は、三木城の南なる魚住に進出して陣を張っていた。生死之介は咀嚼《そしゃく》をやめた。

「いよいよ毛利が腰を上げたか」

「羽柴の囲みを破り、城へ米を運び入れるつもりらしい」

「なるほど。だが、うまくいくかの」

言い終えると、生死之介はまた豆を口に入れた。それを尻目に、涼山は言う。

「さあな……されども、これが失敗すれば、この城も間違いなく終わりだ。ゆえに、城兵も必死になるだろう」

「米が城に届けば、城兵の士気はふたたび高まるだろうな。しかも、羽柴の囲みが崩れ、毛利勢と城との間に通路ができたら、山城守をはじめ、城中の主戦派は勢いを増す」

「調略による開城に期待する者がいても、思うようには動けなくなるだろう」

「是が非でも、この策は俺たちの手で妨げねばならぬ、ということだな」

涼山は頷いた。だが、心中には、本当に阻止してしまっていいのかという迷いもあった。同じ思いを抱いていたようで、生死之介も苦笑いしながら口を開いた。

「米が来なけりゃ、俺たちもまた辛いが、城をはやく落とすためにはやむを得まい」

「だが、どうしくじらせる」

涼山が策を尋ねると、生死之介は問いを返してきた。

「敵はどこから来る」

「まだ、わからぬ」

「それを、聞き出してくれ。俺は城を脱し、敵の進入路に最も近い付城まで注進に走る」

それがいちばん手っ取り早く、確実な策だろうと思いながら、涼山は皮肉を言った。

「走れるのか、その痩せ細った体で」

「豆を食ったら、元気が出てきたさ」

そっぽを向きながら、二人同時に鼻で笑った。


その夜、涼山が長屋で寝ていると、御殿から迎えが来た。殿さまの御用で参上せよという。曇り空で、星も月もまったく見えない中、涼山はすぐさま本城に向かった。

腹が減って弱っているせいか、いつもの控えの間で得たされているあいだ、眠くて仕方がなかった。これが寺であれば、こっぴどく殴られているだろうなどと思いながらも、上体がふらふらと揺れる。夢と現《うつつ》を行き来しているとき、複数の女の声が聞こえてきた。控えの間の襖は開け放たれており、その前の廊下を女たちが近づいてくる。

「あのような下賤《げせん》な女が産んだ子ばかりを可愛がるとは、悔しき限り……」

それを聞いて、涼山の目は完全に覚めた。声の主の気が立っているのは、言葉の調子ばかりではなく、足音からもよくわかった。

「七郎丸さまもまた、殿さまの和子さま、北の御方さまの和子さまにござります」

ともに歩いてくる女中が諫めた。

涼山の全身に緊張が走る。北の御方さまというからには、長治の正室だ。丹波国八上《やかみ》城主、波多野秀治《はたのひではる》の娘で、若君の母である。

「流浪の坊主の汚い腕の中を好むと申すが……やはりあさましき血は争えぬ」

そこまで聞こえたところで、燃えるような紅葉山の裲襠を引きずり、左右には四人の女中を従えた女性が涼山の目の前にあらわれた。向こうも涼山の姿に気づいてぴたりと足を止める。狼狽《ろうばい》した表情になったが、すぐにみずからの出自の貴さや、奥方としての揺るぎなき地位を思い出したようだ。切れ長の目で、涼山を威圧するように睨んだ。

二十一歳の若さでもあり、この一帯で容色無双との評判をとる女性だけに、まばゆいばかりの美人であるのは否定しようがない。だが、どこか痛々しい雰囲気がただよう。

信長の重臣、明智光秀《あけちみつひで》の丹波攻めによって実家の八上城は落ち、父は処刑されてしまった。しかも、嫁ぎ先、別所家の戦局も芳しくなく、また、自分が産んだ子が夫から疎んじられているのではないかと恨みつつ暮らしている。表情に悲痛なところがあっても無理もないかもしれないといささか同情しながら、涼山は目を伏せ、床に手を突いた。

「ふん、赤松入道の末葉にして四代の城主とは申しながら、殿のまわりにはいかがわしい女や坊主ばかり。嘆かわしや」

言い捨てると、奥方は足ばやに去っていった。

直後に、涼山は案内を受けて、御座の間に出た。奥方と口論をしたあとだからだろう、長治もまた無愛想に言う。

「魚住より、毛利右馬頭どのの手の者がまいった」

「拙僧も、噂に聞き及びましてござります」

「これから軍議だ。そちも参れ、涼山」

「は……」

「評定の場で、余のそばに控えておれ。禅定を貸してもらいたい」

涼山は、禿頭と掌を同時に振った。

「このような汚い坊主がおそばにおれば、殿のご外聞にも関わり申す」

「女どもに何か言われたか」

長治の顔が、にわかに綻《ほころ》びた。

「いえ、そのような」

あわてて否定したが、長治は喉を鳴らした。しかし、笑いはすぐにおさまって、代わってとても淋しげな顔があらわれた。

「別所家は弓取りとして名を馳《は》せてきたが、余は戦のことはよく知らぬ」

長治の表情は淋しさを通り越して、ひどく不安げなものにさえ見える。

「領国のことも、領民の暮らしも何も知らぬ」

別所家の当主というよりは、一個の若武者の悩める胸の内を臆面もなくあらわにされて、涼山は触れてはいけないものに触れてしまったような戸惑いをおぼえた。しかし同時に、良き君主の道を真剣に模索《もさく》して悩む長治に強い好感を持ったし、これほどあからさまに真情を吐露《とろ》した御方には恥をかかせてはならないという気になった。

「拙僧には、禅定など何ほどもありませぬが……」

「それでも構わぬ」

「殿がたってとお望みならば、お伴《とも》つかまつりましょう」

長治は満足そうに頷いて立ち上がった。そして歩み出すとき、感慨深げに言った。

「禅定とは何ほどもなきこと、か……なるほど、奥が深い」

長治は、涼山が深遠な大悟の境地でも述べたと誤解したようだ。そんなつもりは毛頭なかった涼山は、顔から火が出るほどの恥ずかしさをおぼえ、閉口しながらあとに従う。

長治が小姓に太刀を持たせて大広間へ移ったとき、すでに重臣連中が向かい合わせに下段に並んでいた。しかし、山城守の姿はなかった。長治は上段に座を占め、涼山は上段にいちばん近い位置ながら、重臣の列の背後に腰をおろした。

軍議に呼ばれた重臣は山城守を含め、全部で十六名。そのうちには、殺された志村と隠居の三宅入道をのぞく九名の御刀衆がまじっている。その中に裏切ろうとしている者がいる可能性が高いのだが、重臣たちが御殿で顔を合わせると、たいがいは山城守がひとりで発言しているため、他の者の心中は容易に読めなかった。

重臣たちよりさらに下座の中央には、かつての寺本生死之介のように顎じゅうに鬚を生やした男が平伏していた。灰色の単衣に地味な藍色の羽織を着て、手甲、脚半《きゃはん》をつけており、これで笠をかぶり、荷物を背負っていれば、行商人のように見えるだろう。おそらく、この男が敵中を突破して城中に入った、毛利の手の者に違いないと涼山は思った。

重臣の一人が披露する。

「かの者は桂兵助《かつらへいすけ》と申し、吉川駿河守（元春）どのが臣にござる」

やはり、睨んだ通りだ。桂兵助にござる、と下座の者は応じ、さらに深く頭を下げた。

「面をあげよ」

長治が言ったとき、山城守が悠然とやってきた。後ろからは、降魔丸を背負った童頭の大男がついている。

山城守は長治に形ばかりの礼をすると、長治の右側の、上段にいちばん近いところに座った。一同が、うやうやしく頭を下げる。誰が殿さまだかわからないと涼山は呆れた。

童頭は、降魔丸を山城守のすぐ後ろに据えた。みずからも、その横に膝を折る。その途端、長治の前ということもあってやや小声になりながら、桂兵助が感嘆の声をあげた。

「これは、降魔丸どの」

「おう、桂どの」

降魔丸も挨拶したが、重臣たちが不興げであるので、二人のやり取りはそれで終わった。

「このときを待ちに待ったぞ。毛利の御家中は、いままで何をしておられたのだ」

山城守は恨めしそうに言った。桂があわてて答える。

「我らとて、後詰《ごづ》めの方策をさまざまに思案しておったのでござるが、羽柴筑前は敵ながら天晴れの大将。わずか六、七千の兵とは申しながら、各地に付城をかまえ、塀をめぐらし、水も漏らさぬ固め方をしてござる。ゆえに、こちらも手まどり申した」

「それで、御策は」

口を開いたのは、淡河弾正《おうごだんじょう》忠定範《のちゅうさだのり》という男だった。開戦当初から別所家に与している土豪で、丹生山北麓の淡河城に拠《よ》ってよく戦い、摂津の荒木勢からの補給路を保っていた。しかし、衆寡《しゅうか》敵せず守り切れなくなったところで、三木城に移ってきたのだ。この座にいる者の中では、なかなかの戦上手と認められている。

桂は答えた。

「米は舟にて魚住にたっぷりと運んでござる。魚住より、こちらも兵を出しまするゆえ、そちらからも城より打って出ていただきたい」

「城の内外から囲みを破り、米を運び入れると申すか」

山城守が尋ねると、桂は、御意《ぎょい》、と応じた。

長治が涼山に目を向けた。それでよいのか、と尋ねているように見える。

涼山は、桂の言葉にひっかかりを覚えていた。三木城の者に米を取りに来いと言っているのも同じであると思ったからだ。

毛利側がどれほどの熱心さで、どこまで米を運んでくれるかはわからず、別所勢が城から打って出ても、毛利勢に出会う前に敵に感づかれ、阻止されるかもしれない。その場合でも、毛利は「米を運んで助けようとしたが、別所の武運拙く、失敗に終わった」という言い訳ができる。つまり、自分たちはさしたる損害を被《こうむ》ることなく、同盟者の救援には熱心であるかのように喧伝《けんでん》できるわけで、いかにも毛利らしいやり口だと思ったのだ。

「はたして、腹の減った城兵が長駆して戦えるかの」

淡河弾正が異議を唱えた。

「戦えなければ、この城は落ちるまでだ」

山城守は一蹴し、後ろへ振り返った。

「さて降魔丸よ、陣立てのことだが……」

降魔丸が頭を下げ、何ごとかを述べようとしたとき、上段の長治が言った。

「これでよいか、涼山」

一同の視線が、涼山へ向いた。長治は重ねて命じた。

「この策で良いと思うか。忌憚なく存念を申せ」

淡河が涼山を見、それから降魔丸へ目を移し、冷ややかに言った。

「譜代の者が揃いながら、おかしな奴ばらに戦陣の策をたずねるとは……奇妙な風よ」

すると、山城守が降魔丸をかばうように反論する。

「こたびの毛利どのの後詰めは、この降魔丸の手の者が奔走したればこそかのうたのだ」

淡河は不服そうながら、黙り込んだ。山城守はしてやったりという表情でつづけた。

「この降魔丸と、あの涼山とかいう坊主とをひとからげにするのは料簡違い」

すると、降魔丸が口を開いた。

「いやいや、それがしも涼山どのの意見をうかがいとうござる。かの者はただの僧侶ではなく、かつては兵を率い、馬上で槍をふるっていた男ゆえ」

面頰と頭巾の間の目が、微笑んでこちらを見ている。

「しかも、小早川左衛門佐どののもとで働いていたというぞ、桂どの」

桂は、ほう、と感嘆の声をあげた。

「知り合いではござらなんだのか」

降魔丸が意味ありげに尋ねると、桂は涼山をじっと見つめながら首を振った。

「いや……小早川どのにも多くの者が仕えてござるゆえ……そうでござったか」

人体《にんてい》を確かめるように涼山から目を離さない。涼山は今後ともよろしくというように頭を下げた。

「さあ、涼山どの、ご存念を殿に申し上げられよ」

わざとらしく慇懃な口調で降魔丸が迫る。

涼山は迷った。開城を早めるには、米を運び入れるのを頓挫《とんざ》させなければならない。しかし、長治の期待を裏切りたくもない。

悩んだ末に、涼山は意を決した。

「畏れながら、申し上げます。それがしもまた、弾正忠どのと同じく、疲れた御城の兵が敵の囲みを打ち破り、米を運び入れることはかなわぬと心得ます」

「では、いかがいたせばようござる」

降魔丸が質した。涼山は桂に尋ねた。

「貴殿のお見立てでは、羽柴勢の囲みのうち、最も手薄なところは何処《どこ》でござろう」

「そは、御城の北西なる平田のあたりでござろうな」

涼山は頷いた。

「毛利勢のお力にて、平田の敵の囲みを破り、城際まで米を運んではくださらぬか。その上で狼煙《のろし》をお上げくだされば、こちらも城の外へ打って出、米を城中に運び入れ申す」

「憚《はばか》りながら、御城の南なる魚住から平田へ参れば、大回りになり申すが……」

桂は困惑の表情を浮かべている。毛利の負担をできるだけ少なくするよう交渉をまとめるのが、この男の役目なのだろう。

「南からまっすぐに北上すれば、敵の築いた土塁がござる。そこを越えるとなれば、毛利勢にも多くの犠牲が出ましょうぞ。いったん土塁を避けて平田へまわり、そこを突破して南へ下っていただくのが、最善の策かと」

「申す通りだ」

音を立てて扇を閉じながら声をあげたのは、淡河だった。

「この坊主、なかなかのものだ。米を城に入れるには、その策しかあるまい」

「そうではござるが、それがしの一存にては……」

狼狽《うろた》える桂に、長治が高声を浴びせた。

「右馬頭どのに、我らを救援するおつもりが本当にあるなら――」

殿、と山城守が焦って声を掛け、留めようとした。長治は構わなかった。助けては貰えないという思いがあるのだろう。だが、長治は構わなかった。

「救援するおつもりがあるならば、ぜひ、この策のご検討をお願い申し上げる」

「は、ただちに魚住に立ち返り、必ずや御旨《ぎょし》を復命いたしまする」

桂は言うと、逃げるように辞去した。

すぐさま、降魔丸が言上する。

「おそれながら、殿にお願いの儀がござります」

居並ぶ者たちが降魔丸に険しい目を向けた。陪臣の身分ながら僭越《せんえつ》な奴だと言いたげである。しかし長治は、申せ、とすぐに許した。

「米を運ぶに際し、おそばにお仕え申す涼山どのをお貸しいただきたく存じます」

「貸すとは、いかなることだ」

「戦場に連れてゆきとう存じまする。弾正忠どのもお認めになるほどのなかなかの策士ゆえ、その知恵を拝借いたしたく存じまして……」

山城守はとまどった様子であったが、淡河がまた扇を鳴らし、快活な声をあげた。

「あの坊主が大将のおそばにあらば頼もしい」

「余に異存はないが、どうだ涼山」

降魔丸の真意がどこにあるのかを涼山が思案していると、淡河が言った。

「この城におる以上、行かぬわけにもまいるまい。坊主とて、米は喰わねばならぬ」

「拙僧でお役に立てるかどうか……」

断るわけにもゆかず、曖昧に返事をした。

五

美嚢川に面した城門の前面には馬上の武者の旗指物が見えない高さに土居《どい》が築かれ、その上には丸木の柵が立て並べてある。細長い土居の西端には同じく丸木を格子状に寄せ集めて作った柵門があった。城門への直線的な攻撃を防ぎ、またこちらの攻撃態勢を隠すための、馬出しが築かれているのだ。城門を出て左へ曲がり、柵門を抜けると川沿いの広場にいたる。そこでまた右へ曲がると、川に舟橋がかかっていた。

九月十日未明、その馬出しのうちに具足の草摺《くさずり》が揺れる音や、馬の鼻息が溢れた。毛利勢は平田付近の攻囲線を突破して、米を届けるという提案を承知したのだ。平田からは大村坂を経て大村の辻にいたり、城へとつづく一本道が通る。馬出しの兵たちは別所山城守の指揮の下、毛利勢と落ち合って米を城に運び入れるため、その大村あたりに進出しようとしていた。これまでじっと閉じこもっていなければならなかった城兵は、ようやく外へ出て暴れられると勇んでいる。

その中に、涼山ばかりか、生死之介の姿もあった。二人とも足軽用の具足と刀を貸し与えられ、禿頭に陣笠をかぶっている。生死之介は出兵の混乱にまぎれて、羽柴方に別所と毛利の動きを通達するつもりでいた。だが、降魔丸が出陣の直前に「二人ともついてこい」と命じたため、山城守の馬廻衆に加わらなければならなくなったのだ。

降魔丸自身、いつもの赤鎧に赤い頭形《ずなり》の兜をかぶり、騎馬にて馬廻衆のうちにいる。

「一人で馬に乗れるのか」

涼山が声をかけると、降魔丸は目を細めて答えた。

「このところ、勘が戻ってきてな」

とは言うものの、やはり膝から下の動きは芳しくないようで、轡《くつわ》をとる童頭の大男が時々腰を支えてやっている。

生死之介は臑当《すねあ》てをつけてみて、足がずいぶんと細くなっていることに気づいた。他の者も相当に窶れているはずで、米の運搬には苦労が予想されたし、もし羽柴勢に見つかって戦闘になった場合、日頃の半分の力も出せないのではないかと思われた。

それでもなお、生死之介は焦っている。

平田城の守将、谷大膳亮衛好《たにだいぜんのすけもりよし》に注進に行くことはもう無理としても、闇に紛れて逐電《ちくでん》し、近くの羽柴方の陣所にはやく駆け込まなければならないのだが、楓というすばしこい女がぴたりと張りついているので、身動きが取れないのだ。このままでは、毛利勢が威信にかけてもたらした大量の米が、ゆうゆうと三木城に運び込まれてしまう。

まだまだ闇の消えない北西の空に、染め物の斑《むら》のような筋がうっすらと立った。羽柴の囲みを突破した毛利勢があげた狼煙と思われた。一同は柵門から馬出しの外へ出て、進軍を開始した。生死之介たちも、押しくら饅頭になって移動をはじめる。

米を運搬するために設けた、美嚢川の舟橋はしっかりしたものだ。それを踏みならして、まだ薄暗い中、三千の兵がわたっていった。一緒に歩く涼山と生死之介は列から抜け出すこともできず、さりとて、楓が後ろにいるためにこれからどうすべきか相談すらできず、ときどき困惑しきった目を合わせるばかりだ。

川を越えると、戦場になったため百姓が耕作を放棄した田畑がひろがっていた。中には、羽柴勢によって刈り取られたと見られる場所もあって、平らな土地と、雑草が伸び放題の土地とがまだらになっている。その中央を、大村の辻へ向かう一本道がつづいていた。その先には毛利の米が待っていると思ってか、兵たちの足取りは意外に軽く、行列のあちこちで、押すな、押すな、と声がした。

平田の丘を見上げる大村のあたりにいたったとき、いよいよ東の空から曙光《しょこう》が伸びて、一帯の様子や毛利勢の動きがはっきりしてきた。すでに平田城において彼此《ひし》の旗指物が動いていることから、戦闘が行われているのがわかった。しかも、丘の西方を通る坂には、米俵を載せた荷駄や荷車の列がやってきている。ただ、その運搬のために別所勢の先遣隊、百余名がいるはずなのに、周囲にはぽつりぽつりとしか人がおらず、米は大村のはるか向こうで止まったままだ。

「毛利勢は、米より平田の城に忙しいと見える」

憤りを匂わせて、涼山が呟いた。生死之介も言う通りだと思った。

毛利は周辺の領主、国人たちに「毛利は強く、盟主として頼るに足る」という印象を与えることを第一に目論《もくろ》んでいる。そのためには、密《ひそ》かに米を三木城に運び入れて別所を生き永らえさせてやるよりも、付城の一つも落とし、「毛利が織田の軍勢を破った」という評判が立ったほうが都合がよいと思っているのだろう。別所の先遣隊も、その毛利勢に付き合って平田城を攻めているようだ。米の搬入を阻止しようと思っている生死之介だったが、狡猾《こうかつ》な毛利に利用されている別所家を哀れにも思った。

米俵の列の手前で、別所の本隊は進行を止めた。涼山から聞いた話では、降魔丸は長治に「涼山は策士だから戦場に連れてゆきたい」などと言ったというが、生死之介や涼山がいる位置と大将の馬印とのあいだは馬廻の武者たちにへだてられていて、山城守がこれから何をしようとしているのかはさっぱりわからない。降魔丸は、自分たちを手元において監視しておきたいだけなのだろう。

山城守のいるあたりから、使番《つかいばん》が次々と駆け出てゆくのが見えた。ややあって、軍勢のうち、三分の一ほどが城のある山を駆け登りはじめた。どうやら、こちらも毛利に合流して平田城を攻めるつもりらしい。

「阿呆な、米が先だ」

涼山が喚いた。

生死之介は嫌な予感がして、涼山の法衣の袂を握った。その瞬間、涼山は腕を強く動かし、生死之介の手を払った。

「御大将、山城守どの」

涼山が人をかき分けて、馬印に向かってゆく。

「米だ。米が先にござる」

馬廻の侍たちが押しとどめようと参集する。だが、にわかなことに面くらう相手をはね飛ばし、突き倒し、組み伏せながら涼山は前に進んだ。その手刀や拳はあやまたずに急所に入るため、武者たちがあとからあとから倒れてゆくのだ。坊主のあまりの暴れぶりに、とうとう槍を向け、刀を抜く者があらわれた。

「馬鹿をいたすな、涼山」

唖然として見ていた生死之介は、あわてて追いかけた。

涼山は武者たちを倒し、かき分けて、いよいよ大将の床几の前まで進んだが、行く手を降魔丸の馬がふさいだ。

「何の真似だ、涼山。またもや裏切りか」

「付城など後回しだ。飢渇に苦しむ城兵を救うため、専一に米を城に入れるべし」

「うぬのように米のためのみに戦う者にはわかるまい。敵に一矢なりとも、一太刀なりとも報いんとするもののふの心はとどめられぬ」

すぐ後ろへ追いついた生死之介は、涼山の背が雷に打たれたように震えたのを見た。

「お主がもののふについて語るなど笑止。我意を満足させるために兵どもを犬死にさせておるだけではないか」

今度は降魔丸が震えた。穂先を涼山へ向けて槍を構える。涼山も刀の柄に手をかけたとき、敵襲、という叫び声があがった。

東の加佐《かさ》の坂のほうから、軍勢が鉾矢《ほこや》になって、こちらへまっしぐらに突っ込んでくる。平田の付城が攻められていると知った羽柴の援軍がやって来たのだ。

一同に動揺が広がる。その中、降魔丸の馬側にひかえる童頭の脾腹《ひばら》に、涼山は刀の柄頭をぶつけた。うっと唸り、童頭が後退したところで、降魔丸の腰帯をとらまえた。虚を衝《つ》かれた降魔丸が鞍から滑り、童頭の上に崩れ落ちる。そばにいた侍の槍を取り上げると、涼山は降魔丸が乗っていた馬に勢いよくまたがった。

敵が間近に迫っているというのに、山城守の馬廻の者どもは涼山に槍を向け、喚いている。涼山は轟音を上げて、槍を水車のように振り回しはじめた。

「敵に米をわたしてはならぬ。城中の者の飢渇を救うは殿さまの御命ぞ」

陣笠をかぶり、雑兵の粗末な具足をつけた男が馬上から大将のように下知しているため、周囲の者は呆気にとられて動きを止めた。

「真に忠ある者は、我につづけ」

涼山は米と羽柴勢の進路とのあいだへ向けて、単騎、駆け出した。それまでじっとしていた兵たちが、どっと鬨《とき》の声をあげて走り出した。山城守も、童頭をつれている降魔丸も、痴《し》れたように見送る。

「これは、いかぬ」

生死之介は周囲を見まわした。すぐ左で、馬にまたがろうとしている武者がいる。

「ご免」

武者に体当たりをする。相手がはね飛ばされると、馬は前脚を上げて暴れた。振り回されながらも、生死之介は鞍をつかみ、鐙に足をかけて、馬上にのぼった。

「こら、俺の馬だ」

武者が槍を突きあげてくる。生死之介は馬をなだめながら、刀を抜いて、槍を払った。

「馬泥棒は戦陣につきもの。おのが不心得を恨め」

叫ぶなり、涼山めがけて馬を疾駆させた。

「者ども、はやく米をおさえろ。城へ入れろ」

涼山は止まり、馬首をめぐらして叫んだ。それに応じ、涼山の左右を兵が走り抜けていく。まるで馬を急流に乗り入れているように見えた。

涼山にようやく追いつくと、生死之介は強く手綱を引く。馬の前脚は宙を掻きむしった。

生死之介は脚に力を入れながら、叫ぶ。

「涼山、これはしてはならぬことだ。城に米を入れてはならぬ」

「別所の将のやりようは、我慢がならぬのだ」

羽柴の軍勢がいよいよ迫ってきた。別所勢のただ中に突っ込み、分断してやろうという魂胆だろう。涼山は馬首を羽柴勢へ向けた。三図《さんず》を叩く。馬は嘶《いなな》いて、駆け出した。生死之介も馬首をめぐらし、追いかける。

一千余の軍勢に、二騎が突っ込もうとしている。紅《くれない》に染まる朝霧《あさもや》を切って並走しながら、生死之介は言った。

「お主の気持ちはよくわかる。だが、城を早々に落とすのが我らの使命だ」

「早々に落とすのは、なるたけ多くの城兵を救うためではないか。城の下々に米を食わせてやって何が悪い」

「これは裏切りだ。俺は、お主を斬らねばならぬ」

生死之介は手綱から手を放した。刀を両手で携える。疾駆して波打つ馬体を押さえつけるように、膝に力を込めた。後ろから、他の別所兵や楓も追いかけてきているのが目の端に見える。前からは、兜の立物の細工がはっきり見えるほどに羽柴勢が近づいていた。

「斬るがよい。俺は腹を決めた。羽柴の兵を留めてやる」

涼山は槍を振り出した。柄を生死之介に打ちつける。刀の鎬で払った。涼山は今度は突いてくる。払いながら、躱す。生死之介は鞍の上でよろけた。そのとき、前から槍が来た。

羽柴の足軽の長槍だった。それを払った途端、生死之介の尻は鞍を滑った。気づいたときには、土の上を転がっていた。衝撃で胸や腹が苦しい。目の前が霞む。

「糞、不覚をとった」

羽柴の兵が槍や刀をつぎつぎと繰り出してくるので、じっとしているわけにはゆかない。刀を振りながら、反射的に起きあがった。

涼山ははるか先で、群がる敵を相手に槍をふるっている。脇を見ると、腕に怪我《けが》をした別所の兵が、三人の敵に囲まれて難儀していた。

「儀助どん」

儀助は槍を構えながら、血の気の失せた顔をこちらに向けた。

「ああ、御坊」

言った途端、儀助は持っていた槍の柄をはたかれた。槍を落とし、尻をつく。穂先が襲いかかる。儀助は泥をはねあげながら転がった。槍は土を突いた。

生死之介はまた、反射的に動いた。儀助の前に跳躍すると、羽柴兵の槍の柄を踏みつけた。刀の切先で、相手の喉元を貫く。引き抜くと同時に、別の羽柴兵の肩口を斬った。

刃で斬るというよりは棍棒《こんぼう》を叩きつけたような感触だと思ったら、刀は中ほどから大きく湾曲していた。雑兵に貸し与えるいわゆる御貸刀《おかしがたな》は鍛えが甘く、すぐに歪んでしまうのだ。ひん曲がった刀をかまえながら、儀助を助け起こした。

羽柴兵を斬ってしまったことには後ろめたさを感じないではない。しかし、ここで羽柴の者に「実は自分は羽柴の間者だが、子細あっていまは別所の軍にまじっている」などと説明してみても埒《らち》はあかないだろう。ひとまずは、この場を儀助とともに脱出することに専念しようと決めた。

生死之介は鈍刀《どんとう》を投げ捨てると、儀助の落とした槍を拾いあげた。

「こっちだ、儀助どん」

生死之介は、荷馬のほうへ走り出した。徒《かち》になると、いっそう靄《もや》が厚く感じられた。

六

羽柴勢に躍り入った涼山は何も迷わず、何も恐れず、槍を繰り出した。因果なものだが、長らく戦闘から離れていたにもかかわらず槍は手に吸いついているようだし、馬は体の一部に思えた。俺は北枕であった、と夢から覚めたような感慨をおぼえた。

敵を突き伏せつつ前進するうちに、目の前に瓢簞の馬印が立っていることに気づいた。途端に、黒の頭形の兜をのせ、赤い陣羽織をまとった武将と目が合った。

「筑前守どの御みずからお出ましか」

向こうもこちらに気づいたらしく、みるみる細長い顔を紅潮させて叫んだ。

見つかったものは仕方がないと開き直り、笑顔で目礼した。怯《おび》えと怒りとをたたえた秀吉の顔が、ますます赤くなる。

あとからやってきた別所の兵どもが涼山に追いつき、羽柴勢と槍を合わせはじめている。右方では、楓が大勢の敵を引きつけて戦っていた。楓が風のように動くたびに、敵兵が二人、三人とまとめて血飛沫をあげ、靄のうちに沈んでゆく。涼山は馬を近づけた。

「楓、もう引き上げろ。米を取りに行くぞ」

羽柴勢の前進がいささか鈍ったのを見届けた涼山は、秀吉にもう一度笑いかけると、もと来たほうへ馬を返した。楓も、また二人を冥土に送ったところで、後退をはじめた。

荷馬の列へと急ぐとき、山の斜面の草が大きく躍っているのが見えた。城に襲いかかっていた別所兵が、羽柴の援兵の到着を知って引き返してきたのだ。米のもとにも数百の別所兵が駆けつけたため、荷馬や荷車は城へ向かって動いている。しかし、米俵を載せているため駄馬どもの動きはおそく、靄の海で溺れているようだ。

荷馬と荷車の列までたどり着いた涼山が振り返ると、別所山城守の本隊は崩れていた。羽柴勢がふたたび鋒矢の態勢をととのえて、左右に広がった別所勢を突き抜けたのだ。羽柴の一隊は方向転換し、別所勢を背後からも襲う。別な一隊は、米を渡すものかと、荷馬の列へ突進してきた。

「裏切ったな。太い奴だ」

山城守の側にいた兵どもは荷馬のことなどお構いなく、蜘蛛の子を散らすごとく城へ城へと逃げ出した。大勢が草を踏みつけて引きあげる様は、野火が風に煽られて広がり、移動しているようだ。

もはや、別所の将どもの無能ぶりを詰ったところで、何にもならない。いまは一俵でも多くの米を城へ入れるべく奮闘すべきときだと涼山は覚悟した。荷駄を運ぶ者どもを守るため、ふたたび馬を返し、羽柴兵の波に突っ込んでいった。

「命が惜しゅうない阿呆どもは前へ出ろ」

叫びながら、足軽の喉を突く。

「俺が、すみやかに引導を渡してくれる」

先ほども涼山の活躍を見せつけられていたためだろう、羽柴勢にひるむ色が見えた。

そこで、おう坊主、と呼びかけられた。大ぶりの吹き返しと鍬形《くわがた》の兜をかぶった、源平の絵巻から抜け出したような武者が左から馬を走らせて来た。淡河弾正忠だった。淡河勢は三百ちかくいたはずだが、いまでは二十四、五人に減ってしまっている。

「暴れておるの、坊主。だが、別所も腐った。いずれは落ちる城、滅びる家だ。逃げよ」

淡河が馬をとどめて語るあいだ、その一族郎党は羽柴勢と必死に刃を合わせている。

「お主ほどの才覚の者だ。筑前に売り込め。これからは、織田の世だぞ」

「それがしは、ただの坊主。栄達《えいたつ》の望みはござらぬ。米を城に運びまする」

「坊主ゆえに、城中の者どもに米を食わせてやると申すのか。それもよかろう」

弾正はにっこと笑った。

「我らもののふは、ここにて敵を食い止めてやる。さ、はよう米を運びにゆけ」

「死に急がれますな」

「死を美々しく飾るのがもののふぞ」

言うや、淡河は馬に鞭を入れた。

「やれ、者ども死ねや」

淡河が郎党どもとともに、雲霞《うんか》のごとき敵の海に飛び込んだのを見送った涼山は、淡河の死を無駄にしてはならないと、みずからも急いだ。すぐに、羽柴兵の槍の列が迫る。

涼山は馬を蛇行させながら、荷馬と並走した。そして、羽柴勢を追いやっては引き、取って返しては戦って、城へと進んだ。しかし、涼山が護衛しているのは五、六頭の荷馬にすぎない。振り返って後方を見れば、他の荷馬は羽柴勢に呑まれつつあった。

美嚢川にかかる舟橋が見えてきた。すでに大将、別所山城守の馬印は川の向こうへ帰っている。涼山は橋の手前で馬を止め、荷馬を先に渡した。疲れているのは人だけではなく、橋を渡る馬の脚がふらついているのがわかる。

三頭の荷馬が橋を渡ったところで、涼山も橋を渡った。一緒に来た他の荷馬は、羽柴方におさえられてしまったのだ。

柵門を越えて馬出しのうちに入るとき、遠くで「淡河弾正どの、討ち死に」という注進の声が聞こえた。荷馬が背負っている俵の数をあらためて数えると、十二俵しかなかった。これでは城中の者全員でわけたとすれば、一食分にもはるかに及ばない。

空《むな》しさを嚙みしめ、疲れた体を馬から降ろすと、涼山は土居をよじのぼった。柵につかまり、川向こうの様子を見る。

逃げ遅れた別所の兵が敵に囲まれながらも、米俵を載せた一台の車を必死に押していた。護衛する者たちは巻狩りの獣のように次々と羽柴勢に討たれていたが、その中で気を吐き、得物を振りまわして敵を威圧している者が二人いる。生死之介と楓だった。

振り返ると、馬出しの柵門はすでに閉じられていた。また、柵門の向こうの広場には、橋を渡ってきたものの、中に入れないで屯《たむろ》している別所兵が数十人は見えた。

「おい、門を開けてやれ」

叫びながら、涼山は土居を駆け降りた。門番のところへ向かう。

「閉じよとのご命だ」

好き好んで柵門を閉じているわけではない、と抗議するように、門番の足軽は言った。

「誰の命だ」

胸板をつかんで引き寄せ、尋ねる。足軽は怯え切った顔になった。

「山城守どののご命令よ」

近寄りながら、何か文句があるかと言いたげに答えたのは、馬上の降魔丸だった。

「先ほどは、ふざけたことをしてくれたな。まだ戦い足らぬとあらば、俺が相手をするぞ」

馬の轡をとる童頭の大男も、同じ轍《てつ》は踏まぬというように、用心深く身構えている。

「その恨みなら、後にしろ。このままではみな、討たれてしまうぞ」

川の方向を指さして涼山が言うと、降魔丸は目に嘲《あざけ》りの色をたたえた。

「いま柵門を開ければ、敵も入って来よう。そんなこともわからぬか」

「馬鹿な。味方を見捨てる法があるか」

「裏切り者の彦七郎がさような言葉を吐くとは思わなんだ」

「憎まれ口も後まわしだ。馬出しのうちに入ってきた敵は討ち取り、追い払えば良い。その差配をするのが将のつとめであろう。ただちに支度をして、門を開けよ」

「主君のために命を捨てるのが兵のつとめ。それが忠義の道ではないか」

門番をはじめ、その言葉を聞いていた周囲の兵たちが、憤った目を降魔丸に向けた。だが、降魔丸が威圧するように睨み返すと、みなすぐにうつむいた。

涼山は側に立っている兵に自分の槍を押し付けた。そして、その兵が持っている槍を取り上げながら言った。

「貸してくれ。俺の槍はもう使えぬ」

涼山が使っていた槍は血脂がまわり、しかも刃こぼれがひどかった。有無を言わさずに槍を取り上げた涼山は、柵門脇の土居をのぼりはじめた。また馬出しの外へ躍り出るつもりだった。

「殊勝な坊主どのよ、仏心というもののために死ぬ気か」

土居の上に立った涼山を見上げて、降魔丸が嫌みたらしく言った。

確かに、自分ほど愚かな奴はいないと涼山は思った。三木城を落とすつもりが、城方に立って戦っている。しかも、あの荷車を城中に入れたところで、城と城兵の延命にはほとんど役には立たないだろう。なぜこれほどに熱くなっているのかよくわからない。

しかし少なくとも、おのれを動かしているのは仏心ではあるまいと涼山は考えた。逃げ遅れた味方の命を救おうとすれば、殺生戒を犯し、敵の命を奪わなければならないのだから。ただ、別所に合力し、いじらしいほどに働いている兵たちを、当の別所家の者が見殺しにするのが我慢がならないだけだった。美しくない死を迎えることになろうとも、その我慢がならないという気持ちを五体にあらわし、暴れなければ気が済まなかった。

涼山は土居から飛び降りた。柵門の向こうの広場に着地したとき、肉が薄くなった体で馬を乗りまわしたせいもあって、股や尻が痺れきっているのを感じた。

門前には青い顔の連中が群がり、開けてくれ、助けてくれと叫んでいた。涼山は槍を高々とあげて彼らの注意を引き、さらに、こちらに向かって来る荷車を穂先で指した。

「あの米俵を城に入れる。そのとき、門は開く」

半ば疑い、半ば喜ぶような喚声があがる。

「まことかね」

一人の兵が前に出て尋ねてきた。涼山は頷いた。

「それまで、橋を守れ。もし橋を落とせと命じられたり、橋の綱を切ろうとする者がやって来ても、命がけで阻《はば》め。よいな」

それだけ言って、涼山は舟橋へ走った。橋の上で、逃げ帰ってきた者と行き合う。

「お主は、どこへ行く。もう勝ち目はないぞ」

「あの荷車を城に入れるまで」

わき目も振らず答えながら、涼山は橋を越え、たった一人で駆けていった。

他の付城からの援兵も到着したようで、羽柴勢は最前よりも膨れ上がっていた。彼らは津波のように迫る。それを、生死之介と楓が追いやりながら、荷車は進んでくる。

救援しようと急ぐ涼山は、後ろに足音がするのに気づいた。振り返ると、二十名ほどがついてきている。別所の連中も捨てたものではないと嬉しく思った一方で、自分の意地に付き合って命をなくす者が増えることになったと、やましい気分にもなった。

「九得、楓、いまゆくぞ」

涼山が叫んだときだった。車輪が石にでも乗り上げたのか、荷車が激しく揺らいだ。左の車輪が宙に浮き、右へ大きく傾く。縄がはずれ、九つの米俵が地面に転がり出した。その揚げ句、車は横倒しになった。後ろ向きに走ってきた楓が、俵にぶつかり叢に倒れ込む。荷車は羽柴兵に取り囲まれてしまった。

「荷車を起こせ。米俵を拾え」

呼ばわりながら、涼山は羽柴兵に槍を見舞った。

「来たな、涼山」

はにかんだような表情を浮かべた生死之介は、涼山と背をあわせた。涼山は敵を睨みながら、ささやいた。

「米を運んではならぬのではないのか」

「儀助どんが、お主の下知に従いたいと言うでな。仕方なく、付き合うことにした」

確かに、車を起こそうと力を振るっている者の中に、儀助がいた。城中の民にふりまわされている生死之介をおかしく思ったが、正直言って、それが涼山には嬉しかった。

背中あわせの涼山と生死之介が回転しながら得物をふるうあいだ、車は起こされ、俵も積み直されていった。

「楓、しっかりしろ」

涼山が槍をふるってかばうあいだ、生死之介は楓のもとに駆けてゆき、助け起こした。

楓はまだ意識が朦朧としているようで、生死之介は肩を貸して歩かせた。

米俵は荷台に括りつけられ、車輪はふたたび城めがけて回りはじめた。生死之介は、楓を荷車の端に載せた。

「止まるな、走れ」

叱咤しながら、涼山と生死之介は何度もとって返し、敵を刃にかけてゆく。

三度とって返したときには、さすがに息が苦しく、つらかった。槍の柄が血脂でぬめっているせいもあり、突きに力が入らない。

舟橋は切られていなかった。その上を、車輪がはずれかけた荷車がよろめきながら渡ってゆく。

涼山と生死之介は橋の手前で、群がり来る敵を引き受けた。次第に数を増やす羽柴勢のうちには弓組も到着したようで、長槍や刀ばかりか、矢も襲い来る。矢をよけ、はたきながら涼山は槍をふるったが、敵を突きふせる両腕にもはや感覚はなかった。

「そろそろ、我らもゆくか」

生死之介が言ったとき、敵のうちから轟音と煙があがった。涼山の麻痺《まひ》していた左肩に激痛が走った。

「鉄炮も来やがったな」

肩から血を流しながら、涼山は言った。

「大丈夫か、涼山」

「先に橋を渡れ、九得。俺はここにて死ぬ」

「つまらぬことを申すな」

生死之介は、胸を突き飛ばすようにして涼山を橋へ押しやった。また轟音が響く。橋の板の破片が飛び散った。生死之介と涼山は連れ立って走り、川を渡った。

渡り切ったが、柵門は閉められたままだ。荷車も中へ入れずにいる。

土居の上の柵から、城方も鉄炮や矢を放ちはじめ、橋の途中まで押し寄せた羽柴勢を追い払ってはくれた。しかし、門は開けてくれない。羽柴勢は、門前にたまっている別所兵に鉄炮を撃ちかけた。

「伏せろ、伏せろ」

生死之介が叫ぶと、門前の兵が一斉に地面に抱きついた。それでも、あちこちで絶叫と血飛沫があがる。

「何をしておる、早く開けろ」

涼山は肩の傷をおさえながら、格子状に組まれた門に取り付き、中へ喚いた。血は溢れつづけ、左腕は動かない。

「開けるな。開けようとする者は容赦はせぬ」

涼山の声を打ち消すように命じたのは、馬上の山城守だった。そのわきには、降魔丸もいて、命に背く者は斬るぞ、と応じた。

「山城守、それでも大将か。武人か。恥を知れ」

涼山が罵っても、柵内の山城守は知らぬ顔でいる。

弾丸は、涼山のすぐ近くの土をはねあげた。土埃《つちぼこり》が目に入る。荷車の米俵も穴だらけになり、米が地面にこぼれ落ちていた。

「殿のために命がけで米を運んできた者を見殺しにするのか。それこそ、不忠であろう、山城。さあ、開けろ」

そのとき、門内の雑兵の一人が駆け出して、柵門の閂《かんぬき》に取りついた。一人走り出すと、あとから、あとから兵が走ってきて閂を外すのを手伝い出した。

「おい、命に背くか。斬るぞ」

山城守が叫んでも、門に駆け寄る兵の数は増えるばかりだった。中には、斬るがよい、と挑むように叫ぶ者もいる。そうして、門はとうとう開かれた。

門前に這いつくばっていた者が起きあがり、走り出した。荷車も動き出した。涼山も荷車に駆け寄り、生死之介や儀助たちと一緒に押す。肩が痛くて力が入らない。よろけると、元気を取り戻した楓が支えてくれた。

必死に走りながらも、銃弾に倒れる者があとを絶たない。荷車を押していた者が突然動かなくなり、一人、また一人と地に転がる。だが、人のことはかまっていられなかった。誰もが、車と自分を門内に入れることだけで精いっぱいだった。

荷車を押してきた者たちが、ようやく門内に飛び込んだ。いっせいに地に崩れ、荒い息で体を波打たせる。

柵門がふたたび閉められてしばらくすると、羽柴勢が引き上げたらしく、敵味方の鉄炮の音がやんだ。

「よくぞやった」

脇で足を投げ出している儀助の肩を叩いて、涼山は褒めた。

「それより御坊、弾傷《たまきず》の手当てだ」

儀助が涼山の肩を指してぜいぜい言ったとき、一人の男が左右から腕を押さえられて、山城守の前に引き出された。最初に命に背き、門に取りついた足軽だった。挑戦的な目を山城守に向けている。

「この者の首を刎ねよ」

山城守は馬上から命じたが、周囲の者は顔を見合わせているだけで動こうとしない。

「えい、八郎」

苛立って、山城守は腹心の足軽大将、衣笠八郎を呼んだ。

傍らにいた衣笠は気が向かない様子ながら、刀の鯉口を切り、引き据えられている足軽のもとにゆっくりと歩を進めた。

すると、それを取り囲んでいた他の兵たちが動き出した。一歩、また一歩と山城守のほうへ前進し、輪をゆっくりと狭めはじめた。みな、殺気立った顔をしている。

衣笠はぎくりとなって、山城守を見た。山城守もひるんだ顔つきで、太い髭をふるわせている。降魔丸も、愕然として目を剝いていた。

「もうよい」

山城守が不機嫌そうに言った。衣笠や、足軽を押さえている者たちは、真意を問うように山城守を見た。

「もうよいと申しておろう」

山城守が軍扇を振ったので、引き据えられていた足軽は放たれた。そのうえで、山城守は命じた。

「なにをぐずぐずしておる。米を館へ運べ」

馬廻衆が、荷馬や荷車のもとへ駆け出した。荷車に倚《よ》りかかっていた涼山は、まだ荒い息だったが、槍にすがって立ち上がった。土にまみれ、あちこちを銃弾で貫かれた米俵の前に立ちはだかる。

「この米はお主らにはわたさぬ」

馬廻の武者たちは足を止めた。

「これは、下々に食わせる米だ。館には入れぬ」

涼山は槍を構えた。鉛が食い込み、血を流している肩がずきずきと痛んで、とても戦えそうにはなかった。それでもとにかく、穂先を山城守の配下どもに向けた。

すると、生死之介が涼山の脇に立った。

「俺も、おのれらには渡したくない」

儀助も、ほかの兵たちも、続々と涼山のまわりに集まり、米の前に立ちはだかった。

「笑わすな」

叫んだのは降魔丸だった。弓に矢をつがえ、涼山に向かって引き絞っている。

「御大将のご命令だ。米を館へ運べ」

楓は降魔丸の側に戻っていたが、はらはらとした表情で事態を見守っていた。

生死之介が動いた。手から、三日月が飛ぶ。

次の瞬間、矢は横へ跳ねた。降魔丸の弓の弦《つる》は切れていた。

降魔丸は弓を捨て、太刀を抜いた。

「やめよ」

山城守が制した。

「あの程度の米など、あってもなくても変わらぬ。くれてやれ」

言い残すと、山城守は城門のうちへと引き上げ、山上の曲輪へ向けて馬を進めた。馬廻の者どもも引き上げていく。

降魔丸は憎々しげな視線をもう一度、涼山と生死之介にやった。だがすぐに、山城守について去っていった。

涼山はあらためて米俵を眺めまわして呟いた。

「確かに、あってもなくても変わらぬ量だ」

それでも、大勢が死んだ。そう思った直後、肩の傷の脈動が脳天にまで広がったように感じた。意識が遠のき、膝が地についた。

「はやく、医者を」

そばで儀助が叫んだ。

大勢が群がり集まり、御坊、御坊と心配そうに呼びかけている。それをかすかに聞きながら、涼山は倒れ、眠りに落ちた。

第七章　決　断

一

大村での合戦に敗北し、多くの犠牲者を出したあと、三木城内ではいたるところで弔いが行われた。名もなき兵のものもあれば、累代の被官のものもあったが、中でも盛大だったのは、別所山城守の年の離れた弟、別所甚大夫《じんだゆう》と三大夫《さんだゆう》の葬儀だった。両人の霊前には山城守をはじめ、別所家の歴々が弔問に訪れ、長治の使者もやって来た。

その夜、甚大夫の給人、柘植主水《つげもんど》は納戸に入り、泣きはらした目で武具や衣服の整理をしていた。縁者への形見分けのためだが、その傍らに生死之介はいた。

柘植は涼山より若いはずだが、立派な武者髭をはやしているためか、ずっと年配に見える。首や胸には筋肉がしっかりとついており、隣に座っていると、背の高い生死之介も自分が小さくなったように感じた。

甚大夫の葬儀は、地元では高僧とあおがれている曹洞宗《そうとうしゅう》の僧侶によって執り行われた。臨済宗の最下層の雲水、九得になりすましている生死之介は、儀式に携われるはずもなかったが、裏方として雑用をこまごまとこなしつつ、柘植に接近したのだった。

柘植は一振りの太刀を鞘ごと生死之介にわたしてくれた。下緒《さげお》で腰につる、いわゆる佩《はい》刀《とう》であり、儀礼的性格の強いものだ。

「忝《かたじけな》い。それがしも、昔は侍の端くれでござっての。出家しても、刀剣狂いは直らぬ。業障《ごうしょう》とはおそろしきもの」

ににたにた笑って言いながら、生死之介は一気に太刀を抜きはらい、切先を天井に向けた。燭台の灯にかざす。幅が細く、優美に反ったもので、ひょっとすると二百年ちかく前の業《わざ》物《もの》かもしれないと思った。

「見事じゃの。このような名品を見せていただけるとは、まさに幸い」

「そうであろう」

柘植は憔悴《しょうすい》した顔ながら、誇らしげに応じた。

「名誉の武将にふさわしい品よ。甚大夫さまの魂に触れた心地がする」

生死之介は、わざと声を震わせた。柘植は拳を膝について、嗚咽《おえつ》を漏らした。

太刀を鞘におさめた途端、柘植が抱きついてきた。生死之介の胸に月代を押し当てて、声を上げて泣く。

「お嘆きごもっとも。ごもっとも」

赤子をあやすように柘植の肩を叩いてやるが、衣がまた涙と鼻水で濡れると思うとやりきれない気分になる。

この男は、だれかれ構わずに胸を借りて泣く癖があるらしい。葬儀のあいだも、不愉快なのをぐっとこらえて何度も胸で泣かせてやった。そうしてようやく心をつかみ、甚大夫が揃えてきた武具の数々を見せてもらえることになったのだ。

ある程度、胸を貸してやったところで、おずおずと言う。

「殿さま恩賜の御脇差も見せてはいただけぬか……」

目鼻をこすりながら、柘植は生死之介の胸から顔をあげた。渋い表情になる。

「あればかりは、いかがかの……」

志村が処刑される原因となった脇差を生死之介が三木城に持ち込んだことを、柘植は知らない。特別な身分の証に、どこの馬の骨ともわからない遊行の坊主が触れることにはいささか抵抗があるようだ。

「何とかお頼み申す。少し拝見するだけではござらぬか。粗略な扱いはいたさぬものを」

生死之介は何度も頭を下げた。柘植は考え込んだが、意を決したように口を開いた。

「御坊のたってのお望みじゃ。少しだけでござるぞ」

柘植は長持の奥から、刀袋を取り出した。両手で頭上にかかげ、うやうやしく礼をする。

生死之介も頭を垂れた。柘植は袋の紐をおもむろにほどき、中身を出した。生死之介が両手を差し出すと、載せてくれた。

鞘には三巴の紋がきらめいていた。引き抜く。

これも見事なものだ。長治の家督相続という晴れの日のために造らせたとあって、そこに職人の魂魄《こんぱく》が注ぎ込まれている。刀身にせよ、鞘にせよ、これまで見てきた恩賜の脇差と同じ手になるものだろう。

生死之介は刀を鞘におさめると、さきほど柘植がやったように、頭上に頂いて一礼した。それからまた、丁重に頭を垂れながら、柘植に返した。

「まことに良きものを見せていただいた。お礼の言葉もござらぬ」

なんの、と言いながら、柘植は鞣《なめ》した鹿革で鞘の表面を何度も磨いてから、刀袋におさめ、長持に戻した。

どうやら、甚大夫が内通を企んでいたとは考えにくい。そうは思いながら、生死之介は駄目押しに、鎌をかけてみることにした。

「口幅《くちはば》っとうござるが、刀を見れば、そのお人がわかるもの。甚大夫さまが謀反を企てておったなどと申す者は、とんだ阿呆よ」

「誰が、そのようなことを」

にわかに、柘植がきつい目になった。

たし中した」

「詳しくは存じませぬが、お侍がたが寄り集まり、そう罵っておったのを遠くから耳にい
「それがしは、ありがたくも甚大夫さまに御目をかけていただき、いつもおそばにお仕え申してまいった。あの御方に謀反のお心など露ほどもあろうはずがない」

「いかにも。忠勇の御方ゆえにこそ、さきの合戦では奮戦して名誉の死を遂げられた」

「さようなことを申す者は許せぬ。斬らねばならぬ」

柘植は左手で刀をつかみあげた。生死之介は焦って両手をあげ、留めた。

「相手になさるな。情けのないことだが、形勢不利となれば、やけになってそのようなことを口走る者が出るもの。だが、真の仇は羽柴の者どもにござるぞ」

柘植はうっと唸ると、床に刀をおろした。両の拳を握りしめる。直後に、また生死之介の胸に飛び込んできた。やれやれと思ったが、しっかりと受け止めてやった。

さんざん泣かせたところで、生死之介は涙と鼻水にまみれた胸のあたりに袖をこすりつけながら、涼山が待つ長屋への帰途についた。

医者が鉛玉を取り出したものの、傷のせいで熱が下がらないためか、涼山はあれからまだ目を覚ましていない。ときどき紫野、紫野と譫言《うわごと》をいうばかりだ。竹中半兵衛の指示では、このまま涼山が死んだ場合、生死之介の使命は終わる。しかし、生死之介はひとりになってもここに残り、調略によって開城させる道を模索しようと決心していた。

月の明るい夜だった。食糧の欠乏と決定的な敗戦のせいで、城は沈み切り、人々の声もほとんど聞こえない。生死之介が一人で歩いていても、夜警の兵たちは留めて誰何《すいか》することもなく、壁や木によりかかったり、地面に座り込んでじっとしたままだ。痩せた体には甲冑《かっちゅう》が重そうで、案山子《かかし》に具足をひっかけているように見える。

山の斜面を削った細い通路にさしかかったとき、人の気配がなくなった。尿意を催していた生死之介は、杉の木陰で用を足した。

足下の笹の葉が温かい奔流に叩かれて躍り、湯気が立ちのぼるのが見える。この城に入ったときも寒い時期だったが、また小便が湯気を立てる季節になってきたと嘆息をもらしたとき、後ろから声をかけられた。

「お主は、羽柴の間者か」

滴《したた》りがよろめいた。しかし、途中で止めるわけにもいかず、そのまま迸《ほとばし》らせつづけた。

「終わるまで待てぬのか。それとも、お手前も一緒にするか」

相手の声は、女のものだった。

「恩賜の御脇差に何がある」

全身の神経を研ぎ澄ませながらも、ゆったりと一物を振り、褌《ふんどし》のうちにしまう。だが、案に相違して、こちらをただちに斬るつもりはないようだ。

懐手《ふところで》して振り向くと、楓も緊張しているようで、握りしめた右の拳を体にぴたりとつけている。左の拳は刀の鍔《つば》の上にのせてあった。

「何を探っている」

それを調べるのがお前の仕事ではないかと腹中で罵りながら、また背を向け、ゆっくりと歩き出した。楓もぴたりとついてくる。いまの距離なら、向こうが抜刀した瞬間に懐に飛び込んで始末できるはずだと考えているとき、またもやしつこく質問された。

「お主は、誰のために働いているのだ」

答えに迷って、正直に述べた。

「わからぬ」

「女だと思うて、愚弄するか」

鯉口を切った気配がした。生死之介は、歩きつづけながら言った。

「もう別所でも、羽柴でも、毛利でも何でもよくなったのだ」

相手を油断させるためにゆるりと歩くつもりが、いつの間にか速足になっているのに気づいた。楓も、息の音を強くたてながら来る。

「この馬鹿な戦を早く終わらせられれば、もうそれでよい。あの涼山というふざけた坊主のせいで、そう思うようになった」

ますます足は速くなる。呼吸も乱れている。いつもの自分ではなかった。

「手伝わせてくれ」

思い詰めたように、楓が言った。しばらく意味がわからなかったが、楓の言葉を頭の中で反芻《はんすう》したうえで、生死之介は驚いて足を止めた。振り返る。

「何をしているかわからぬが、俺にも手伝わせてくれ」

生死之介は呆然としながら、月影に浮かぶ楓の顔を眺めた。どうやらこちらを騙すつもりなどなさそうだ。体勢も、いつもと違って隙だらけだった。

「本当にこの戦を早く終わらせられるなら、俺はどのようなことも厭わぬぞ」

言葉遣いは男のものだが、切々と訴える顔は少女のようだった。

二

「お、目覚めたな」

生死之介の声が聞こえたと思ったら、いろいろな連中がまわりにぞろぞろ集まってきた。

久々に光をとらえた目の前が、顔だらけになった。

「涼山どの、覚えておいでか。もう五日も眠りつづけていたのでござるぞ」

「ようござった、ようござった」

何を喜んでいるのか、いまひとつ腑《ふ》に落ちない。目の前がふさがって、息苦しくなってきた。涼山は右手をあげ、人を払いのけながら起きあがろうとした。すると、左肩に激痛が走った。さらに頭が割れるように痛み、胃がむかつく。周囲の老若《ろうにゃく》が、寝ておらねばならぬ、医者を呼べと口々に言い、蜂の巣を突《つつ》いたような騒ぎになった。

「涼山、しっかりいたせ」

生死之介が左肩に触れた。いっそうきりきりと傷口が痛んだ。

「触るな、この野郎」

涼山はのけ反ったまま、動けなくなった。ますます人が集まってきて、喚き、顔を覗きこむ。同じ長屋にくらす、播磨の民草だと思い出した。親切でよい人々だとは思ったが、かえって神経にさわり、たまらない。

ところが、肥前入道さまだ、という抑えた声がそばでしたと思ったら、にわかに騒ぎがやんだ。潮が引くように、みなが目の前から消えてゆく。がらんとなった板床を、かわって三宅肥前入道が、従者を一人だけ連れて歩んできた。

周囲を見ると、いつもの長屋ながら、どこから運んだのか、屛風が蒲団の三方を囲むように立てられており、涼山のためだけの空間が作られていた。自分も偉くなったものだという感慨をおぼえたが、直後に、城中の人がかなり減った証でもあると気づいた。

涼山が痛みをこらえて起きあがろうとすると、三宅はそのまま、そのままと制しながら近寄り、座した。

「目を覚ましたのだな、涼山。重畳《ちょうじょう》、重畳」

「わざわざ、このようなところへ……」

かぶりを振りながらも、三宅は長屋の中を顔をしかめながら眺めている。

「殿がそちのことをいたくご心配での。御《おん》みずから見舞いに参らんと仰せられるほどだ」

「ありがたき、幸せ」

応じながら、鉄炮で撃たれた瞬間が脳裏に蘇った。

「『むさ苦しきところへのお出ましはなりませぬ』と、周囲がようやくにお諫め申し上げた。そこで、隠居の年寄りが代わりに参ることになったのよ。そちの様子を見にの」

迷惑そうにも聞こえる言い方だ。白けた気分で、三宅とは反対側に座っている生死之介を見ると、片目をつぶって笑っていた。

二人の不満そうな様子に気づいた三宅も、苦笑を浮かべて弁解するように言った。

「いや……殿は、そちたちの働きをまことに喜んでおられるのだ。下々のために命がけで米を城に入れてくれたこと、そして、逃げおくれた者どもを救ってくれたことには礼の言葉もない、と仰せじゃ」

「もったいなきお言葉」

涼山の意識をおおっていた長い眠りの霧はすっかりと晴れて、大村での戦のことや、御殿のことなどが明瞭に思い出された。そうして、気づいたときにはこう尋ねていた。

「七郎丸さまは……」

「気になるかの。まるで、おのれの子か孫のようじゃな」

三宅は目をしばたたかせて、また苦笑した。

「安心いたすがよい。息災でおられる。されども、今はおのれの体の心配を先とせよ、涼山。回復いたさば、また殿や七郎丸さまのご機嫌を伺うがよい」

「は」

畏まって応じた涼山のまえで、三宅の顔が見る見る鬱々としたものになった。

「だが、そちがまた伺候できるようになるころ、はたしてこの城はもっておるかの」

三宅の声はひそめたものであったが、屏風の向こうで耳をそばだてている者がいれば聞こえたかもしれないと思われた。御刀衆とは思えない大胆な発言に、涼山の体はこわばり、左肩がまた激しく痛んだ。脇の生死之介も眉間に深い皺を作り、固まっている。

「そちたちは、いつごろここにやってまいった。わざわざ干殺《ひごろ》しにされる城に入るとは、因果な者どもよ」

「今年の二月にござる。志村どのの御脇差をもって参り申した」

「あれは、志村のものではあるまい」

三宅は目を伏せながら、即座に言った。

「なにゆえに、そのような」

涼山がみずからも声を抑えながら尋ねると、三宅はずいぶんとためらっているようで、顔を右へ左へと何度も向け直した。しかし、咳払いをして、おもむろに語り出した。

「それがしの遠き親族にあたる三宅頼母《たのも》と申す者が、志村に仕えておった。そやつがとんだ粗相《そそう》をやらかし、宿直《とのい》の最中、蔵で小火《ぼや》を起こしてしもうたのだ。大きな被害はなかったが、武具の類がいくつか焼け、そのうちに……」

「まさか、恩賜の御脇差も」

生死之介が声を漏らした。涼山は、口に指を当てた。唇を引き結ぶ生死之介に、三宅は頷いてみせた。

「刀袋が燃え、恐れ多くも鞘の鯉口のあたりを焦がしてしもうた」

三宅頼母が小火の件で相談に来たとき、このことは志村には伏せよと指示し、京へ運んで極秘に職人に直させたという。刀袋はそっくりの生地で作らせたが鞘はそうもゆかず、焦げた部分を木材で埋めて、漆《うるし》を塗り直さなければならなかったそうだ。その頼母も、涼山たちが城に入る直前の平井山での合戦で討ち死にしているとも三宅は話した。

「一見したところでは見分けられぬ。が、じっくりと見れば繕《つくろ》うたと知れる。そちたちが持ってきた御脇差を、それがしはこの目で見た」

「繕うた跡がなかったと仰せられますか」

涼山の問いに、三宅は無念そうに目をつぶり、顎を引いた。

「志村には、すまぬことをした。頼母の名に傷がつくことを恐れ、あのとき、御脇差の修理の跡についてはロにできなんだ」

「では、その直した御脇差はいずこに……」

「わからぬ」

三宅は首を左右にしながらも、されど、とつづけた。

「そちたちが御脇差を持ってきたとき、それがみずからのものであることが露見するのを恐れて、志村のもとからこっそり奪った者がおるのかもしれぬ」

「だとすれば、真の謀反人は、鞘に繕った跡のある御脇差を持っている者……」

そう言いながら、涼山は、今ごろになって三宅がこのような告白をする理由がわからないでいた。すると、三宅は周囲の屏風を見まわしながら問うてきた。

「真の謀反人がわかったとき、そちたちならどうする」

ますます真意が知れず、涼山は強い警戒心にかられた。はぐらかして答える。

「山城守どのは、お許しにはなりますまい」

「確かにの。だが、その謀反人は、殿の敵かの、味方かの……」

問うているのか、一人で思案しているのかわからない口ぶりで言ったと思ったら、挨拶もせず、三宅は立ちあがった。呆気にとられる涼山と生死之介を尻目に帰っていく。

三宅も反乱を望んでいるのだと涼山は気づいた。おそらく、この戦の責任を山城守に負わせて、長治の命を助けようとしている。そして、そのお膳立てをしてくれと頼みに来たのかもしれない。

「九得」

呼びかけると、生死之介は顔をちかづけた。

「わかっておる。すべての御脇差について、もういちど調べよと申すのだろう」

「すまぬ」

「お主は、ゆっくりと養生するがいい。こちらには新たな味方ができたことゆえ」

目を細めながら言うと、生死之介は表に出ていった。

三

兵の疲弊もあって、別所はもはや抵抗らしい抵抗などできなくなった。羽柴勢は次第に攻囲網を縮め、いまでは城から五、六町の位置に塀と堀を巡らし、櫓を建てている。まさに城を城で囲むような固め方だ。

別所方もみずからの運命が極まっていることはわかりきっており、三木城の南東、二位谷《にいだに》奥の付城を守る羽柴方の浅野弥兵衛《やひょうえ》に戦闘の中止を申し入れている。しかし、山城守の裁可をへた和議条件は、もはや風前の灯火《ともしび》に過ぎない自分たちの立場をまったく無視した、東播磨の雄としての別所氏の存続を要求するものだった。羽柴方がそのような条件を容れるはずもなく、ぐずぐずするうちに天正八年が明けた。

軍馬は、ことごとく潰して食べてしまっていた。それどころか、犬、猫、鼠、鳥はおろか、蛇、蛙、蚯蚓《みみず》なども土を掘り返して捕まえ、食べ尽くし、生き物が動く姿はまったく見られない。正月だというのに、城兵は餅や雑煮のかわりに障子や襖の紙、土壁を喰い、土砂を煮て飲んでいた。

楓は、人はなぜ喰わないではいられないのかと嘆じた。喰わずに生きられるなら、どれほど楽だろうなどと、埒もないことを考えながら、松明に浮かぶ餓死者の中を歩く。

そこは蔵が建ちならぶ一角だった。空の蔵などもはや用がなく、薪にするために一部が毀《こぼ》たれたほかは、なかば放擲《ほうてき》され、一帯が死体の集積所のようになっている。生きるほうにも余裕がなくなると、手厚い葬送など行われなくなり、ただ死体を一ヵ所に集めておくだけになった。夕方すぎから降りはじめた霙《みぞれ》に叩かれている骸はどれも骨と皮ばかりで、柴木を並べてあるように見える。

ふと、着物の裾がはだけた若い男の死体に目がいった。近づき、しゃがんで腿のあたりに灯を当てる。明らかに刃物で肉を切り取った痕が内股にあり、太い骨が見えていた。食料にするために城兵が取ったのに違いない。

本来なら、人の屍肉《しにく》など食べたくもないだろう。他に食べるものがなく、やむを得ずここから肉を切り取った者の心中はいかばかりであったかと考えると、楓は落涙をおさえられなかった。そして、いつまでこのような無益な籠城をつづけるつもりなのかという怒りが込み上げてきた。親しい者たちを無慚《むざん》に殺した羽柴の者どもを楓は決して許したわけではない。しかし、いまでは城兵たちに同じ仕打ちをするにいたっている別所の歴々もまた、許すことはできなかった。

涙に歪んだ視界を埋め尽くす死体を見ていると、死んでいるのが自然なあり方で、生きているのは異常であるような感覚に陥る。そのおかしな気分を払いのけようと首を左右に振って立ち上がり、とある蔵に向かった。扉を開けると、闇の中に灯と影が動いている。

「楓か」

九得、いや寺本生死之介という男の声だ。

楓は自分の松明を消し、そばへ歩んでいく。腐臭に満ち、夜中は誰も近づかないこの場所が、二人がいつも落ち合う場所だった。

「どうだった」

尋ねられて、楓はかぶりを振った。

「こっちもだ」

尼子十勇士の生き残りという男も、浮かない顔で言う。

楓と生死之介は、手分けして御刀衆の御脇差を調べていた。しかし、これまでに調べたところにはすべて御脇差があり、しかも、どれにも修理した形跡が見られない。

「御刀衆のほかに、御脇差を持っている者がいるのだろうか」

「わからぬ……」

生死之介は膝を抱えて考え込んだ。

「半兵衛どのの読みが間違っていたのかもしれぬ。俺たちは、無駄にここに来たのか」

楓も、その隣に腰をおろした。すでに何度か会って語り合ううちに、二人はお互いの出自やこの城へ来た目的などについて打ち明けていた。

舌打ちする生死之介を見て、この男は降魔丸とはまるで違うと思った。どちらも大きな目当てを持ち、命を惜しまずに邁進《まいしん》しているが、今の降魔丸はあらゆるもの、あらゆる人を犠牲にしつつ、まっしぐらに滅亡に向かっているように思えた。いっぽうの生死之介は、宿敵毛利への恨みもひとまずは横へおいて、なんとか希望の光を探そうとしている。そういう男に、楓は絶望して欲しくはなかった。

「そうだ、これをやる」

楓は、袂から小さな切り餅を取り出した。正月の祝いに、山城守から降魔丸に下されたものを、わけてもらったのだ。

「喰うと、元気になるぞ」

「いらぬ。お主が喰え」

「遠慮するな、さあ」

「しっこいやつだ。いらぬと言うておる。俺は今、それどころではない」

拒絶されると、淋しく、腹立たしかった。

「せっかくやると言っているのに、何だ」

「この男女が、やかましい」

思い通りにならないからといって八つ当たりするとは、底の浅い男だと軽蔑した。楓は立ちあがり、餅を床に叩きつけた。背を向け、立ち去ろうとする。

「許せ、楓」

生死之介が目の前に飛んできた。

「俺が馬鹿だった」

床に手を突き、禿頭を下げる。

「いつまでも城を落とせぬのは、お主のせいではないのに……まったくおのれが情けない」

そこまで自責の念に浸った姿を見せられると、楓も狼狽えた。いつも強がって無愛想にふるまっているが、その実、危ういほどに純情な奴だ。

「詫びねばならぬ。楓、すまぬ」

「もう、顔を上げてくれ。そんなに言われては、かなわぬ」

生死之介が上体を起こすと、楓は餅をひろって握らせてやった。

「のちほど、遠慮のう頂く」

頭上に捧げたのち、生死之介は袂へ入れた。それから、腕を組んで言った。

「新たな手立てを考えねばならぬな」

自棄《やけ》になりかけた生死之介が新たな模索を始めたことが、嬉しかった。楓は提案した。

「俺が山城守を斬るというのはどうだ。そうすれば、城内に混乱が生じ――」

突然、生死之介が痛いほどに肩をつかんできた。男の力は強いものだと思った。

「馬鹿なことを考えるな、楓。そんなことをすれば、お主が斬られるではないか」

「だが、このままでも城の者は死ななければならない。俺ひとりが死ぬだけで――」

「さような無茶な策は認めるわけにはゆかぬ」

「お互い、死は恐れぬはずだ」

「駄目だと言ったら、駄目だ」

いきなり、引き寄せられた。目の前に生死之介の顔が来て、唇で唇を塞がれた。楓は両手で生死之介の胸を押し、離れた。

「僧侶のくせに、何をする。女犯《にょぼん》ではないか」

鼓動が高鳴り、気が動転する中、そう罵った。生死之介は、喧嘩腰に言い返す。

「ほう、お主は女だったか」

頭にますます血がのぼった。

「何だと……うぬのような奴とは二度と会わぬ」

嚙みつくような勢いで言うと、生死之介の視線がまた、自責の色を浮かべて揺らめいた。不思議なことに、楓の胸に、しまった、という思いがひろがる。

生死之介は、しばらく唇を嚙みしめ、黙り込んだ。それから、言いにくそうに言った。

「そなたに、ずっとそばにいて欲しいのだ」

気が抜けた。そのとき、また力いっぱいに抱き寄せてきた。歯がぶつかる。今度は、楓は抵抗しなかった。男の広い背中に手をまわし、身をまかせた。二人して、横たわる。

生死之介は楓の小袖の襟を開き、晒し布をむしるように取った。男のふりをするために身につけていたものをすべて剝がされたとき、楓はどうせなら別のときに抱いて欲しかったと思った。飢餓のせいで、ただでさえ大きくはない胸はさらに縮み、肩も腹も腰も筋肉ばかりが浮き上がって、男の体と変わらなくなっていたからだ。

「寒い」

震えながら言うと、生死之介は楓の体の各部を撫で回してきた。そして、右乳房の下の槍傷を興味深そうに弄《いじ》りだした。

「これはまた、たいそうな傷だ。上月城で受けたのだな……よくぞ生き延びた」

「恥ずかしい」

楓はおのれの体のいかなる場所よりも、その傷こそ秘め隠すべきである気がして、生死之介の太い腕を押さえた。

「何を恥じることがある。これは勲《いさおし》だ」

「勲などを立てる前に抱いて欲しかった。女として」

「そなたは、女だ。まぎれもなく、女だ」

そう呟くと、生死之介は熱い唇で乳首を覆った。そして、すでに熱く潤った楓の股間に指を這わせた。今度は寒さではなく、悦びのために楓の体は震えた。

二人は死臭に包まれながら、互いの体を貪《むさぼ》り食うように求めあい、愛しあった。


楓が死者たちの並ぶ場を出て、自分のねぐらへ向かったのは明け方近くになってからだった。全身が疲れていて、特に乳の先と腿のつけ根に鈍痛をおぼえていたが、その痛みのせいで楓はかえって幸せだった。この幸せを抱きながら、しばらく眠りたかった。

山城守の館に付属する長屋にたどり着き、戸をそっと開けたとき、うっとりとした気分が急に醒めた。狗阿弥が灯火のもとに座っていたのだ。帰るのを待っていたようだ。

「何用か」

叱りつけながら履物を脱ぎ、部屋にあがると、狗阿弥の脇には降魔丸もいた。鎧は着ていなかったが、面頬と頭巾はいつものとおりだ。楓の全身を悪寒が走った。

「これへ直れ」

指示されるまま、降魔丸が胡座をかく前に楓は膝を折った。

「どこへ行っておった」

霙に打たれても消えなかった逢瀬の温もりが失せ、皮膚が収縮する。言い訳を考えていなかった楓は、とっさに答えられなかった。

「どこへ行っていたと聞いておる」

「星を、見ておりました」

「この天気にか」

色ぼけだと思った。奸とも思えない無様な嘘をついてしまった。

後悔したときには、赤鞘の鐺《こじり》が飛んできた。腹を突かれ、酸い胃液がこみあげる。呼吸を取り戻す間もなく、今度は背中を叩かれた。涎《よだれ》を垂らし、床に転がった。

「言わぬか。何をしていた」

降魔丸の鞘は、肩や尻に飛んでくる。そのたびに、歯を食いしばって痛みに耐えた。

戦局が悪化の一途をたどるにつれ降魔丸の酷薄さはいやまし、ささいなことで周囲の者を折檻するようになっている。このときも、降魔丸は狂ったように楓の体を打った。楓は黙って、打たれるままでいた。生死之介をかばうために打たれていると思うと、どんな苦しみにも屈辱にも堪えられる気がした。

やがて、降魔丸のほうが根負けして打擲をやめ、狗阿弥に担がれて帰っていった。楓はうずくまったまま、生死之介の胸の匂いや吐息の音を思いながら昏睡した。

四

本城の御殿に、涼山の姿があった。すでに本城南側の南構《みなみがまえ》や宮の上の要害は落ち、長治の弟友之が守備していた鷹《たか》の尾《お》の要害、さらには山城守の持ち口であった新城すら敵に乗り取られて、三木城は裸城同然になっている。涼山も移住してきた本城の長屋から参上していた。

長治の出座を待つあいだ、涼山は左手を握っては開くのを繰り返した。だいぶ回復してきてはいるが、やはり腕全体がうっすらと痺れていて、力が入り切らない。左肩の傷も普段はなんともないが、寝返りを打つときに激しく痛み、目を覚ますことがある。

敵が間近にせまっているせいだろう、長治は小姓とともに胴丸姿で涼山の前にあらわれたが、連れているのはいつものように、七郎丸を抱いた女中と道阿弥だけであった。

「長らくご機嫌をも伺い奉らず、伏してお詫び申しあげまする」

涼山は、平伏しつつ言上した。

「そちが詫びることはあるまい。余が呼ばなかったのだ」

道阿弥がからからと笑うのを尻目に、長治は説明した。

「不忠の輩を煽り、謀反を起こす恐れのある男ゆえ会うなと、山城守が諫めおった」

「ならばなにゆえに、本日はお召しくださりました」

長治は神妙な面持ちで頭を下げた。

「昨年の大村合戦にて、そちは我が民を救うべく米を運んでくれた。礼を申す」

「思うたほどに運べませず、申し訳のう存じます」

今度は涼山が、手をついて頭を下げた。

「何を申すか。わずかではあっても、そちが命を賭して米を運んでくれたからこそ、余は領主としての面目を辛うじて施すことができたのだ」

「もったいなきお言葉ながら、なにゆえに今ごろ……」

長治はその問いには答えずに、腰の脇差を鞘ごと抜いた。

「涼山、これを貰うてくれ」

道阿弥が長治の手より受け取り、膝立ちで涼山に差し出した。涼山は、僧衣の袖にそれをひとたび載せたものの、すぐにまた道阿弥に突き返そうとした。

「このようなものは戴けませせぬ」

黒鞘に金の左三巴がついており、御刀衆の証たる御脇差と同じ造りのものであった。

「余に恥をかかせたくなければ、受け取れ」

涼山は、長治が今日明日のうちにも死ぬ覚悟でいるのを悟った。座して死を待つよりも、最後は武人らしく討って出るつもりになったのかもしれない。

受け取るべきか迷いながら脇差を見つめると、差し表の鯉口のあたりの塗りがわずかながら厚ぼったく感じられた。御前で無礼とは思ったが、右手で鯉口を切った。

すき間から覗き込むと、鯉口の木材が二重になっている箇所があった。ごく薄いものだが、新しい木が張ってある。明らかに修復の跡だった。

「これは、成敗された志村どのの御脇差ではござらぬか」

涼山は尋ねてみた。長治は黙っている。居合わせているほかの者も何らかの事情は知っていると見え、目を伏せたまま口を開かない。涼山は重ねて尋ねた。

「なぜ、謀反人の御脇差がここに」

「志村は、謀反人などではない」

我慢しきれなくなった様子で、長治が声をあげた。

「これなる道阿弥がその脇差を志村のもとから密かに奪ってまいったのだ」

道阿弥は額に皺をつくって虚空を見つめるだけで、何も言わない。

「三巴の脇差は主従の紐帯《ちゅうたい》の証であり、余と主立った家臣とがともに所持すべきものとして造らせた。そちがもたらした脇差の持ち主を山城守が調べるにあたり、道阿弥がいらざる忠義立てをしおったのだ。余のものがないことが露見すれば、君主としての名に傷がつくと思うたようだ」

突然に耳が聞こえなくなったのか無反応な道阿弥をよそに、長治は告白した。

「孫右衛門のもとに例の脇差をつかわしたのは、余なのだ。志村には、詫びても詫び切れぬことをしてしもうた」

涼山は何かに化かされてでもいるような気分になった。

別所家の悲劇は、長治の補佐役である二人の叔父、別所山城守吉親《よしちか》と別所孫右衛門重棟《しげむね》が、毛利につくか織田につくかで対立したことにある。しかし、毛利方につき、籠城を行った一派の旗印は長治自身であって、それが織田方についた孫右衛門との内通を企んでいたとはどういうことなのだろうか。

困惑する涼山に、長治は遠くを見る目で語った。

「こたびの戦を始める前のことだ。別所の家と播磨の民を守るためには織田とは戦うべきではない、今からでも早々に扱いにいたすべし、と誰よりも強く申したのは……」

長治の顔が、涼山の左前で女中に抱かれている七郎丸に向いた。

「この子の母、桔梗であった」

七郎丸は足腰にもかなり力がついているようで、女中の膝の上で手足をつっぱり、忙しく暴れている。その顔に、涼山は紫野の面影を見た。女ながら、あの娘がそれほどの軍師に育っていたかという感激に五体を打たれたが、同時に、その紫野がせっかく命を授けた七郎丸は、この御殿のうちしか知らないままに、三千余の城兵とともにじきに死なねばなければならないのかと思うと、母子ともどもが不憫でならなかった。

涼山が見ているのに気づいた七郎丸が、笑顔を返してきた。敵に囲まれ、父が死を覚悟していることなどとは無縁の、いささかの曇りもない瞳だ。涼山も笑い返していた。すると、七郎丸は女中の膝に手をつき、立ち上がった。涼山は目を見張った。女中の手をよけて、危なっかしい足取りながら、こちらへ進んでくる。

「おお、立たれた……」

涼山は両手をひろげた。七郎丸が目を輝かせながら、一歩、また一歩とちかづき、四歩目に前のめりになった。涼山はあわてて膝立ちになった。女中も腰をあげる。しかし、七郎丸はゆらいだものの、転ばなかった。また一歩、二歩と進む。さらに一歩を踏み出したところで、とうとう片膝が崩れた。涼山はみずから歩み出し、倒れる小さな体を抱きとめた。腕の中で、赤子は泣きもせず、指をくわえて笑っている。涼山はもとの位置に引き下がり、七郎丸を膝の上にのせて座った。

「子らが育つのは早いものにござるのう」

いままで黙っていたくせに、道阿弥が感慨を込めて言った。

涼山が赤子の渦巻いた薄い髪を見つめながら、七郎丸が歩く姿を紫野にも見せてやりたかったという感傷にひたっているとき、長治が言った。

「この子の母が和議を勧めてくれながら、すぐには決心できなんだ」

長治も同じく、七郎丸を愛おしそうに見つめている。

「織田へ弓引くことで固まっている家臣や民草の心を裏切るわけにはゆかぬと逡巡《しゅんじゅん》したのだ。ところが、桔梗はこう申しおった。『私の父は、主家に民を保つ力はなくなったと見切り、敵に寝返ったと聞き及びます。私は、父は正しいことをしたと信じておりますし、瞼に浮かぶ父の姿を、いまも遥かな山を仰ぐごとく尊敬いたしております』と」

すぐそばに紫野がいるような気がして、思わず、腕に力がこもる。それに気づいた七郎丸がわめき、激しく手を動かした。

「あやつは、こうも申した」

長治の声が上ずり、揺らいだ。

「『民の守護者として最善の方途と思《おぼ》し召しであれば、殿さまも毛利右馬頭どのであろうと、叔父御山城守どのであろうと、恥ずることなくお裏切りになられませ。世に恥ずかしき裏切りがあるとせば、己が心を裏切ることと心得ます』となあ。あやつが亡くなっても、その言葉は忘れられなんだ。そうして、ようやく意を決した。余の使者である証として件《くだん》の脇差を持たせ、近習を孫右衛門のもとへ遣わしたのだ」

涼山の目にも涙がこぼれた。心が波立っている者の膝は好かないと見えて、七郎丸が手から逃れた。はいはいで女中のもとへ戻ってゆく。女中は立ち上がり、抱きあげた。

「では、なにゆえ、いままで和を講じられませなんだ」

紫野の志が踏みにじられたように感じて、涼山は問いをぶつけた。

「使者は帰ってまいらなかった」

長治もまた、強く応じた。

「使者の帰りを待ちつづけるうちに、時宜《じぎ》を失うた。それに、山城たちが一門の名にかけて戦うと申すゆえ、それにまかせることにした……だが、不甲斐ない戦いに、大勢の民草を殺すことになってしもうた。先祖にも、お詫びの言葉もない」

落涙する長治を見ていて、紫野が、自分になりかわって言ってくれと頼んでいる気がした。涼山は、音を立てて床に手をついた。

「今からでも、遅うはござらぬ」

長治がはっとなった。小姓も道阿弥も女中も、見開いた目を涼山に向けている。

「何をためらうことがありましょう。すぐさま、和議をなさるべし」

道阿弥が、諦念をたたえた顔つきで口を挟んだ。

「この期《ご》に及んで、羽柴筑前が当方からの和議など容れるはずもなし。しかも、武運拙く、弓矢において不覚を取り、そのうえ、命請いをせよなどと、恥の上塗りにほかならず。さようなことを、武門の名誉を極めさせたまいし別所の殿に勧める法があるものか」

涼山は床に爪を立てて言上した。

「こたびの戦は、別所家にとり、決して惨めなものではございませなんだ。頼みの毛利どのの援軍もまともに得られぬまま、中原の覇者織田信長を相手に、よう二年ちこうも城を守られた。これぞ武門の面目。天晴れ、殿は名誉の武将にござりまする」

「まこと、そう思うか」

長治が半分疑いながら、たずねてきた。

「御意」

涼山は吠えた。長治の顔に、安堵の色がひろがったように見えた。

「さりながら、事ここにいたりたるうえは、一人でも多くの民を救うが武門のつとめにござりまする。和議の斡旋をお命じ下されば、この涼山、殿に恥をかかせ奉るようなことは断じていたしませぬ」

「まことか、涼山」

「神仏に誓うて」

長治は口をつぐみ、考え込んだ。やがて、晴れやかな表情を取り戻した。

「涼山、そちにずっと会いたいと思うていた。会いとうて、会いとうて仕方がなかった。譜代の臣多しといえども、そちこそ、我が真の股肱という気がする」

「もったいのうござる」

「ほかならぬ、そちの申すことだ、諸事まかせよう」

涼山は震えながら平伏すると、願いあげた。

「御歴々を御殿にお集め頂きとう存じます」

「あいわかった」

長治は力強く言うと、すぐさま立ちあがった。

五

重臣たちばかりではなく、中堅どころの物頭たちも参集して、大広間はすき間もないほどの状態だった。珍しくも殿みずからが招集を命じたということで、どことなく落ち着きがない。その日も、羽柴勢が力まかせに城を乗り取ろうとしたのを、弓鉄炮でようやく撃退する戦いが行われたため、誰もが厳めしい具足姿だ。

山城守はいつものように下段の先頭に座っており、その後ろには降魔丸と狗阿弥がいた。涼山はいささか緊張しつつ、それを広間のいちばん下座から見守っていた。

これから、長治は降伏する旨を一同の前で述べる。その方針で評定がすんなりまとまればよいが、山城守が徹底抗戦に固執して反対し、他の者もそれに同調すれば、この城の者は一人残らず殺されかねない。涼山が上段から遠くに座ったのも、降伏の決定がまぎれもなく長治の決意であることを強調し、「いかがわしい坊主の進言にまどわされている」という批判がもちあがるのを避けるためだった。

山城守も長治の腹を薄々勘づいているようで、総出仕《そうしゅっし》の触れが出された直後に、御殿に「趣旨は何か」と問い合わせてきた。しかし、長治は事前には教えられないとつっぱねた。そのためか、山城守は不機嫌そうに髭をいじっている。

小姓を連れて上段にあらわれた長治はやや青ざめてはいたが、もう腹は決めきっているようで目は澄んで見えた。

「一同、大儀《たいぎ》」

そう言って、平伏している者どもを長治は眺めまわした。やおら、頭を下げる。

「よう艱難辛苦《かんなんしんく》に耐え、今日まで戦うてくれた」

「殿、何のお話でござりまするか」

山城守がうろたえた声をあげた。

「余は羽柴筑前に、降伏を申し入れる」

「御采配を預かるそれがしに一言の相談もなくそのような大事を決せられるとは、心得られませぬ」

すると、家臣のうちから同調する声があがる。

「さよう。降伏など、反対にござる。名こそ惜しみ、城を枕に討ち死にいたすべし」

「黙れ。これまでは、そちたちの申す通りにいたしてまいったのだ。今宵ばかりは、余の申しつけに従え」

長治はぴしゃりと言った。

「後詰めなき籠城戦などつづけられるものか。毛利軍は魚住から引き揚げてしもうたゆえ、もはや右馬頭どのを頼むわけにもまいらぬ。あちらにも都合があるようじゃ」

皮肉な笑いを浮かべている。

「かくなる上は、潔う敵に降《くだ》り、城兵の命を助けるのがもののふの道と余は心得る」

静まり返った広間に、声が上がった。足軽大将の衣笠八郎だった。

「恐れながら、申し上げます。殿のご覚悟、感服つかまつり申した。さりながら、摂津の有岡城では、織田勢は城方の数百名を、あるいは磔にし、あるいは焼き殺したと聞き及んでござりまする。羽柴筑前が城兵を助けられぬと申したらいかがなさりましょうや」

「そのときは、最後の一兵まで戦い、織田の非を天下に鳴らすまで。されど、まずはあれなる涼山を筑前がもとにつかわし、余が腹を切る代わりに、みなの助命を願い出る」

一同が振り返って、なぜあいつなのだという不審の目を涼山に向けた。長治が声を張る。

「公界人《くがいにん》に扱いを頼むのは世のならい。しかも、涼山は余の心をよく知る者」

山城守が何かを言い返そうとしたとき、それを遮《さえぎ》って外の廊下から女の声がした。

「心得られませせぬ」

話を聞いていたのだろう、北の方が入ってきて、長治の脇に崩れるように座した。

「殿が身まかられると仰せなら、私めもお伴いたします。和子らも道連れに」

「何を申す。そなたたちを救うために、余は死ぬのだ」

「情けなきお言葉。私や和子らに、生き延びていかがいたせと仰せられまするか」

「筑前のもとには孫右衛門もおる。そなたたちは一度は出家し、あるいは幽閉の身となっても、いずれは別所家を再興してくれるものと信じておるぞ」

「一時なりとも播磨の雄、別所家が滅びて、なお生き延びる屈辱になど堪えられませぬ」

「さようにござる」

　口を挟んだのは、山城守であった。

「殿がご自害なさらば、累代の家臣ども、おめおめと生きておられましょうや。しかも、これまで殿をお守りするために死んでいった者どもの魂が何と申すか」

　長治は、言葉を失った。そのとき、一同のうちから別の声があがった。

「これまで、殿は戦場にお立ちあそばされなかった。御采配をふるわれたのは山城守どの。山城守どのご一人《いちにん》がご自害なされ、科《とが》なき殿をお救い奉るのが道ではござりませぬか」

　みなが、息を呑んだ。発言したのは、さして身分の高くない男らしく、涼山には見覚えのない顔だった。このようなことをはっきり言うとはなかなかの肝玉だと感心したが、それほどに山城守の威信が低下している証なのだろう。

　沈黙が支配していた座に、声が戻った。皆が勝手に喋り出し、ざわめきが次第に大きくなっていった。「無礼な」と反論する声もある。「山城守どのには不憫でござるが、殿をお救い奉るためにはいたしかたないのでは……」と、おずおずと賛成する声も混じる。

「静まれ」

長治が叱りつけたため、座はまたしんとなった。

「山城守は余の委任を受け、采配をふるうてまいったのだ。すべての責めは余にある」

「あいや」

山城守が、手を上げた。涼山に振り向く。

「それがしとて、もののふの端くれ。命を惜しむものではない」

余裕を示そうとしてか、ひきつった笑いを浮かべている。

「それがし一人がこたびの戦の責めを受け、腹を切る代わりに、殿をはじめ、城兵を助けるという条件で交渉を進めてはくれぬか」

「待て、山城」

長治の言葉に、山城守は前を向いた。

「殿がお腹を召されるとあっては、みなは大人しゅう戦いをやめますまい。殿と別所家になりかわり死ねるとあらば、それがしにとり、末代までの誉れにござる」

広間に、すすり泣く声が満ちた。まことに、山城守どのは名誉の大将よ、という声も漏れる。長治の頰にも涙が伝っていた。

「まあ、そのような条件を筑前が受け入れるのならば、でござるが」

山城守はなにやら意味あり気につけ加えたが、三木城の開城方針はこれで決まった。涼山が胸を撫でおろしていると、長治が目を向けてきた。

「いずれにせよ、城兵の命を救うことがかなわずば、別所の名誉もない。筑前が厳しき条件を申してまいっても、城兵の命こそを第一に思い、和議をまとめよ。よいな、涼山」

「かしこまり申した」

涼山が平伏するのを見届けると、長治は事前に打ち合わせていた通りにさっさと立ち上がり、奥へ下がってしまった。評定が長引けば、また異なる意見が出て、降伏方針が撤回されるかもしれないからだ。

退出する山城守が歩んできた。涼山の平伏しているところは、ちょうど一同の退出路にあたっていた。山城守は目の前で足をゆるめたが、何も言わずに去っていった。

山城守が出て行くと、他の者たちも立ち上がり、退出をはじめた。黙って出て行く者、泣いている者、「ここまで戦って降伏とは情けない」と不平を呟く者などさまざまだ。そのうちに、足を止める者があった。

「はたしてこの坊主に、城兵の命が救えるのか」

涼山は少しだけ上体を起こしたが、相手の顔は見なかった。

「俺は、この者を信じる」

脇に立っていた別の男が言った。衣笠八郎の声だった。

「安心せよ。この者なら、おのが命にかえても殿の御諚《ごじょう》を守り、兵らを助ける」

衣笠が朗々と言ったところで、二人は連れ立って出ていった。

人の流れがやんだと思い、顔をあげると、上段ちかくに降魔丸と大男が残っていた。

「うぬが、若い殿をたぶらかしたのだな」

面頬に覆われた、いつもの不鮮明な声がした。

「人を唆《そそのか》し、心を腐らせる。いかにもうぬのやりそうなことだ」

「心得違いをするな。降伏は殿が御みずから決められたのだ」

こんどは咽下《のど》の垂《たれ》を揺らして笑い出した。

「別所のような田舎大名をあてにしたのが間違いだった」

「これから、どうするつもりだ」

「西国に落ち、再起をはかるまで。毛利は申すに及ばず、四国の長宗我部《ちょうそがべ》、九州の島津と、まだまだ頼る先は多い。天魔信長を倒すまでは、戦いをやめるわけにはゆかぬ」

「お主の道理でゆくと、織田を倒せば、今度は織田の残党が『天魔毛利』、『天魔長宗我部』といって襲いかかってくることになるぞ」

「そのような愚かな理屈を述べるところが、うぬの腸《はらわた》が腐り切っている証よ。神仏を恐れず、朝廷も幕府もないがしろにする信長は悪のうちの悪。倒さねばならぬのが道理」

涼山は、降魔丸のことを哀れにさえ感じた。東方では、甲斐の武田は長篠《ながしの》で大敗を喫して以来、かつての勢いを失い、越後の上杉謙信《けんしん》も死去した。西国においても、備前の宇喜多までが毛利を見限り、織田についている。いかに虚勢を張ろうとも、降魔丸の前途は芳しいものではないだろう。そう思いながら涼山は立ち上がり、広間を出た。

翌朝はとびきり寒くなった。まだ暗いうちから、涼山は生死之介の手も借り、形ばかりではあるが剃髪洗面して、身支度を整えた。

晴れわたり、茜《あかね》に染まった空の下、涼山は笠をかぶり、錫杖《しゃくじょう》を握りしめて、銅葺《ぶ》きの大手門へと向かった。城を開くための交渉が始まると知った儀助やその女房など、長屋の十数人の領民も生死之介とともに見送りについてきた。みな地獄絵のように痩せ細りながら、よたよたと足を動かしている。

「とうとうここまで来たな、裏切り涼山」

憎まれ口を叩いてはいるが、生死之介の声は感激にふるえている。生死之介自身がそのことに気づいて照れ臭くなったのか、付け足すように言った。

「まだ、喜ぶのは早いかの」

「いや、こたびは決してしくじらぬ。しくじれぬのだ」

生死之介も、もっともだというように頷いた。

鉄張りの門扉《もんぴ》の前まで来たとき、涼山はふりかえり、長らくともに暮らした民を眺めた。

これで解放されると思ってほっとした表情の者もいれば、不満そうな者もいる。

「そなたの気持ちもよくわかるぞ、儀助どん。負けて悔しくない者はおらぬ」

涼山の言葉に、儀助が涙目で唇を突き出した。

「だがの、降伏してもみなの命を救おうとは、ほかならぬ殿の思し召しなのだ。それを肝に銘じてもらいたい」

「もったいない」

儀助は両手で顔をおおった。涼山は今度はみなに言った。

「俺が戻ってくるまで、大人しゅうしておれよ。せっかくお主らを生かすために話し合いをしてくるのだ。そのあいだに下手に騒ぎ、敵の矢玉に当たっては何にもならぬ。そのような愚をなして殿や親類同胞を悲しませる輩には、俺は引導をわたしてやらぬ」

みなが口々に心得申したと唱え、合掌する姿を見て、自分はいつの間にもっともらしい説法をするようになったのかと恥ずかしくなり、頬に火照《ほて》りを覚えた。

「御坊、殿のお命は救われるのか」

儀助が、涼山の袖をとらまえて聞いてきた。涼山は言葉に詰まった。長治の助命はかなり難しいと思っていたからだ。長治自身も、それは覚悟しているはずだ。

「お救い申し上げるために、精いっぱい話し合うてくる」

そう答えると、儀助は涙ながらに笑った。

「御坊もご無事での。みんな、御坊と一味同心と思うてござる。御坊が無駄死にしたとなれば、それこそ、どんな騒ぎが起きるかわからぬ」

みずからも感極まってきた涼山は、背を向けた。番士が、門の潜り戸をあける。

「九得、みなのことは頼んだぞ」

涼山は笠に手を添え、錫杖を倒して門の外へ出た。すぐに、後ろで戸が閉まる音がする。

目の前の坂道の先に、羽柴方の柵や竹把《たけたば》がめぐらされている。涼山はゆっくりと歩み出した。近づくにつれ、柵の向こうが色めき立った。柵の間から、鉄炮の筒がいくつも突き出される。それでも調子を変えずに、錫杖を鳴らしながら歩んだ。

「止まれ」

あと二十歩ほどで柵に達するというところで、命じられた。

涼山は足を止めると、左手で笠の庇をあげ、羽柴の兵どもにこう呼ばわった。

「沙門《しゃもん》涼山、三木城主別所小三郎長治どのの御用にて、御大将、羽柴筑前守どのにお目通りを願いたい」

柵の向こうが、また大きくざわめいた。

涼山は笠から手を放し、紫野のことを思いながら、その場に立ち尽くした。

第八章　和　議

一

敗北寸前の敵とはいえ、一方の大将の使僧《しそう》として来訪したというのに、しかも涼山を三木城内に送り込んだのはほかならぬ秀吉であるというのに、羽柴の兵どもの涼山に対する態度は、虜囚に接するもののようであった。柵の外でさんざん待たせた末、ようやく案内の者がやって来たと思ったら、十数人で取り囲まれた。そうして、急げ、急げ、と罵られ、ときどき背中を小突かれながら歩かされる。

涼山が連れてこられたのは、かつては三木城の曲輪の一部であった鷹の尾の砦だった。南側から城を包み込むように聳える山の尾根にあり、その頂ちかくにまで登ってくると、眼下に本城が丸見えだった。

煮炊きのための煙は一切たっておらず、へたばった者どもが力なく座り込んでいるさまさえ手に取るようにわかる。城は羽柴勢が構築した堀、塀、櫓で囲まれていたが、さらに塀の外には、総攻撃の下知はいまかと待ちかまえる羽柴方の兵が気負い込んで整列していた。道の各所には柵と番所がいくつも設けられていて、一帯の野原、草木、丘陵、河川にいたるまで、天地の一切が敵になってしまったように感じられた。

その光景を、涼山は城の者、とくに別所山城守にもっと早く見せてやりたかったと思った。城中にいても、多くの曲輪を落とされて、狭いところに押し込められてしまったという感は誰もが抱いている。しかし、外から見れば無慚な敗色は疑いようもなくあきらかであって、こんな無理な戦はつづけられないと早々に悟っていただろうからだ。

かつて砦の主要部があったあたりに来てみると、櫓や館は目も当てられないほどに毀たれ、あるいは焼け落ちており、代わりに、そこを占領した羽柴勢によって陣幕が張り巡らされていた。涼山は案内の武者や護送の兵たちとともに、その幕の内に入っていった。

幕中には七、八人の鎧武者が床几に座しており、その一番奥まったところに羽柴筑前守秀吉がぎっと目を剝いていた。

秀吉以外の幕僚たちには面識はなかった。しかし、敵の主立った者の容貌、紋や印、鎧の意匠などについては陣中の語《かた》り種《ぐさ》となるものである。そのため、蜂須賀彦右衛門正勝や羽柴小一郎秀長、前野将右衛門長康、浅野弥兵衛長政《ながまさ》など、主立った者の目星はつけられた。そして案の定、竹中半兵衛重治の姿はないことも確認した。

居並ぶ者の様子を突っ立って眺めていると、案内の侍は肩を力任せに押し下げるようにして、涼山を屈《かが》ませた。地べたに座った涼山を、鋭い目つきの兵たちが囲んでいる。

「お久しゅうござる」

手をついて挨拶をしたが、誰も返事をしてくれない。竹中半兵衛もすでにいないため、この談判は厄介なものになるかもしれないと涼山は覚悟した。

「調略をもって三木城を落とさんとお約束申し上げたのは、昨年の二月のことでござった。あれから一年ものあいだ、お目にかかることもかなわず、面目次第もござりませぬ」

すると、秀吉が馬鞭を投げつけてきた。鞭は涼山よりはるか手前で地に落ちた。

「昨年の九月、そちとは大村で会うておるぞ。わしに槍を向けおったな、この糞坊主」

「さようでござりましたな」

弁解しても仕方がないと思い、素直に認めた。そのさばさばとした言い方が、かえって秀吉を激高させたらしい。声がさらに激しくなった。

「しかも、そちには預けてあるものがあるはずだ。もしあれを粗略に扱うておったとすれば、ただではすまさぬ」

はじめ、何の話かわからなかったが、乙御前の茶釜のことだと気づいた。

「確かにお預かり申してござる、大切に。じきにお返し奉る」

乙御前は、三木城に入った直後に新城の長屋の下に埋めた。新城は羽柴勢の手に落ちているから、すでに返してやったと言ってよい。ひどい弾傷はついてしまっているが。

「まあ、それはあとでよい。それよりだ――」

秀吉は乙御前については心配しつつも、他の者どもの前では語りたくないらしく、すぐに話を移した。

「そちは誰のために働いておるのだ。別所長治か、それともわしか」

「それは、ご双方の御為。あるいは御仏の御為」

自分でも調子の良いことを言っていると思って、にやけてしまった。

「何がおかしい」

秀吉より一回りは年上と見える肥えた男が口を挟んだ。涼山は、蜂須賀彦右衛門正勝だろうと踏んだ。

「まあよい、彦右衛門」

と、秀吉がなだめたので、やはり見立ては当たっていたと悟ったが、それよりも正勝の釣り鐘に似た、どっしりとした体に、涼山は目を奪われていた。三木城内では肥った者はもはや見ることができないため、どんな宝物よりも珍しくて仕方がなかったのだ。

「長治の用とはいかなるものか」

用向きはすでにわかっているくせに、秀吉はわざとらしい、すげない口調で言った。肥った男に見入っていた涼山は視線を戻して答えた。

「無論、和議の条件を整えんとの御意にござる」

「遅かったな、涼山」

正勝が嘲笑を滲ませて言った。

「和議など無用。もはや、三木城は裸城。一息に攻めて、明日にも落として見せるわ」

その声に頷く者、じっと睨みつけてくる者などさまざまだったが、自分は思った以上に、秀吉やその幕僚たちに嫌われているらしいと涼山は嘆じた。怨敵《おんてき》長治に与して戦い、またその使いとして来た以上、やむを得ないとは思いながらも、やはりいたたまれない。

だが幕僚の中で一人だけ、あからさまな敵意を感じさせないどころか、同情するような目を向けてくる者がいた。秀吉や他の幕僚たちへきょろきょろと目を配り、事の成り行きを心配そうにうかがっている。三木城の兵どもほどではないが、頬がこけ、肌が窶《やつ》れているところなど、親近感さえおぼえる。脚が弱っていると見え、杖を携えていた。

「長治の条件とやらを申してみよ」

不満げながら、大将の度量を見せつけるように秀吉は問うてきた。

「一つ、三木城および東播磨八郡の地は、織田どのにお譲り申し上げる。一つ、別所山城守どのは、御城主およびその余の士卒雑人の助命とひきかえに切腹」

秀吉自身、目を大きくしたが、正勝が声をあららげた。

「長治の助命だと、ふざけたことを申すな」

周囲の者も、話にならぬ、ただちに城を力攻めにいたすべし、と騒ぎ出した。

「あいや、しばらく」

涼山はありったけの声で叫び返した。

「例の三巴の紋がついた脇差でござるが、あれは誰あろう、御城主その人が孫右衛門どののもとに遣わしたるもの」

一同が言葉を失っている。

「織田どのとの決戦を主張し、軍配をふるうて参ったは御叔父たる山城守どの。御城主は戦場にもひとたびも立たれず、ただ一日も早き戦の終結と、領民の帰農とを願ってござった。されど、山城守どのに深窓に押し込められておられたがゆえに、思し召しにまかさせたまわず」

「名門別所の主とも思われぬ逃げ口上よ。そのような者を助けておいても、益体《やくたい》もない」

罵ったのは、小一郎秀長と見えた。顔の造作や骨格はやはり兄秀吉に似ているが、秀長のほうが背がやや高く、しかも泥臭さがなくて、大将らしい威風をそなえていた。

蜂須賀正勝や羽柴秀長など、秀吉の信任あつい者がそろって長治の助命に反対する中、例の杖を携えた男だけははらはらとした表情でいる。ひょっとすると和議に賛成なのかもしれないと思い、助け船を出してくれと涼山は念じたが、杖の男はじれったいことに物を言おうとはしなかった。涼山は発言を誘うべく、その男を見つめながら言上した。

「城を力攻めなさるとなれば、助かる望みを失った城兵三千、鬼となり抗《あらが》い奉りましょうぞ。お味方の損耗も意外に大となるやも知れず。さすれば、城を落としたる後の毛利右馬頭どのとの決戦にも差し障ろうと申すもの」

だが、つれないことに杖の男は黙っている。かわりに、秀吉が肩を怒らせて言った。

「黙れ、涼山。そちの指図など受けたくもないわ。下がれ」

両側から兵につかまれ、涼山は立たされた。

「しばらく、いましばらく」

涼山は叫んだが、秀吉は下がれ、下がれ、と取り乱した様子で叫んでいる。ここで食い下がっても無駄だと思って、ひとまずは陣幕の外に出ることにした。

「すぐに、大手門へ攻撃をかける。今日という今日は、かならず打ち破らねばならぬぞ」

幕の内側で、秀吉が厳しく下知する声を聞きながら、涼山は山下に引っ立てられた。

敵に囲まれている眼下の城が、傷を負い、檻《おり》の中でふるえる獣に見えた。

二

生死之介は、いつも楓と会う空っぽの蔵に、ぽつりと座っていた。風は遮られているため、天井ちかくの明かり取りから降りてくる光を浴びていると、温かくて気持ちがいい。

いまごろ羽柴陣中では和議交渉が行われているが、涼山はうまくやるだろうと思っていた。城はおそらく明日、明後日にも落ちるはずだ。そう思うと、この死臭に満ちた蔵が心ゆかしい、甘美な場所に感じられ、この城での最後の一時に見納めておきたくなったのだ。

しかし籠城が始まってから二十二ヵ月、生死之介と涼山が城に入ってから一年弱がたつ。落とすまでにずいぶん手こずったものだと呆れつつも、別所方もよく戦ったと褒めてやりたい気持ちにもなる。そうした感慨にひたっているとき、蔵の扉が開く音がした。

急ぎ懐に手を入れた。だがすぐに、指を三日月の寸鉄から離した。胸に悦びが灯《とも》る。

「こんなところへ、何しに来たのだ」

「お主こそ、こんなところで何をしている」

そう言いながら、楓は隣に腰をおろした。猫のように体をすり寄せてくる。ふたりは日頃は闇の中で忍び逢っており、昼の日中に落ち合う約束があったわけではない。

生死之介に、楓は肩や背中を押しつけて、何やら訴えている。それに応えてやらず、にたにたしながらじっとしていると、楓は狼《おおかみ》が獲物を襲うようにつかみかかってきた。

「何を取り澄ましておる、破戒坊主が」

生死之介は声を上げて笑いながら、楓を腕の中に受け止め、仰向けに倒れた。背をさすってやる。もう片方の手で裾を割ると、すでに女の情欲が熱く潤っていた。

「取り澄ました坊主が、どこをいじっておる」

詰るように言いながらも、抗わない。楓は指の動きにあわせて体を痙攣させ、生死之介の耳元で喜悦の息を吐いている。

体の位置を変え、自分が上になる。楓の唇を強く吸いながら、どんなに腹が減っても男と女が求め合う情は失われないどころか、かえって高じるのかもしれないと感心した。

いよいよ、楓の小袖を剝ぎにかかった。ところがそこで、楓は何かを思い出したように身を固くし、拒んだ。いつもなら、この世に衣服ほど邪魔なものはないとばかりにみずから脱ぎ捨てるのに、その日に限って、生死之介が何度襟元をくつろげ、内に手を滑り込ませようとしても、肌を晒そうとはしない。そのくせ、下腹部の愛撫だけは受け入れているのだから、生死之介は狂おしいほどに混乱した。

「何を取り澄ましておるのだ」

「今日は、駄目だ」

楓は顔を横に向けている。その目が少し濡れているようで、ただならぬものを感じ取った。華奢《きゃしゃ》な顎に手を添えて、こちらを向かせた。

生死之介が真剣に心配していることを察したためか、楓も観念したようだ。衣の襟に手をかけても、このときは抵抗しなかった。小袖と晒し布を剝ぎ、楓の裸体を俯せにしたとき、生死之介は絶句した。飢餓のために肩甲骨や背骨の浮き出た背中は痣《あざ》だらけで、絞りの染め物を思わせた。いつも愛撫しているその体はもともと傷痕に満ちていたが、痣は明らかに新しいものだ。

生死之介の血が一挙に逆流した。

「誰にやられた」

答えずに体を起こすと、楓は小袖を肩にかけて傷を隠した。淋しい笑顔を浮かべる。

「降魔丸の仕業《しわざ》なのだな。あの赤鬼め、許せぬ」

背を向けたまま、楓は白状した。

「今ごろになって『大村の合戦では平田の城を攻めるより米を運ぶのを先にせよと進言したのに、山城守が聞かなかった』とか、降魔丸は恨みがましく申しておる。そうして、大男の狗阿弥にも、山城守より預かった兵たちにも、当たり散らすのだ」

生死之介は躍り上がり、立った。

「斬る」

「馬鹿なことはやめてくれ」

楓も立ち上がり、生死之介の胸にとりついた。

「降魔丸の周囲には、護衛の兵もいる」

「刺し違える」

「あんな奴、命がけで斬るほどの相手ではあるまい。もう城は落ち、みな、解き放たれるんだ。この期に及んで、命を粗末にするな、頼む」

懇願されて、たぎっていた血がやや冷えてきた。傷に触らないように気をつけながら、そっと楓の肩を抱いた。

「楓よ、城が落ちたらどうする」

楓は顔をあげ、当惑の目をこちらに向けた。

「さあ……お主はどうするのだ」

「羽柴筑前守どののもとに戻るだろうな」

身を寄せていた竹中半兵衛は亡くなっているものと思われたが、秀吉麾下には尼子の旧臣であり、山中鹿介につき従っていた亀井新十郎《かめいしんじゅうろう》もいる。どのような立場になるかはわからないが、毛利を倒そうとする羽柴軍団の一員となるのが自然な道に思えた。

「そなたも、一緒に来ぬか」

生死之介は、思い切って言ってみた。楓は親しい者を羽柴勢に惨殺されているのに、行動をともにしないかと持ちかけるのはひどく不人情であることもわきまえていた。

「そなたの心の傷は、俺にもわかっているつもりだ。だが、筑前守どのは、実際に会うてみると、それほど非道なお方ではないぞ」

「そうか……」

気のない様子でそれだけ言うと、楓は黙り込んでしまった。

「降魔丸についていって、これからも殴られつづけると申すのか」

その問いには、楓は直接答えなかった。

「城が落ちれば、お主には俺など邪魔になるさ」

「そんなことはない」

生死之介は慌てて楓の肩を揺すぶり、そっぽを向いているその瞳をとらえようとした。

「楓にだけ、恨みを捨てよとは言わぬ。そなたが望むのなら、俺は百姓になってもよい。いや、京か堺あたりで商いをしてもよいぞ。唐人や南蛮人から、絹や茶器を買い入れる」

楓は、けたたましい笑い声を立てた。まるでまともには受け取っていない。

「戯言ではないぞ」

生死之介はとっさに懐の寸鉄をつかみ出し、楓に差し出した。

「受け取れ。これは山中鹿介どのにいただいたものだ。俺にとっては何にも代えがたい」

「なぜ、そんなものを……」

楓は後ずさった。

「俺は他に何も持っていない。あるのは薄汚れた褌くらいだ」

「褌……そんなもの、いるか」

きつい皺を眉間に作って、楓は言った。

「だろう。俺にとって大事なのは、これだけなのだ」

生死之介は、寸鉄を楓に握らせた。楓は三日月の尖った刃の部分に、興味深そうに指の先をあてた。それから、突き返した。

「さような大切なものは、受け取れぬ」

楓の手を、生死之介はとどめた。

「そなたが持っているのも、俺が持っているのも同じことだ。それに、鹿介どのは、俺の心中に生きておる。だから、もういらぬのだ」

楓の眼が、戸惑いの海に溺れている。生死之介は、笑いかけた。

「いま決めずともよい。城門が開かれるまでには間がある」

「どれほどだ」

「早くとも、明日だ」

「ずいぶんと、急だな」

楓は吹き出した。

「だが、俺は本気だぞ」

生死之介が唇を寄せると、楓は背伸びをして応じた。窓からの光の中、二人は互いの唇を求めつづけた。やがて、楓は羽織っていた小袖をみずから取り払った。

楓とのいつもよりずっと短い逢瀬ののち、生死之介は長屋のみなのもとに帰った。

開城という大事が迫ろうとする中、人々は気が立っている。痩せくぼんだ目で、乾き切った体をかきむしっている者たちのあいだをまわって、生死之介は「涼山坊は間の抜けた顔をしていながら、いざというときは頼みになる男だ」などとなだめてやった。

その甲斐もあって、みな自分たちが帰るべき村の光景の美しさや、用水の難しさなどをやかましく語り、明るい表情になってきたのだが、それもつかの間、すぐに黙りこんでしまった。狗阿弥という童頭の大男がふらりと訪れたためだ。狗阿弥は大将、別所山城守直属の降魔丸に仕えているため、恐れられていた。

狗阿弥は生死之介に用事があるらしく、そばに寄ってきた。

「何用ぞ」

「御坊、来てはくれぬか」

それだけ言うと、巌になってしまったように動かない。致し方なく、生死之介は連れ立って表に出た。

「どこへ行く」

大男が指さした先は、さきほど楓と会っていた蔵のあたりだった。嫌な予感がしたが、すました顔で歩きはじめた。すると、狗阿弥は恥ずかしげに尋ねてきた。

「俺のような者も善根を積めるか……俺が供養してもよいか」

みずからが施主となって、死者を供養してやりたいということらしい。それは死者の冥《めい》福《ふく》を祈るためでもあるが、狗阿弥自身が善因を蓄え、良き後生《ごしょう》を得るためでもある。生死之介は、涼山の師やその法統が後生や積善についてどのように教えているのかをまったく知らなかった。しかも、似非《えせ》坊主が執り行う法事にどれほどの法力《ほうりき》があるのかも疑わしいと思ったが、ここでみずからの正体を明かすわけにもゆかず、また、狗阿弥の殊勝な志を貶《けな》すのも気が引けた。

「一切衆生悉有仏性《いっさいしゅじょうしつうぶっしょう》なり。菩提心《ぼだいしん》に上下貴賤、善悪差別のあるものか。行こう」

思いついた言葉を並べて、自分でもよくわからない説法をしてやった。それでも、狗阿弥は小躍りして喜んでいる。

鮨桶《すしおけ》の中の鮒《ふな》のように、死体がずらりと並ぶ場所へ来た。干からびた骸もあれば、昨日身まかったばかりの骸もある。ぶくぶくに膨らみ、強い臭気を放っているものもあった。

慣れというのは恐ろしいものだ。鏡に映る顔の醜さも、体の悪臭も、おのれ自身ではさして気にならないように、腐りゆく死体の姿も、臭気も、長いことつき合っているうちには神経を刺激するものではなくなってしまう。そのことに、狗阿弥に供養を頼まれたうえで死体の山を眺めて気づかされた。狗阿弥が凄絶な表情で目をつむり、合掌している姿を目にして、生死之介はまた愕然となった。この感性の鈍そうな大男のほうが、人間らしい心を多分に持ち合わせているように思えて、自分が情けなくなったからだ。

生死之介は気を取り直し、数ある経文のうちたった一つだけ、しかもいい加減に覚えている般若心経を唱えた。いつもよりゆっくりと唱えてやる。そのあいだ、これだけの死者を冥福の境へと届けてやらなければならないとは、僧侶とは大変な仕事だと、半ば呆れつつ思った。

呆れたのは、死後の世界や霊魂などを、生死之介は実のところ信じていなかったからだ。また、武人として敵に隙を見せないための精神統一には関心を持っているものの、禅僧のいう父母未生以前《ぶもみしょういぜん》の真面目《しんめんもく》などにも興味はなかった。ただ、死者への哀悼の気持ちが人の悲哀のうちの最も強烈なものの一つであることだけは疑いようがなく、それを少しでも慰められるのであれば、経くらいは唱えてやっても良いと思っているまでだ。

誦経《ずきょう》を終えると、狗阿弥は頬を染めて微笑した。それから、腰につるした竹筒を外して、生死之介に差し出した。

「水で布施とはお恥ずかしいが……干殺しにされておる城では他に持ちあわせがないゆえ」

「かまわぬ。受けよう」

生死之介は、竹筒の水を喉に流し込んだ。

「たしかに、布施をいただいた。さあ、参ろう」

筒を返すと、狗阿弥は満面の笑みになった。死体を背にし、二人して歩き出した。

「城が落ちた後、お主はどうするつもりだ」

食べ尽くされて、路傍に草木が一切なくなったゆるい坂を登りながら、生死之介は尋ねた。冬の弱い陽光が、土色に近い黄色に見えた。

「西国へ」

「ゆくか……」

足がふらついた。胃にむかつきを覚える。

「御坊は、どちらへ参られる」

答えようと思ったが、頭がまわらない。目の前が土気色を増した。そのとき、こめかみに強い衝撃を受けた。生死之介は、卒倒した。

三

鷹の尾の麓に、無慚に砕けた門があった。羽柴勢に攻められた跡と思われ、門扉に打ち破られたような穴が開き、左側の門柱は倒れている。その傍らには、無数の弾痕をまといながらも、辛うじて建っている番屋があった。もはや門がなくなった以上、番屋としての用がなくなったその瓦屋《かわらや》に、涼山は押し込められていた。

目の前には粥が入った鍋が据えられ、椀と杓子《しゃくし》も置かれてある。届けられたときには、鍋は音を立ててたぎっており、湯気が残酷なまでの匂いを部屋中にひろげていた。いまでは冷えて匂いも弱まっていたが、それでも飢餓の城から出てきた者には辛すぎる。

腹が気の抜けた法螺貝《ほらがい》のような音を立て、口の中には自分でも驚くほどの唾液が溢れながら、涼山は箸を取らずにじっと堪えていた。城中の者にもう一度、飯を腹いっぱいに食わせてやりたいと願って談判に来ながら、自分だけが食べてはならないと思ったのだ。

羽柴秀吉の腹のうちはわからなかったが、少なくとも幕僚たちと相談のうえ、長治に何かを伝えるものと思われた。それは新たな和議条件の提示かもしれないし、あるいは交渉の拒絶かもしれないが、いずれにせよ自分はまだ必要とされているはずだ。無論、後者の場合には秀吉が、打ち落とした自分の首を添えて拒絶状を城に送ることも考えられるが。

とにかく向こうの出方を待たなければならない涼山は結跏趺坐し、半眼になった。無念無想になり、この肉体の生ずる以前の本来の面目にたちかえり、空腹を忘れようとした。しかし、いくら否定しようとも肉体は厳然としてあり、とくに胃が痛みを伴うほどに激しく収縮して音をあげるのは抑えられない。少しも精神統一ができない自分を、涼山は恥じた。大運和尚がここにいれば、頭は青痣《あおあざ》だらけになり、口の中は血にまみれ、肩には蚯蚓《みみず》腫《ば》れが走るだろう。だがそのほうが気が紛れて、このまま腹の音を聞いているよりどれほどよいかわからないとさえ思った。

迷妄《めいもう》の沼に落ち込んでいるとき、数人の足音がした。目を開け、かつての門の側へ開いた格子窓を見やった。秀吉の陣幕のうちにいた足の悪い男が、伴を連れてやって来る。

やがて戸が開き、男が入ってきた。伴を入室させず、戸を閉めさせると、一人で板敷にあがる。杖を突き、体を大きく傾けながら歩んできた。

「涼山どの、お会いできて光栄にござる」

軽薄にも聞こえる明るさで言う。だが、先ほど何か言いたげにしながら助けてくれなかった奴だと思うと、涼山のほうは襟を開く気になれず、上目遣いにじろりと見てやった。

「小寺官兵衛と申す」

目の前に脚を半ば伸ばして座るなり、挨拶した。こちらも、涼山にござる、と頭を下げ返す。

「涼山どの、貴殿の才覚は竹中半兵衛どのからもうかごうてござるぞ。筑前守どのも申しておられた。大村の合戦で貴殿が迫り来るのを見たときには、ふぐりが縮みあがったと」

どこかしら、悪童を思わせる笑顔で言う。

間近でよく見ると、官兵衛が患っているのは足だけではないようだ。黒鎧《くろよろい》から出た首や腕には、紙に水を垂らした跡のような紋様が広がっていた。かさかさとしており、疥癬《かいせん》などの皮膚病だろうかと思った。栄養状態と衛生状態が悪いと冒されるらしく、このような肌は三木城内の者にも多く見られた。

じろじろ見るのも悪いと思いながらも、ついまた、かさついた肌に目をやってしまった。するると、官兵衛はみずからけろりと説明した。

「貴殿と同じで、話し合いに参った。荒木摂津守（村重）どののもとにでござるが、そこで、えらい目におうた」

皮膚が痒《かゆ》いと見え、官兵衛はさかんに腕や膝、さらには月代のあたりをつねっている。

「一昨年の十月、謀反をやめ、上様にお詫び申し上げるよう説得に参ったのでござるが、捕らえられ、狭苦しい牢に閉じこめられましてな」

だが、謀反を起こした当の村重は、昨年の九月に有岡城から脱出し、いまでは毛利に身を寄せている。主を失った城は昨年の十一月、滝川一益《たきがわかずます》の手によって落ちた。それまでの約一年も牢中に膝を屈していたところ、脚が萎《な》え、しかも全身を皮膚病に冒されるにいたったと、官兵衛はとっておきの笑い話でも聞かせるように語った。救出されたのち、有馬温泉に担がれて療治をつづけた結果、ようやく陣中に復帰できるまでになったという。

身の上を語り終えると、涼山の前に置かれた粥に目をやりながら尋ねてきた。

「召し上がらぬのでござるか」

涼山は、かぶりを振った。

「拙僧のみが、この粥を喰うわけには……」

官兵衛の顔から、それまでの悪童のような笑みが消えた。そして、急に詫び、恥じ入る顔つきになった。

「ただちに下げさせまする」

深く頭を垂れるや、おう、おう、と外に待っている者を呼び入れた。侍者が飛んできて、さっさと鍋を持ち去った。

喰うわけにはいかないと啖呵《たんか》を切った涼山ではあったが、粥が目の前から持ち去られるとき、未練を含んだ唾液が口中に湧いたのを感じた。直後に、胃袋が蛙《かわず》の群れがいっせいに鳴いたような音を立てた。涼山は思わず顔を伏せたが、官兵衛は素知らぬ顔で、唐突に本題に入った。

「別所どのにもお立場がござろうが、筑前守どのにもお立場がござる」

話し始めると、体の掻きむしり方が激しくなった。

「城を囲んで二年ゆえ致し方あるまいが、筑前守どのは安土の上様には『別所長治ごときの首を落とすに、何をもたもたしておる』とお叱りを受け、幕下の方々からは『はよう総攻めの下知を』、『それがしに先鋒を』とせっつかれてござる」

「何をおっしゃりたい」

涼山は早く羽柴方の考えを知りたくて、急《せ》かした。官兵衛は頷くと、顔を曇らせた。

「御城主の御後見、山城守どの一人の命をもって、三千の城兵の命に代えるわけにはまいりませぬ」

「あくまでも城に攻め入り、兵らを撫で切りにすると申されるか」

「さにあらず。城兵は助け申す。されどそれには、筑前守どのの面目が立つようにしていただかねばなりませぬ」

「面目とは……」

尋ねると、官兵衛の表情の曇りようは、どす黒いまでになった。

「山城守どのに加え、御城主、およびその御舎弟（友之）にもお腹をお召し下されたく」

「お三方の奥方、および若君、姫君はお許しくださるか」

官兵衛は首肯した。

「筑前守どのは、御内室および御子らは別所孫右衛門どのに預けようと仰せにござる。上様も、別所どのに対しては、荒木どのに対するほどのお恨みはお持ちではありますまい。御城主、御舎弟、御後見の首が揃い、三木城を乗り取りさえすれば、それ以上のご誅伐《ちゅうばつ》は加えられぬものと心得ます」

涼山は官兵衛の視線を受け止めたまま思案した。

別所方は、もはやみずから多くの条件をつけられる立場ではないし、もとより長治は城兵を助けるためであれば死ぬ覚悟でいる。ここで妥結すれば、長治兄弟の命を助けることはかなわないが、長治の面目は立てられるはずだ。無論、七郎丸も救える。

だが一つ、気掛かりなことがある。これが羽柴方の奸計《かんけい》にすぎず、長治以下三名が切腹したうえで、秀吉はなお麾下の兵に、城兵に対する暴行を許すかもしれない。涼山が迷っていると、心中を見透かしたように官兵衛は述べた。

「それがしは、播磨の山河に育てられ申した」

それだけ述べればわかるだろうとでも言いたげな、悪童の笑みが戻っている。

「播磨の民が命を落とすのを見て嬉しいはずもござらぬ。さきほど、二人きりになったおり、筑前守どのに手をついてお願い申し上げた。城兵をお救いくださりませ、と……それがしは外様ゆえ、みなの前ではさようなことは申し上げづらいでの」

官兵衛は、ここだけの話だとばかりに身を乗り出し、声を低めた。

「実は、筑前守どのにも城兵を殺すおつもりはござらなんだ。貴殿も申されたとおり、逃げ場を失うた城兵が最後の死力をふりしぼって戦えば、こちらも多くの犠牲を出しましょうし、悲惨な戦いは必ずや恨みをこの地に残し申す。さきほど、筑前守どのが貴殿に『下がれ、下がれ』と怒鳴られたのは芝居にござるよ」

くすっと笑い声を立ててから、つづける。

「脚の萎えた、見苦しい男でござるが、それがしの言を信じてはいただけませぬか」

膝に拳をつき、官兵衛は恭《うやうや》しく頭を下げた。

この仁は竹中半兵衛と同様に目端《めはし》の利く男だが、半兵衛に比べてその才気を臆面なく、大袈裟なまでにあらわすところがあるようだと思った。それが悪童のようないかがわしさをただよわせている理由であろうが、しかし、その芯のところには半兵衛と同じく信義を重んじ、人命を愛する心が息づいていると見た。涼山は、この男を信じることに決めた。

「ご厚情、いたみいる」

涼山は、床に手をついて平伏した。

「これより直ちに城に立ち返り、その条件で御城主のご裁可を仰ぎまする」

「もし、ご裁可いただけましたならば、いかがなさりましょう」

「三名切腹のかわりに城兵の助命をお願いする旨を記した書状を、御城主小三郎長治どの名義にてあらためてお送り申し上げる。別所譜代の家臣に書状を持たせ、これまでも和議を申し入れておった浅野弥兵衛どののもとに遣わしましょう」

「なるほど」

「切腹は明後日、十七日の午後。そちらよりの御検分役の到来を待ちて、城門を開き申す」

「結構でござる」

言うなり、官兵衛は涼山の手を取り、顔を上げさせた。涼山は上体を起こして官兵衛と正対したとき、肩の荷が下りた思いにひたった。

そのとき、戸が開き、番屋の中に入ってきた足軽がいた。官兵衛の指図を仰ぎもせず、ずかずかと板敷にあがってくるや、尊大に言った。

「話し合いは終わったか」

秀吉だった。足軽に化けて、一部始終を盗み聞いていたようだ。

官兵衛も驚いて頭を下げているところからして、聞かれていることは知らなかったらしい。輪に加わって腰を下ろした秀吉は、さきほどとは打って変わって上機嫌に言った。

「許せ、官兵衛。そちにすべてを任せるつもりだったが、談判の結果をどうしても早く知りたくなっての。わしの悪い癖だ」

　畏《かしこ》まる官兵衛から、こんどは涼山に目を移した。

「よいか、わしは官兵衛を弟の小一郎同然と思うておる。よもや官兵衛に恥をかかすことはない。こたびばかりは安堵せよ。城主以下の三名が切腹いたさば、かならずや城の士卒は助けよう。この地で濫妨狼藉をする輩は、厳罰に処す」

「ありがたき仰せ」

「涼山よ、ほんにようやってくれた。だが、まだ相談いたさねばならぬことがあるのだ」

　秀吉は尻をすって前へ出た。

「乙御前のことだ。あれがなくなったことは、みなには内緒にしてあるのだ。安土に密告されたら、えらいことになるでの」

　秀吉はささやいた。

「たしかに、そちが持っておるのだな」

「開城の後、ご返上申し上げる」

　傷はついてしまっているが、茶器などというものは逸話が加わればかえって珍奇さが増すものだから、勘弁してもらいたいと思っている。戦勝の吉例を示すものとして次の戦いの前に披露し、諸将に茶をふるまえばよい。

「もし無事の開城がかなわぬ折には、三千の城兵とともに無《の》うなるかもしれませぬが」

涼山がすまして言うと、秀吉の小さな体がたじろいだ。

「阿呆。こたびは安堵せよと申したはずじゃ。物騒なことを申さずともよかろう。しかも、別所の降伏をなしとげたそちのことだ。乙御前は言い値で買い戻してやってもよい」

そこまで言って、秀吉は涼山の膝を掌ではたいた。親愛の情を示しているようでもあり、目を覚ませと諭しているようでもある。

「そんなけち臭い話より、もっとよい話があるぞ。開城ののち、そちはいかがするつもりだ」

はたと、涼山は思案した。城を落とす手立てばかりを考えて日を送ってきたが、城が落ちたあとどうするかなど、これっぽっちも考えたことはなかった。

大運和尚のもとには戻れないと思った。老師は涼山を寺から追い出したとき、「里で仏に会ったら、山の仏は去ってしまったと伝えよ」と言っていた。よくはわからないが、寺の外で仏道修行をして来いという意味だろうとは想像できる。だが、あれから何も進歩していない自分をかえりみるに、伊吹山に帰ったところで、また追い出されるだけだろう。

「わしに仕えぬか」

秀吉は、皺くちゃの笑顔で言った。

「これより毛利という大敵を倒すために、ぜひにそちの武略を貸してもらいたい」

涼山はかぶりを振った。

「おやめなされ。また裏切りますぞ」

「そちというやつは……いつまでも主を変えておる時代ではないぞ。もうじきこの乱世は、織田家がおさめる。上様が天下の主となられるのだ」

それについては、涼山の意見は秀吉のものと一致していた。もうじき信長は天下を取るだろう。だが、自分には侍に戻ろうという気はさらさらない。

「半兵衛どのにも何度も申し上げてまいりましたが、出家に仕官の望みはござらぬ」

秀吉は額に皺をつくって困惑を示した。

「乱世をおさめねば、王法も仏法も世に行われまい。上様が天下布武のお志をお助けし、乱世をはやく終わらせんとするは天の仕事、仏の仕事。ようく思案せよ」

なるほど、そのような説得の仕方で来たか。一理はあろうと思ったが、涼山は逃げた。

「いまは、無事開城が行われるよう働くことしか考えられませぬ」

ごもっとも、と官兵衛が応じた。涼山の言に感動したらしく、目に涙をためている。秀吉もこの場での説得はあきらめたようで、大きな溜め息をついた。

「飢渇に苦しむ者のもとに、一刻も早く、和議の報せをもたらしてやりとうござる」

涼山はそう言って立ち上がった。秀吉は舌打ちしながらも、番屋の外まで涼山を見送った。

また案内されて城へと向かおうとするとき、秀吉が言った。

「涼山、城門が開かれた暁には使いを差し向ける。そのとき、わしのところに来い」

涼山は振り向き、一瞬あいまいに笑うと、すぐに背を向けて歩み出した。

四

目を覚ましたとき、生死之介には自分が寝ていたことが意外だった。ひどい頭痛がし、人の話し声が遠くに聞こえて、水底に突き落とされたように感じられた。ときどき、近くで風の音がした。周囲は暗く、昼か夜かもわからない。

「いつまで寝ている気だ」

降魔丸か、と気づき、体を起こそうとした。そこで、後ろ手に縛られていることを悟った。足首にも荒縄が巻かれている。しかも、法衣をはがされ、褌だけしか身につけていない。寝ているのは地面の上で、急に寒さに襲われた。

赤鎧の降魔丸は、炎の上がった、野鍛冶《のかじ》が用いる小型の炉を鉄串でいじっていた。火を強めるために、ときどき鞴《ふいご》の把手《とって》を前後させる。それが、風音の正体だった。

その火で、周囲の様子がわかってきた。四方は野面《のづら》の石垣で囲まれており、ここは櫓の基部と思われた。また、すぐそばに狗阿弥が立って見下ろしている。

そこで思い出した。布施の代わりに狗阿弥の水筒の水を飲んだところ、頭痛がして足がもたついた。こめかみに強い衝撃を受け、倒れた。それ以降の記憶はない。

騙された自分の愚かさを悔やんだが、しかし、降魔丸の目的がわからない。火の中には鉄串が何本も突き立っている。それを動かすたびに、不気味に微笑んでいるようにも見える面頬が、強く照り輝いた。

「正体を申せ」

降魔丸はこちらを向きもせず、火だけを見つめて言った。

「うぬらは、ただの僧ではあるまい。涼山もかつての北枕だが、大村の合戦では、うぬも大いに活躍したという。さほどの剛の者が、そうそう連れ立って歩くものではない」

降魔丸の口ぶりは、あくまでも淡々としている。生死之介は、笑って言った。

「いつもは坊主らしく、大人しゅうしておるわ。御大将の御馬廻が米をほったらかしにして逃げてしもうたから、必死になって暴れざるを得なかったのだ」

「そこが、わからぬところだ。いったい、誰の意を受けておるのか。敵か味方か」

「子細はない。我らは、小早川左衛門佐どののもとに身を寄せていた。そして、敵への内通を企てている者がいるのを別所の殿に伝えるため、城に来た。……だが、もう敵も味方もあるまいて。殿さまが降伏を決められたのだ」

降魔丸は二尺ほどの鉄串の端を革布でつかんで、炎の中から引き出した。先が夕陽色に焼けている。掌に革を巻いた狗阿弥に渡す。狗阿弥はそれを持って、生死之介の側に寄ってきた。二人がやろうとしていることは知れた。

「はたして、降伏が本当に殿の御意なのかどうかを確かめねばならぬ」

焼けた串を持つ狗阿弥の顔は、無邪気に笑っている。串の先が、生死之介の剝き出しの太股に近づけられた。生死之介は、さすがにぞっとなった。

「なぜだ。殿さまがどう思し召しであろうと、城はもともと落ちる運命にあろう」

降魔丸はそれには答えず、問うてきた。

「吉川駿河守どの配下、桂兵助どのが、小早川どのの陣中を調べた。涼山、九得などという坊主を知る者はいなかったという」

「毛利びいきの坊主など、この世にどれほどいると思うておる。短いあいまに、すべてを調べられるものか」

「確かにの……だから、うぬに直《じか》に聞くことにした。城で何をしていたのだ」

降魔丸は狗阿弥と目を合わせ、それからつづけた。

「申さねば、串がうぬの脚を焼く。焼かれた脚は、いずれ腐るだろう」

「何をしたもない。御脇差を届けたあとは、長屋でじっと暮らしていたまで」

降魔丸は知らぬ顔で、淡々とつづける。

「腐った肉の毒はやがて全身に広がり、脳を冒すぞ。うぬは狂って死なねばならぬ」

「うぬらは、人を痛めつけることを楽しんでいるだけだ」

罵ったが、狗阿弥は生死之介の右腿に串先をあてた。湯気が上がる。生死之介は、歯を食いしばり、唸った。串は肉の奥にめり込んだ。内側から焼かれた太股全体が赤紫に変じ、吹き出した血が、一瞬にして蒸発する。激痛が足首や、腰を越えて背骨にまで伝わり、意識を失いそうになった。そこで、串は脚から抜かれた。腿には黒く焦げた穴が開き、血がなおも噴き出している。あたりには、焼けた肉の臭いが鼻を刺すほどに漂う。

狗阿弥は、冷めて赤い光を失った串を降魔丸に戻した。降魔丸は受け取ると、焦げた血のこびりついた先を、炎のうちに突っ込んだ。そうして紅に焼けた別の串を、狗阿弥に渡してやる。狗阿弥が歩み寄ってくると、鼻水まみれの生死之介は身じろいだ。

「もう一度、尋ねる。うぬらの真の目的を申せ」

「すべてを話したのだ。これ以上、何を申せばよい」

「もう城は落ちる。それほど気張って、身命を粗末にすることもあるまい」

降魔丸の冷ややかな言葉に、生死之介は自分が震えていることに気づいた。そうして、これではならぬと覚悟を強くした。自分が少しばかりでもこれまでの経緯について口を割れば、降伏をよしとしない者どもに戦闘継続の口実を与え、涼山の努力を無にすることになる。ここが、踏ん張りどころだ。尼子十勇士、寺本生死之介の、もののふとしての真価が問われるのだ。

「うぬらは、臆病者よ」

脚の激痛をこらえながら、生死之介は不敵に笑って言った。

「何を」

間近で、狗阿弥がすごんで見せた。生死之介はもう一度、鼻で笑った。

「自分ならば、焼けた鉄串を刺され、足が腐って死ぬとなれば、縮みあがって口を割ると思っているのだろう。だから、同じことを俺にしようとするのだ。情けない奴らだ」

黙れ、と狗阿弥は度を失って叫んだが、生死之介は黙らなかった。

「俺の足に穴を開けるたびに、震えているのはうぬらの心胆だ。百本でも、千本でも串を刺せ。そうして、そのたびにがたがたと震えるがよい」

「まだ申すべきことを申さず、申さでよいことを申す気迫が残っているな」

降魔丸は狗阿弥とは違って、あくまでも取り乱さない。

「申すべきことがないから、申さぬまで」

「いずれうぬの気迫が失せ、泣いてすべてを白状するときが来ると思うと、欣快これに過ぎることはない」

直後に、生死之介は悲鳴を噛み殺した。また鉄串が、さっきの傷穴から二寸ほど下がった位置にめり込んだからだった。柱が立ったように、血と湯気が激しい勢いで噴き出した。

全身の痙攣が止まらず、涙と鼻水があふれる。舞い上がる煙の向こうで、狗阿弥は引きつった笑い声を立てた。ようやく串が引き抜かれたと思ったら、狗阿弥はまた新たな、焼けただれた串を降魔丸から受け取る。

「どうして、多聞櫓で夜回りを殺《や》った」

ぼんやりとした目の先に、降魔丸はきらめくものを放った。地面に落ちたのは、楓に渡したはずの三日月形の寸鉄だった。

「これは、うぬの持ち物だな。夜回りのあの喉の傷……この寸鉄で突けば、あのような奇妙な傷がつく」

楓の安否が案じられて、苦痛のために朦朧《もうろう》としていた生死之介の意識がはっきりした。

「連れて来い」

降魔丸が戦場声《いくさばごえ》で命じると、重たい扉が軋《きし》った。外からうっすらとした光が入ったかと思ったら、縛られた者を、二人の足軽が引っ立ててくる。

降魔丸の炉の脇に引き倒されたのは、やはり楓だった。生死之介と同じように手足を縛られていたが、その顔を見たとき、目をつむりたくなった。ひどく打ちのめされたものと見え、両目とも、ほとんど開けることもかなわないほどに腫れ上がっていたのだ。眉の下には、土に箆《へら》で痕をつけたような筋があるばかりだ。左側の顎もいびつに膨れ上がっている。

「ここのところ、楓を見かけないことが多くなった。そこで折檻したところ、このようなものを所持していることがわかった」

と、降魔丸は寸鉄に顎をしゃくった。

「にもかかわらず、うぬとなど会っておらぬなどと嘘をつく。女は汚い生き物だ」

生死之介は身をよじって叫んだ。

「痛めつけるなら、俺を痛めつけろ。楓を放してやれ」

「こちらの申す通りにいたさば、放してやる。うぬらはもともとこの城を落とし、別所家を滅ぼそうと企てていた。そうして、殿をたぶらかした。そのように、山城守どのをはじめ御歴々の前で白状するのだ」

「そうまでして戦をつづけて何になる。ただ屍が増えるだけだ」

「こちらの申す通りにしなければ、楓の耳鼻を削ぐ」

「やめろ」

冷静に言ったつもりだったが、声が揺れた。楓は、細い目から涙を流している。

不憫な奴だと思った。自分の不甲斐なさを思いながら、心中で、許せ、と念じた。

俺は、そなたに惚れている。そなたは本当に愛すべき、美しい女だ。だが、そなたの耳や鼻と、城兵三千の命とを取り換えるわけにはゆかぬ。許せ、楓。許せ。

「俺は、平気だ……」

楓が消え入るような声で言った。

「耳や鼻などなくとも平気だ……奸《かまり》には、鼻などいらぬ」

腫れ上がって、表情もつくれない顔ながら、涙に濡れた目をいっそう細めて、めいっぱいに笑って見せようとしているのがわかった。

「鼻のない男女ができあがるとは、欣快の至りだの」

そう言うと、降魔丸は喉を鳴らして笑った。

五

涼山は三木城の大手門へと向かっている。羽柴秀吉と小寺官兵衛が見送ったということもあって、周囲を固める兵たちの態度は、来たときとはうってかわって丁重なものになった。涼山の歩調にあわせて、黙って同行する。

羽柴勢はあちこちに兵が休む長屋を建てていたが、負傷兵が集められているところもあった。本日も戦いがあったらしく、そこに傷ついた者が担ぎ込まれている最中だった。

もう数日早く和議が整っていたら、あの者たちは傷つかずにすんだかもしれず、同様に開城が一刻でも遅れれば、死ななくてよかった者がまた死ぬことになるかもしれない。そう思って涼山は足を速めたが、すぐに立ち止まってしまった。長屋から、水干《すいかん》の袖を翻して、女が走ってきたのだ。見知った顔だが、誰だかは思い出せない。

「御坊」

叫び声を聞いて、秀吉の寝所にいた白拍子だったと気づいた。

「おう、そなた」

傷ついた者たちに立ち交じり、その塞いだ心をあの明朗な声で慰めていたのだろうと思うと、褒めてやりたい気分だった。だが、駆けてくる女は怖い顔をしている。

「おう、ではござらぬぞ」

白拍子は、涼山の胸を拳で強く叩いて止まった。

「御坊のお蔭で、御大将のもとを追い出されたわ」

どうやら、涼山の頼みを聞いて乙御前を盗み出したため、秀吉の不興《ふきょう》を被ったようだ。

「徒然ではなくなったであろう」

涼山が笑いながら言うと、白拍子は鼻に皺を寄せ、また拳をあげた。だが、すぐに心配げな、もっと言えば哀れむほどの顔つきになった。

「痩せられたの、御坊。骨が立っておるようじゃ」

涼山は薄汚れた法衣から突き出た、細くなったおのれの腕を見た。

「お城においでてござったのか」

涼山は頷くと、言った。

「すまぬことをしたが、約束を破ろうとは思うておらぬぞ」

「大枚を下されると申されるか」

目が疑っている。だが、口元はやわらかく笑みを浮かべていた。べつに涼山が嘘をついていても、さして構わないと思っているようだ。

「もうじき、戦は終わる。城門が開かれ、城兵は助けられる」

「まことか」

女の目が大きくなった。充血している。

「そのとき、門の外で俺を待て」

興奮気味の白拍子は、素直に頷いた。大ぶりの袖をゆすって、手を振る。涼山は案内の者に囲まれて、また歩き出した。

大手門のあたりに来たとき、涼山はもとの場所に戻ってきたとはしばらくわからなかった。楠の一枚板に鉄を張りつけた門扉は左右とも横倒しになり、柱には無数の弾痕がある。

だが、羽柴勢は攻撃を中止したと見え、一帯はがらんとしていた。おそらく、和議を有利に進める示威のために、別所自慢の門を崩したのだろう。あの大手門さえ崩れるようでは、厳しい条件も呑まなければなるまい、と別所の歴々に思わせるためだ。

涼山は案内の者どもの前で合掌すると、門の残骸の奥へと一人で歩んでいった。

御殿に到着したとき、長治は奥の座敷に、弟の友之と二人だけでいた。

その日の朝に城を出て、午後に帰ってきただけのことだが、一日千秋《いちじつせんしゅう》とはこのことで、長治は懐かしい客人のごとく涼山を迎え入れた。涼山自身もまた、長い旅から戻ったような憔悴をおぼえている。

部屋には三人しかおらず、自分が長治や友之にとってそれほどに近しい存在になっていることが夢幻のようであったが、その夢幻性は、この関係が別所兄弟の死によってまもなく終わろうとしていることによっていっそう強められていた。

「いかがであったか」

問われても、涼山は答えられなかった。結局のところ、長治と友之の命は救えなかったという忸怩たる思いがあったからだ。

「和議はならなかったのか」

友之が癇《かん》をあらわにして尋ねてきた。長治より二歳下の弟は兄よりてらいなく感情をあらわすところがあり、そこには可愛げさえ感じられた。そのような主のためには兵は身を粉にして働きたがるもので、なかなかの将器《しょうき》ではあるまいかと涼山は思った。しかし、これといった武功を立てる機会もないまま、友之はいま死のうとしていると思うと、かえって曖昧に答えてしまう。

「いや……それが……」

長治が、すべてを悟ったような笑顔をつくった。

「山城のほかに、我ら兄弟も腹を切ることになったのだな」

「は……城兵の命を救いたくば羽柴筑前守どのの顔を立ててくれ、と小寺官兵衛どのに頼まれ申した。それには、是非ともお三方お揃いでなくては、と」

それから、長治は官兵衛のことについて、あれは御着《ごちゃく》の小寺の被官か、たしか摂津の荒木のもとに捕らわれたと聞いたが、などとおっとりと弟に語りかけた。だが、友之はそれどころではないとばかりに、急いて涼山に尋ねる。

「では、城兵は救われるのだな」

「お三方の御方さまがた、御子さまがたにおかせられても、お咎めはございませぬ」

友之は緊張を解き、背骨を歪めた。だがすぐに、癇を取り戻した。

「なぜ、それをもっと早く申さぬか」

「申し訳もございませぬ」

涼山はにじり下がって畏まり、頭を下げた。だが、友之の怒りはおさまらない。

「無礼なり。人を侮るのも、いい加減にせよ、涼山。我ら兄弟、下々の命と引きかえに腹を切ることなど、もとより覚悟の前だ」

「伏して、お詫び申し上げる」

長治が立ち上がった。平伏している涼山のもとへやってくると、目の前に腰を据え、床の上の両手を取った。

「礼を申すぞ、涼山」

涼山の手の甲に、長治の涙がこぼれた。長治はさらに何やら言おうとしたが、感激のあまり言葉にならない。友之もそれを見て、落涙している。

涼山も感涙をもらいかけたが、ゆったりと構えているわけにはゆかない。

「恐れながら、こちらが条件を受け入れたしるしに、火急に羽柴の陣中に御書状を送らねばなりませぬ。もたもたいたさば、和議は決裂したものとみなされ申す。すぐさま御右筆《ごゆうひつ》をお召し下されませ。それから、御譜代の御方から御使者をお選びを」

「あいわかった。が、その前に、この長治の最後の願いを聞き届けてもらいたい」

余人には頼めないといった真摯《しんし》さが、若い双眸《そうぼう》にあった。涼山も頷かざるを得ない。

「余の正妻は名族の生まれ。ゆえに虜囚の辱《はずかし》めは受けられぬと申し、我らが腹を切るに際し、悴どもを道づれに後を追うと申して聞かぬ」

涼山は、おのれの顔から血潮が失せるのをおぼえた。長治らの子供の誰が死んでも哀れに過ぎるが、中でもやはり、七郎丸の肌が刃を受けると思うと体の中心が冷たくなった。

「子らを助けてやってくれ。死なせぬよう、見張ってもらいたい」

「承知」

「妻妾どもと子どもを孫右衛門のもとに届けてくれ。頼んだぞ」

涼山が困惑するほどに、長治は身を屈めるようにして懇願した。それから、長治は右筆を呼び、涼山が述べる文面を書き取らせた。

……運、既に極まりぬ。何ぞ臍《ほぞ》を噛まんや。長治、山城守、彦之進（友之）両三人の事、来る十七日申《さる》の剋（刻）、切腹すべく相定《あいさだ》め畢《おわん》ぬ。残る士卒、雑人已下《いか》、科《とが》なく首を刎ねらるべきの段、不便《ふびん》の題目なり。憐愍《れんびん》を以て助け置かるるに於《おい》ては、今生《こんじょう》の悦び、来世の思い出、何事か此《こ》れに如《し》かんや。……

すなわち、「すでに武運が尽きた以上、臍を噛んで悔しがっても仕方がないので、長治、山城守、友之の三人は来る十七日の申の刻（午後四時頃）に切腹することに決めた。残りの士卒や庶民が罪もなく首を刎ねられるのは不憫であるから、哀れみをもって彼らを助けてもらえるならば、これ以上の今生の悦び、来世の思い出はあるまい」といった内容である。

手紙が出来上がると、長治は使者として近習の宇野右衛門佐《うのえもんのすけ》を羽柴の陣中に派遣した。羽柴勢も使節の到来を待ちかまえていたのだろう、その夜のうちに、宇野に返書を持たせて帰した。涼山は、長治とともにそれを見た。

……来る十七日申の剋、長治、友之、吉親（山城守）自害致され、残る士卒雑人已下助け申されたきの由、誠に大将、士を愛するの道、前代未聞の良将と謂うべし。其の心底を感じ、落涙留まらず。右三人生涯（生害）に於ては軍卒赦免の事、少しも相違あるまじく候。……

およその意味は、「来る十七日の申の刻に長治、友之、山城守が自害なされる代わりに残る士卒や庶民をお助けになりたいとのことだが、これこそ本当に大将が士を愛する道であり、あなたがたは前代未聞の良将と言うべきである。その心底に感動して、私も涙が止まらない。右の三人が自害するにおいては、軍卒の命を助けることには少しも相違はない」といったところだろうが、〈落涙留まらず〉という件では、涼山と長治は二人して失笑した。別所氏の最後を飾るための秀吉一流の美辞麗句であることが見え見えだからだ。

しかし、それを知りながらも、長治は満足げに微笑んだ。

羽柴勢からは、返書とともに、酒樽二十と肴《さかな》三荷《か》も届けられた。これも、「主従にて別れの宴をせよ」という、武士の情けを演出するためであろう。

その夜、涼山は御殿で、長治と四方山話《よもやまばなし》をして過ごした。涼山が語る琵琶湖の魚の旨さや、四季の景色の美しさなどを、長治は熱心に聞いた。また、禅寺でのさまざまな失敗談を聞かせたときには、そばの者どもが驚くほどに長治は笑いころげた。

翌十六日の早朝、長治は、それぞれの持ち口の大将たちだけでなく、ともに籠城している国人や、村々の代表も御殿の庭に呼び寄せた。長治が殿上にあらわれたとき、庭には酒《しゅ》肴《こう》が積まれ、また、武者と庶民がそろって膝を折り、頭を垂れてぎっしりと並んでいた。涼山もまた、濡れ縁の近くの地面に座していた。長治は縁へと歩み、朝日に身を晒した。

自分を主と慕う者たちの前で、東播磨の雄と呼ばれた別所の幕引きを宣言しようとしている長治は、一同をゆっくりと眺めまわし、それから、おもむろに語り出した。

「去る天正六年三月上旬より当年にいたるまで、堅固に城を保ってまいった。それも、面々が武勇に達し、義を専《もっぱ》らにし、名を重んじてまいったがゆえだ。余は嬉しく思うぞ」

庭一面に、もったいない、という言葉が満ちた。

「さりながら、運命極まりて城中の糧食が尽きたるうえは、もはや戦っても詮《せん》なきことだ。よって秀吉に『明くる十七日申の刻、余と余が弟友之、さらに家老山城守は自害いたすゆえ、残る士卒雑人を助け候え』と言い遣わしたところ、快諾の返事をよこしてまいった」

呼吸の音すら聞こえない。みな、長治の言葉に耳を傾け、その意味を飲み下そうとしている。

「みなの者よ、城より出たる後は、親族相和し、隣人憐憫の心をもって、家業家作に励んでくれ」

まるで風に灌木《かんぼく》が煽られるように、庭にうずくまる人々が揺れ出した。みなははじめすすり泣いていたが、やがては地を打ち、天を仰いで泣いた。

長治もまた声を震わせながら、酒樽へ扇の先を向けた。

「これなるは、羽柴筑前守どののご厚情。ひと樽は、近しきものとの別れのために余がもらう。そのほかは、みなでわけよ」

泣き声に、「優しき殿かな」「殿さまのご厚恩忘るまじ」という一言葉が混じる。

涼山は、紫野の婿は別所という一大演目の幕を立派に引いて見せたという感慨に浸っていた。庭にうずくまる人々も、殿がいやいや死ぬのではなく、城兵の身代わりという役割を晴れ晴れとして担おうとしていることを知って、悲しみつつもどこかほっとしているのがわかる。彼らの目には、今後の生への希望がすでに灯りはじめているようにも見えた。

そのとき、地を削るがごとき音が近づいてきて、和んだ空気を切り裂いた。車輪の音だ。涼山が振り返ると、土車に乗った降魔丸が、燃える太陽を背にして庭にやってきた。その日は童頭だけに車を引かせている。

「しばらく、しばらく」

面頰の薄い口の奥で叫んでいる。人々が何事かとざわめいていると、今度は御殿の奥からも叫びが上がった。

「待て、待て。一大事が出来《しゅったい》した」

呼ばわりながら長治の隣にあらわれ、その足下に膝を折ったのは、山城守であった。涼山を睨みつけ、指さす。

「小早川左衛門佐どのの手の者というは真っ赤な嘘。この坊主は、羽柴筑前の間者よ」

降魔丸も呼応する。

「殿、恐れながら言上つかまつる。涼山は仏者の慈悲をかたりながら、その実、別所を滅ぼすためにこの城に入りたる者。騙されてはなりませぬぞ」

庭を沈黙が支配した。何を証拠にそのような、と涼山が声をあげようとしたとき、降魔丸の後ろから、四人の足軽が掻楯を支えてやって来る。彼らは縁の目の前まで来ると、楯にのせていた男を地面に投げ落とした。

ぐったりと地にのびた男は、生死之介だった。寒空に褌しか身につけておらず、剝き出しの脚はおびただしい血にまみれていた。すでに骸になったかとも思ったが、首を動かして息を吐いた。

「どうしたというのだ、九得」

生死之介の目には、涙と脂《やに》が溜まっていた。唇が動いている。

「涼山、すまぬ……」

この歴戦の手練が瀕死の状態で目の前にあらわれたこともさることながら、いつものふてぶてしさをまったく失っていることに、涼山は愕然となった。生死之介は、負け犬のような怯え切った目で虚空を見つめ、すまぬ、すまぬと泣いている。

「しっかりしろ、お主らしくもないぞ」

「俺は裏切り者だ。面目次第もない。許してくれ」

降魔丸は、泣きじゃくる生死之介を指さして言った。

「委細は、この者がすべて吐き申した。こちらから降伏を請わせ、城を落とすのは、もとより羽柴筑前めの策略」

しずまれ、と殿上から長治は罵った。

「それでも、よいわ。もはや、過ぎたことだ。いまは、城兵を助けることが――」

言いかけたのを、山城守が遮った。

「我ら三人が腹を切る代わりに城兵を助けるなどというは、目先をとりつくろう空約束に決まっておる。秀吉は、二年近くも籠城した武勇の城兵を根絶やしにするつもりだ」

「さにあらず。決して、さにあらず」

涼山は叫んだ。

「黙れ。この者を引っ捕えよ」

降魔丸が命じると同時に、足軽が殺到した。四方から手足をつかまれ、地面に顔を押さえつけられた。いそぎ猿轡《さるぐつわ》をかまされる。抵抗のしようもなく、生死之介と同じように縛り上げられた。

「者ども、ただちに持ち口に戻り、戦の用意をいたせ。和議は決裂だ」

山城守が命じた。

「待て、山城」

長治が抗弁しようとしたが、山城守はまた有無を言わさぬ態度で遮った。

「おめおめと敵の術策に乗れば末代までの恥。別所の御当主であれば、ご覚悟を決められよ」

まだ庭の一同は、魂魄を奪われたように動けないでいる。和議開城によって助命されるという安堵にひたっていたため、にわかな事態の転換に心の整理がつかないでいるのだろう。それを忌々しげに見て、山城守が地団駄を踏んだ。

「何をぐずぐずしておる。戦の支度だ。最後の一兵卒まで討ち死にするのだ」

そこでようやく、人々は具足や打ち物も重そうに立ち上がった。疲れた顔をひっさげ、痩せこけた足を動かして散開する。

どこへ連れて行くつもりかはわからないが、涼山も担がれるようにして引っ立てられた。

その背へ、山城守がなおも言うのが聞こえた。

「そもそも、士卒を助けるために将が死に、臣を助けるために主が死ぬなどという法があるものか。主を助けるため、臣が命を軽んずるのが義の道と申すものではないか」

猿轡を嚙みしめる涼山には、目に映る光景がくすみ、色彩が失せたように感じられた。

第九章　恨みもあらじ

一

　美嚢川に面した崖の上の多聞櫓は帯状に本城を守っていたが、隅は三層の高楼をなす。その一階に、山城守は兜立てを背にして腰を据えていた。部屋の四隅や主立った柱のもとには、敵に詰め寄られたときに火を放つため、薪も積みあげてある。

　戦いの準備をすすめる大将の本営であるから、伝令のために使番がひっきりなしに出入りする。山城守の前に引き出されていた涼山は、その使番の足音を聞きながら、無念さに浸っていた。猿轡は外されたものの後ろ手に縛られ、胸にも両腕の上から縄が巻かれていて、その縄尻は、後ろに座っている狗阿弥が握っている。

　久しぶりに山城守をまじまじと見たが、その面貌はかつてと同一人のものとは思えなかった。頬が鑿《のみ》で削ったようにこけているのは、飢えに苦しむ他の者と同じことだが、時が止まったごとく虚空を見つめる姿は、死体置き場の骸かと見まがうほどに精気が感じられない。

　山城守の両脇には腹心の衣笠八郎と、板床に土車を据えた降魔丸がうずくまっていた。衣笠はかつて、涼山が和議をまとめることに期待を寄せているようだった。しかし、事ここに至っては致し方なしと観念しているのか、白い顔で床板を見つめるばかりである。

　涼山を面前に連れ出しておきながら、山城守は声をかけて来ず、秀吉から贈られた酒を喉の奥に流し込むばかりだ。そのくせ、いらいらと近習を呼びつけては、胃薬である千振《せんぶり》の煎薬《せんやく》を持たせている。

　どれほど時がたってからだろうか、杯を置いた山城守はいま思い出したとばかりに涼山に目を留めて、咳払いのような声をあげた。

「料簡違いをするな、坊主」

　目のまわりの乾いた肉を、いびつに折り畳む。

「我らは騙されていたわけではない。前から、そちたちは怪しいと目をつけていたのだ。殿がご寵愛なさるゆえに、捕らまえずにおいたまで……殿の若さにも困ったものよ」

　そんなことを聞かされるためにわざわざ連れて来られたのかと思うと、馬鹿馬鹿しくて、返す言葉もしばし見つからなかった。

　羽柴秀吉と鉾を交えようと決定し、戦闘を指揮してきたのは山城守だ。それも敗北に終わり、山城守の失策はもはや否定できない状況になっているのだが、当人は胃袋を痛めつけながら酒と千振とを交互に飲んで、まだ虚勢を張ろうとしている。

「なにゆえに、さまでして負けたことをお認めになられぬ。勝負は兵家《へいか》の常。戦いて負けることはもののふとしての恥ではござらぬ。負けて取り乱すことこそが恥」

「このわしの、どこが取り乱しておると申すか」

目をいからせて叫んだ山城守は、言葉とは裏腹にわなわなと震えている。

「口を慎め」

降魔丸が援護するように叫んだが、涼山は意に介さなかった。

「すでに負けが決まっておるのに、この先なお戦い、無益に下々を殺そうとすること自体、取り乱し、正気を失うておる証。若き殿のほうが恥をわきまえておられる」

「馬鹿を申せ。我らは決して負けてはおらぬ」

山城守は売り言葉に買い言葉で、つい愚にもつかないことを述べてしまったのか、あるいは本当に狂しているのか、と涼山は迷った。疲れきった体から一挙に精力を吸い取られたような空しさをおぼえながら、説いた。

「窓の外をご覧《ろう》じよ。もはや、御当家の後詰めを買って出る者もなく、周囲は羽柴勢の旗だらけ。敵は城外のいたるところに柵や番所を設け、たらふく食った兵を配してござる。いっぽう、城内には米も、弾薬も残ってはござらぬ。どこに、勝ち目があると申される」

「ふしだらな者にはわかるまいの」

言葉を失っている山城守と衣笠にかわって、降魔丸が傲然《ごうぜん》と言い放った。

「命や寸土を惜しむうぬや、信長や、筑前にはわかるまい。我らはあくまで戦って死に、死ぬことによって、もののふの真の姿を明らかにするのだ。つまり、我らは戦には負けるが、もののふとして勝つ。いや、勝つのは我らではなく、もののふと申しても良い」

こやつらは、打ち揃って狂していると涼山は思った。理屈にも何にもなっていない。

しかし、降魔丸が何かとても華々しいことを言ってくれたという満足感をおぼえたのか、くすんでいた山城守の頬に赤みが差したように見えた。さらに、言葉も取り戻した。

「明日、敵の検分役どもの目の前で、そちと一味の坊主を磔に処す。かつて、我らに馳走してくれた教海寺の僧たちを、奴らが処刑したようにな。こちらも内通者の坊主どもを屠《ほふ》り、その腸をえぐり出すことによって、最後の決戦の狼煙とする」

山城守は欠伸をしているような大口で笑った。涼山はかっとなって問い質す。

「九得をどこへやった」

「寺本生死之介のことか」

降魔丸が答えた。

「じきに、そやつのところに連れていってやる。暗い、暗いところだ」

降魔丸は笑い声を立てた。

「尼子十勇士だなどとたいそうなことを申しておっても、うぬと同じだ。はじめはいささか気骨のある奴かと思うた。されど、よい仲になった女の耳鼻を削ぐと脅かしたら、途端に怖《お》じ気《け》づき、節を曲げおったわ」

赤鎧《あかよろい》の札《さね》が揺れて、かたかたと鳴る。

「あやつが洗いざらい白状したため、楓も礫にされることになった。鼻のある骸になるのと、鼻はなくとも生きておられるのとどちらがよいと思うておるのか……十勇士も、恐れを抱くと頭がまわらなくなると見える」

涼山は降魔丸に飛びかかってやろうと前に出た。だが、動けなかった。後ろから狗阿弥が縄を引いたのだ。胸の縛めが強まり、息が苦しい。

涼山の胸に屈辱感をできるだけ深く刻み込もうとするごとく、降魔丸は高笑いをつづけていた。いっぽう、山城守は涼山に対する興味をなくしたらしく、立ち上がり、雲を踏みしめるような足取りで部屋の端の階段に向かうと、上階にあがってしまった。

その姿を見送って、涼山は今度はこっちが笑ってやる番だと思った。

「すでに半分幽霊になっておるような大将についていって何になる」

何を、と怒鳴った降魔丸に、さらにするどく言葉をぶつけた。

「お主は別所を捨て、西国諸侯を頼って落ち延びるのではなかったのか」

衣笠がむっとした顔で降魔丸に目をやったが、当の降魔丸は身じろぎもせずに答えた。

「我らは義をあきらかにするために、欣快のうちに死ぬ。織田を討伐すべく全国の諸侯に決起を促すための死だ」

「とんだ笑い話だ」

　思わず身を乗り出した途端に、また後ろから縄を引っ張られた。苦しくて唾を吐いた。

「もはや西国の諸侯が上方に向けて出兵することなどあり得ぬと、お主にもわかっておろう。お主は義に殉ずるのではない。復讐がかなわなかった身の上を恨んで、憤死するにすぎぬ。それならば、一人で死ねばよい。なぜ、城兵三千を道づれにする」

　衣笠は蒼白な顔で黙っている。降魔丸は、先ほどの山城守のようにわなないた。

「一人で三途《さんず》の川を渡るのが、さほどに恐ろしいか」

　そう叫んだ直後、涼山は仰向けに倒され、後頭部を板の間に叩きつけられた。後ろからつかみかかってきた狗阿弥に引き倒されたのだ。目の前を火花が舞う。狗阿弥に馬乗りになられた。手甲をめり込ませるようにして殴って来る。顔が割れたかという衝撃だ。

「もうよい。磔刑《たっけい》に処すまで閉じこめておけ」

　降魔丸が命じたため、体の上から巨軀の重みが離れた。口中に血の味が溢れており、舌には何か固いものが触った。前歯が折れたようだ。涼山は降魔丸にぶつけてやろうと思って、歯を思いきり吐き出した。だが歯は届かず、血飛沫とともに板床にはりついた。

「涼山、いや、彦七郎」

降魔丸は、かつて浅井家の家臣同士であったころの呼び方に戻った。

「俺はうぬを認めていたのだ。同じ国に生まれ、同じ主に仕え、同じく武芸を磨いて手柄を立てた。だが、心根の深いところでは、うぬとはしょせんわかりあえぬ」

狗阿弥に引きずられてゆく涼山を、かつて赤尾左馬介と名乗っていた男は、氷片のように冷え冷えとした目で追いながらつづけた。

「だが今度だけは、うぬの薄汚れた根性の好きにはさせぬぞ。別所家は裏切り者を一匹も飼っていなかったことを天下に示す。滅亡の直前に、うぬらを磔にすることによってな」

狗阿弥は涼山を部屋の隅まで連れて行くと、床板を引き上げた。急峻《きゅうしゅん》な段梯子《だんばしご》がおりていた。下へ連れて行くつもりらしい。

「縛めを解け。降りられぬではないか」

転がされている涼山は、血を吐きながら言った。狗阿弥は黙って涼山の襟元をつかむと、床の上を引きずる。

「おい、何をする」

涼山は、床下へ突き落とされた。頭を下にして、仰向けに段梯子にぶつかる。階段の上をすべる背が焼けるように熱い。肩が段にひっかかり、脚が宙に飛び上がって、一回転した。脛を梯子に強かにぶつける。そのうえ、背中から地面に叩きつけられた。

体が痺れて動かない。俺はすでに事切れたのかもしれないとさえ思った。だが直後に、老師に大運寺門前の石段へ突き落とされたことを思い出した。あれに比べれば、落ちた高さは大したことはあるまい。まだ生きているはずだ。そう思って目を開け、見まわした。やはり自分がいるのは地獄でも極楽でもなく、野面の石垣が迫る暗い空間だった。

狗阿弥が後を追い、階《きざはし》を踏み鳴らして降りてくる。何をされるかわからないと恐れ、涼山は唸りながら地を転がった。板壁にぶつかる。

狗阿弥も板壁に近づくと、その一角を引き開けた。分厚い扉だ。狗阿弥はまた襟をつかんできた。涼山は左右に揺さぶられ、扉の向こうに放り込まれた。

ふたたび地面に叩きつけられたところで、扉が閉まった。上に建つ櫓の根太《ねだ》と石垣との隙間からうっすらと光が漏れてくるほかは、暗い。

「野郎、人を薪のように放りやがって」

涼山が罵りながら寝返りを打つと、近くで、涼山どの、と声がした。

女だ。縛られて、そばに横たわっている。光が少ないせいもあり、また女の顔がひどく腫れているせいもあり、はじめは誰だかよくわからなかった。だが、楓だと気づいた。

「そなた……鼻も耳もちゃんとあるようだな」

涼山が言うや、膨れた瞼の間から涙が溢れるのが見えた。同時に、泣き声も聞こえてきた。だが、それは楓のものではなかった。楓の頭のすぐ後ろに生死之介の顔があって、声をあげて泣いている。二人は壁に沿って並んで横たわっていた。

「涼山、俺を斬ってくれ。俺は見下げ果てた男だ」

斬れと言われても、縛られていては斬れるわけもあるまい。しかも、事がこうなっては、生死之介を責めたところで仕方のないことだ。何と声をかけてやるべきかわからないでいると、かわりに楓が怒鳴りつけた。

「まことに、お主は見下げ果てた男よ。俺は、耳や鼻などいらぬと言うたのに」

それから生死之介の口から漏れる声は、言葉にならなかった。まるで、狼の遠吠えを聞かされているようだ。

「おい、しっかりしろ。憎まれ口を利いておるくらいが、お主には似合っている」

いたたまれなくなって、涼山は言った。だが、生死之介の腿に目がいったとき、ぞっとなってふたたび言葉を失った。

生死之介の腿は黒い穴が開いて、倍以上の太さになっており、褌の先にもう一つの胴があるみたいに見えた。全身をがたがたと震わしているところから、高熱を発しているものと察せられる。熱のせいで、意識状態が普通ではなくなっているのだろう。

「おい、楓。生死之介のそばに行くぞ。体を温めてやらねばならぬ」

楓と涼山は芋虫のように生死之介の脇へ這っていった。二人で挟み込み、痙攣する裸体を温めてやる。だがいつまでたっても、震えも、無意味な叫びも止まらない。

「しっかりしてくれ、頼む」

楓が祈るように呼びかけたが、生死之介は涎《よだれ》を垂らしながら唸るばかりだった。

二

臨戦態勢にある三木城を、十六夜《いざよい》の月が見下ろしている。士卒の多くは暗くなっても幽鬼のように徘徊《はいかい》して、あちこちで寄り集まっていた。

山城守が本営を据えた櫓とは反対側の、南にある石垣のもとにも人が集まってきたが、誰も物を言わなかった。背の高い者や低い者、草摺の崩れた具足を身に着けている者や具足などない者、体のあちこちに怪我を負っている者や病んでいる者など、さまざまな連中が十人以上集まり、顔を突き合わせながら、木立のように押し黙っていた。そのくせ、目だけは何やら言いたげに、お互いの顔を窺《うかが》っている。

その沈黙を突如、呂律《ろれつ》のまわっていない声が破った。

「俺は、あの御坊を知っておる」

御貸具足《おかしぐそく》を身に着けた、百姓の儀助だった。酒臭い息を吐いている。

開城前の別れの宴をせよとの情けから秀吉が贈ってきた酒は、士気を鼓舞するために兵たちにふるまわれることになった。それぞれに分け与えられた量は微々たるものだったが、長らく酒とは無縁の生活を送ってきた儀助は、いささか酔っていた。

「俺は、知っておる」

儀助がなおも言ったとき、輪のうちの者がそのしつこさに呆れたように応じた。

「そりゃ、俺だって知っておるわ」

儀助は受け口を尖らせ、声の主を睨みつけた。

「阿呆。俺は、御坊が城に来たときから存じておる」

そうまで言われると、誰も言葉を返さない。枯れ葉を舞い上げる風だけが響いた。

しばらくして、儀助がまた口を尖らせて言った。

「あの御坊は、心底、俺たちを救おうとしてくれた……それが、明日、磔になるという。

納得がいかねえ」

風のせいだけではない震えが一同を襲った。声を低めて窘《たしな》めた者があった。

「仕方があるまい。お主、めったなことを――」

「申すな、か」

儀助は鼻で笑って応じた。

「さようなことを申さば、斬られるか。だが、申さずとも、俺たちは明日には死ぬ」

それから、自分たちとは違ってまるまると肥った月へ目を向ける。

「俺は二人の悴を別所家に捧げた。それでも、まだ奉公が足らぬと申すか」

儀助の顔は生来不満げに見えるようで、それは日頃、人々の揶揄の対象となってきた。

しかし、その日はその顔がいささかなりとも、おのれの言葉に説得力を持たせ、かつ、人々の心中にわだかまっていた不満の油に火をつける効験《こうけん》を持ったらしいと儀助は思った。腹をすかした者たちの目が、獰猛《どうもう》さをたたえはじめている。

「あの御坊は、いつも俺たちを助けようとしてくれた。大村の合戦でも、今度の和議の話し合いでも。しかも、我らを救うのは、殿さまの御意でもあるらしい」

そこまで儀助が言ったとき、人々はまた震えた。今度の震えは、内側からの熱に突き動かされたものに思えた。

その後も、うろうろと歩きまわり、屯《たむろ》する人影が絶えないまま、夜は更けていった。

腕組みをして座り込み、うつらうつらしていた儀助が目を覚ましたとき、十七日の朝陽が空を染めはじめていた。

儀助をゆり起こしたのは、見知らぬ足軽だった。

「噂を存じておいでか」

眉を吊り上げて、藪から棒に言う。

儀助が当惑していると、足軽は説明した。御殿の長治が山城守に「やはり下々が不憫であるから、翻心して余とともに切腹するように」と説得する手紙を送ったところ、山城守は無下に拒絶した、というのだ。

「それは、まことか」

周囲の者がざわつく。

「殿……」

儀助の隣で、槍にすがりながら泣いて立ち上がった者がいた。

噂を伝えに来た足軽は、すぐに別の人の群れへと駆けていった。

すっかり目を覚ました儀助があたりを見まわすと、槍の石突を地に打ちつけ、あるいは具足の胴を叩いて、群衆を相手に演説している者たちがあちこちにいた。

三

翻意を促す長治の説得を山城守が拒絶した、という噂は本当だった。山城守の周囲も綱紀がゆるみ、上層部の動きを下々に漏らす者がいたのだ。

だが、三層櫓の二階で、千振の茶碗をあおる山城守自身には、自分の態度が城兵たちにどのような影響を与えたのかはわかっていない。昨夜もあまり眠れなかったために頭がはっきりせず、表がやかましいようだとは思ったが、立ち上がる気にもならなかった。

そこへ、近習が駆け込んできた。濁声《だみごえ》で何やら喚いているが、両耳に水が入っているようで、ほとんど意味がわからない。謀反がどうのと言っている。

促されるままに、山城守は長刀《ちょうとう》を手にして立ち上がり、階段を降りていった。一階には大将の馬廻衆が詰めていたが、どいつもこいつもひどく慌てた様子だ。土車に乗った降魔丸もいたが、この剛の者すら動揺しているらしく、何やら早口に喋っている。山城守を見るや、みながいっせいに、櫓の入り口の鉄張りの扉を指さして、御大将、御大将と訴えかけてきたが、そう一度に話をされては聞き取れるはずもない。頭もがんがんしてきた。

「やかましい」

怒鳴りつけると入り口に向かい、重たい扉を引き開けた。目の前には石段が降りていて、その先には御殿と櫓に挟まれた広場があった。外へ顔を出したとき、その広場を、槍や弓を手にした城兵が埋め尽くしていることに気づいた。

「何の騒ぎだ」

自分の声まで、遠くに聞こえる。

「油断するな。戦はいつはじまるかわからぬぞ。持ち場に戻るのだ」

山城守は、おのれの喉から声が出ていないのではないかと疑った。大将たる自分が確かに命じたはずなのに、誰も動こうとしないからだ。

城兵どもを一塊《ひとかたまり》に把握していた山城守は、そこではじめて、一人一人の顔を注視した。ある者は憤っているように、ある者は悲哀に浸っているように見えた。ただはっきりしているのは、大将の下知を受ける気を一様に失っているらしいということだった。

「御坊らを放て」

天に槍を振り上げて叫んだのは、受け口が尖った男だった。以前に涼山の側に立ち、反抗的な態度を取った奴だ。

「誰に向かって物を申しておる」

山城守は、野良犬を蹴飛ばすような剣幕で怒鳴りつけた。ところが、相手は山城守に背を向けると、参集している一同に向かって言った。

「御坊、頼むべし。山城、頼むべからず」

すると、群衆の方々から、儀助どんの申す通りだ、御坊を返せ、と声があがった。声は重なり合って、地鳴りのように迫ってきた。中には、「山城守、その首を寄越せ」などという声まで聞こえる。

「成敗してくれる」

頭に血が上《のぼ》って叫び返したとき、空が啼《な》き、一本の矢が山城守の胴鎧に突き立った。鏃《やじり》は肉には届かなかったものの、山城守は後ろの板の間に仰向けに倒れた。

二の矢、三の矢が城兵たちのうちから襲ってくる。矢は櫓の天井板や柱にも刺さった。

馬廻衆が山城守の体を室内に引き入れた。そこへ、御坊を返せ、山城の首を寄越せ、と口々に叫ぶ兵たちが殺到する。馬廻の武者は急いで扉を閉めようとしたが、扉と框《かまち》との間に槍が何本も差し入れられて、閉められない。

櫓の狭間からは、弓、鉄炮で応じた。室内は、一挙に硝煙で満ちた。

「犬どもめ」

降魔丸も鉄炮を放って逆徒を一人屠ると、今度は大きく湾曲した半弓《はんきゅう》を取り上げて、狭間からすばやく連射した。

しかし、馬廻の者どもがいくら射すくめ、追い払おうとしても、兵たちは先に倒れた者を踏み越えて階段を登り、石垣に取りつく。

呆然となり、座り込んでいた山城守に、降魔丸は進言した。

「もはや、これまでにござる。櫓に火を」

火と聞いて、山城守の心中のほとぼりはかえって冷めた。死はもとより覚悟の上だ。頷くと、火を放て、と命じた。

かねて積み上げてあった各所の薪に、火が着けられた。空気は乾ききっており、炎は瞬く間に柱や壁を焦がした。室内に熱い煙が充満し、息を吸い込むたびに咳が出る。

「将が死に、士卒が助かるなどと戯《たわ》けたことを」

山城守は立ち上がると、近習に兜を持たせた。

「将も兵も腹を切るか、あるいは城に火を放ち、将兵ともども討ち死にするかのどちらかでなければ筋が通らぬ」

兜の緒を締めつつ、天井を舐《な》めはじめた炎を見つめてぶつぶつ呟いていると、衣笠八郎が目の前に立った。

「無益な殺し合いはもうおやめくだされ」

衣笠の顔が熱気に歪んで見える。山城守は放心してそれを眺めてから、応じた。

「火を見て血迷うたか、八郎」

「どちらが、血迷うてござる。こうして城内に火や騒動が起これば、今にも羽柴の兵が攻め込み、城兵は撫で切りにされかねませぬ」

「それでよいのだ。みな、もろともに死ぬのだ」

山城守が薄ら笑いで言った瞬間、扉の前にいた武者がはね飛ばされた。兵の群れが櫓のうちになだれ込む。あわてふためいた馬廻が一人、また一人と斬られた。

歯軋りをした山城守の前で、衣笠が抜刀した。

「城兵を救うため、お命を頂戴つかまつる」

横なぎに斬ってきた。山城守もとっさに抜刀して、応じた。

「裏切るか」

刀がかちあった衝撃で、山城守は床を転がる。そのまま、扉とは反対側へ逃げた。

「そちまで逆らうとは、情けない」

山城守は煙を避けて床を這った。それでも目が痛く、涙がにじむ。

「待て、山城」

衣笠も四つんばいで追いかけてくる。山城守は階段に行き当たり、転げ降りた。下は厩《うまや》だ。城の他の馬はみな食料になってしまったが、山城守の馬だけは、城兵の食い扶持を飼料にしても養ってあった。

厩の大きな扉にも反乱者が群がり、外から叩いていた。馬廻の者たちも内側から門を押さえ、扉の破れた穴から刀を突き出して応戦している。

山城守が鞍の置かれてある馬に跨《また》がると、すぐ脇の階段を、衣笠が降りてきた。しぶとい奴めと山城守は舌打ちして、馬廻の者に命じた。

「早う、扉を開けよ」

「されど、兵どもが――」

「構わぬ。急げ」

そのとき、衣笠が階下に降り立ち、白刃《はくじん》を突き出した。絶叫しつつ、鎬で払う。返す刀で、衣笠の肩を斬った。だが、鎧の袖の表面をこすっただけだ。

扉が開かれ、目の前が明るくなった。山城守は頭を下げ、鐙を馬の腹に当てた。馬は、城兵の海の中に躍り出た。

あわてて引いた兵のあいだを、山城守は駆け抜けた。山城だ、と叫ぶ声が聞こえる。途端に、槍が右からも左からも襲ってきた。腕や脚に鋭い痛みが走る。

刀を振りまわし、払いながら、必死に馬を責めた。だが、大勢に取り囲まれているため逃げ場はなく、広場をぐるぐる回っているに過ぎない。窓から火を吹き出し、屋根に煙が這っている櫓がゆらぎ、回転しているように見えた。

どんなに馬を疾駆させ、群がる兵たちを引き離しても、一人だけ、槍をぴたりと向けてついてくる者がいる。先ほど儀助と呼ばれていた、最も反抗的な、腐った奴だ。

「山城、覚悟しろ」

儀助は息を切らしながらも、槍を繰り出してくる。そのたびに、馬上から別所累代の名刀を振って躱した。

小癪《こしゃく》な奴め、馬蹄にて蹴り殺してくれる。

山城守は馬の首を返し、儀助に向かっていった。儀助の顔がひるんだ。ざまを見ろ、と思ったとき、右脚に激痛をおぼえた。鞍から落ち、地面にぶつかる。見ると、膝がぱっくりと裂け、血が出ていた。

糞、と罵ってあたりを見まわすと、衣笠八郎が血刀をたずさえていた。血迷うた衣笠が執念ぶかく追いかけてきて、斬りつけたようだ。

儀助が突いてくる。山城守は転がった。穂先は土にめり込む。儀助はすぐに引き抜き、また突く。山城守は刀で払いながら、土まみれになってよけた。大将と雑兵が刃《やいば》を交えているのを、衣笠はじっと見ている。この雑兵に、自分を討たせようとしているのか。

他の兵たちも群がり集まってきた。喘《あえ》ぎ、転がって逃げながら、山城守の意識には、美嚢川沿いに春の花が咲き乱れるさまがひろがった。

父祖より受け継いだ土地だ。別所家が、この土地と、そこに住むうぬらを守ってきたのではないか。うぬらとともに、この地を耕してきたのではないか。なぜ、そのことがわからないのだ。なぜ、恩というものを知らないのだ。

「恥を知れ、裏切り者どもめ」

寝ころびながら、叫んで刀を振りあげたとき、儀助の槍が腋の下にめりこんだ。歯を食いしばり、山城守は唸った。血流が槍の柄を伝っている。

「畜生め、裏切らねばならなくなった者の辛さがわからぬか」

儀助は叫びつつ槍を引くと、今度は山城守の喉を突いた。儀助と山城守は二人して、血飛沫のうちに包まれた。

志を遂げたはずの儀助は、罪人のように膝を折って泣いている。衣笠が歩み寄り、慰めるようにその肩に触れた。

それが、山城守がこの世で見た最後の光景だった。

四

降魔丸が手にしていた半弓は、長らく城の蔵に眠っていたが、山城守が下げ渡してくれた。大陸より渡来したものらしく、日本の弓に比べて大きく湾曲していて、座ったままでも強い矢を射ることができる。降魔丸はその半弓を使って、ひっきりなしに侵入してくる謀反人を屠っている。

石段から来る者は、狗阿弥が童頭を焦がしながら暴れ、次から次へと寸断している。降魔丸は厩から上がってくる者を射殺し、階下へと落としていた。もう幾人、三途の川の向こうへ送ってやったことだろう。弦を弾きつづけている指は、痺れきっている。

だが、櫓に籠る山城守の馬廻衆の犠牲者も多い。しかも、山城守自身が討ち死にしたと聞いて、逃げ出し、兜を脱ぐ者もあとを絶たなかった。衆寡敵せずとはこのことで、いずれは自分も骸となる運命にある。だが、降魔丸と名乗ってきた以上、悪魔に魂を売りわたした逆賊どもは、一人でも多く地獄へ道づれにしなければならない。

そう思い、また一人、矢の餌食《えじき》にしてやったところで、床板を鳴らして脇に転がってきた者がいた。狗阿弥だ。不覚をとり、左腕を斬られたようだ。

「旦那さま、熱くてかなわねえ。逃げましょう」

天井から降る火の粉に、狗阿弥の髪はくしゃくしゃに縮れている。

「命が惜しゅうなったか」

「惜しゅうございます」

泣きべそで言う狗阿弥に、降魔丸は諭した。

「我らが降伏しても、兵どもは許すまい。捕らえられ、無慚に殺されるだけだぞ」

「ここにいても、黒い骸になるばかり。外へ出たほうが、生きる望みがござりましょう」

狗阿弥は、床に額をこすりつけている。もともとこの男に志操《しそう》などというものを期待していない降魔丸は、穏やかに言ってやった。

「ひとりで逃げよ。俺は、ここで死ぬ」

「西国へ、落ちましょう」

「そちのみ生き延びても、恨みはせぬ」

狗阿弥の顔は苦悶《くもん》に歪んで、逡巡しているかに見えた。だが、すぐに浅ましい笑みを浮かべた。面頬を着けていなければ反吐《へど》をかけてやりたいと思うほどの侮蔑を覚える。

「すまぬことです、旦那さま。では、お言葉に甘えて」

言い残すや、狗阿弥は立ち上がった。そして、上ずった声をあげる。

「おい、斬らないでくれ。降参だ」

それまで暴れていた男の態度が豹変《ひょうへん》したものだから、乗り込んできた兵たちも困惑顔だ。狗阿弥は刀を捨て、両手をかかげて歩いた。降魔丸はむかむかとしてきた。

「頼む、命ばかりは助けてくれ」

懇願する大男の背中に、降魔丸は呼びかけた。

「おい、狗阿弥」

無防備な顔が振り向いた。そこへ、降魔丸は矢を放った。矢は狗阿弥の右目を貫いた。

潤んだ左目が、どうしてですか、と尋ねている。身寄りもなく往来に突っ立っている子どものような情けない顔だと思い、降魔丸はますます侮蔑を抑えられなくなった。

「因果応報」

そう唱えて、次の矢をつがえる。狗阿弥は金切り声で叫び、目に矢を突き立てたまま、兵たちを押しのけて出口へと突進し始めた。だが、煙の中、大男の姿がいきなりあらわれて喫驚《きっきょう》した兵に、袈裟斬りにされる。

ぐらりと揺れたが、狗阿弥は倒れなかった。血を吹きながら扉にたどりつき、石段を駆けおりていく。のぼってくる者をなぎ倒しながら下までたどりつくと、右目に刺さった矢を押さえながら、助けてくれ、と叫んだ。

「櫓にいたのは、行きがかりというもの。俺は、お主らの味方だ」

降魔丸は狭間から鏃を突き出し、狗阿弥の背中に狙いを定めている。しかし、矢を放つまえに、取り囲む群衆のうちから怒声が湧いた。

「よく見ろ。毛は焦げているが、まぎれもなくあいつだ」

「御坊を連れ去った者よ。討ち果たせ」

刃が群がり襲いかかる。降魔丸が弦を弾くまでもなく、狗阿弥は膾《なます》にされ、土埃をあげて倒れた。

五

天地が轟々《ごうごう》と唸っている。

縛られて横たわり、櫓の床板に煙が這うのを見上げながら、まるで嵐の中を航行する船に乗り込んでいるようだと涼山は思った。

生死之介の震えは最前ほどではなくなっているが、意識の混濁はつづいているらしく、死んだように眠っているかと思うと、ときどき意味不明の叫びをあげる。

轟音に紛れて、扉のついた板塀の向こうから「御坊」と呼びかける声が聞こえた。

「ここだ。助けてくれ」

涼山が叫び返すと、塀の向こうで「おったぞ」という興奮した声がした。つづいて、扉がやかましく鳴り出した。向こうから、叩いている。板扉が折れ、ひしゃげ出したと思ったら、内側に倒れた扉を踏んで、兵たちがなだれ込んできた。

兵の一人が、刀で涼山の縄を切ってくれた。生死之介と楓の縛めも解かれる。

「何が起きた」

助けてくれた者に、涼山は尋ねた。暗がりながら、煤《すす》だらけの顔に白い歯があらわれたのがわかった。

「山城守は死んだ。謀反が起きた」

みずからも謀反に加わっているくせに、他人事《ひとごと》のような言い方だった。

涼山は楓と二人して、生死之介を立たせた。塀の外へ出ると、先ほどすべり落ちた段梯子が待っていた。疲れた二人の代わりに、別の兵が生死之介を背負ってのぼってくれた。あとを追って楓がのぼろうとしたとき、涼山は言った。

「生死之介を、小寺官兵衛どののところへ連れて行け。手厚く療治してくれるだろう」

梯子にとりつきながら、楓が尋ねてきた。

「涼山どの、そなたはこれよりいかがする」

「和子さまのもとへ行かねばならぬ。殿との約束だ」

のぼりかけた足を止め、楓が不審げな顔をこちらへ向けてきた。

「殿がお腹を召されるとき、北の御方が和子さまを道連れにせぬよう、見張らねばならぬ」

涼山は言い終えると、楓の尻を叩いて先を急がせた。

階上は煙に満ちていて、周囲の様子はほとんど見えなかったが、梁《はり》を炎が走っているのはわかった。すでに山城守の首を取り、涼山たちを牢から救い出すという目的を果たした兵は、石段に面した出口へ殺到している。後方の厩からも外へ出られるはずだが、風が吹き込んでくるためか、そちらは火が激しくて近づけないのだ。

外に出る順番を待つあいだにも、火のついた天井板が落ちてくる。しかも、厩の方から火の粉を含んだ熱風が吹きつけてきて、背中や尻が熱い。

「早くしてくれ、熱うて仕方がない。目も痛うてかなわぬ」

涼山が喚いたとき、右から、がたがたと音がした。車輪が、床板と床板との合わせ目を越えてやってくる。

煙の中から、赤鎧があらわれた。涼山は熱風のただ中へ飛んだ。煙を貫いて、矢が来る。法衣の右袖を射られ、壁面に打ちつけられた。降魔丸は箙《えびら》からまた矢を引き抜く。

「御坊」

出口まで行きながら、楓が煙の中へ引き返してきて叫んだ。降魔丸は楓に鏃を向けた。楓はとっさに伏せる。矢は柱に斜めに突き立ち、振動した。

そのすきに、涼山は袖を留めている矢を抜こうとした。だが、同じ袂に、また矢が立った。涼山が動きを止めて見やると、表情のない面頬が笑い声をあげている。明らかに、こちらをなぶり者にしようとしている。

涼山は降魔丸を睨んだまま、楓に言った。

「俺の代わりに、殿の願いをかなえて差し上げてくれ。和子さまを救うのだ」

楓がたじろいだのが、目の端に見えた。

「早く行け」

涼山が言ったと同時に、降魔丸はまた楓に矢を射た。楓は、後ろ向きに転がってよけた。降魔丸は、二の矢、三の矢を放つ。楓が出口の外へ逃げたところで、降魔丸は長刀で床を突き、土車を走らせた。まるで船を漕《こ》ぐように、たくみに出口にたどりつくと、扉を閉める。そうして、傍らに落ちていた槍を閂にして、扉をおさえてしまった。

涼山は右袖を留めている矢の一本を折った。だが、空気を切り裂く音がして、右袖にまた別の矢が当たった。

土車が目の前に来た。降魔丸はすでに新たな矢をつがえ、涼山の胸を狙っている。

「彦七郎よ、何をあわてておる。今生の名残に、積もる物語をしようと思うておるのに」

そのとき、頭上でけたたましい音がし、天井に亀裂が走った。天井板が斜めになり、降魔丸のやや左方の裂け目から、火の粉と煤が滝のごとく落ちてきた。櫓の上部が崩れたようだ。このままゆけば、二人とも焼けた木材に押しつぶされて死ぬ。

みずからも火の粉をかぶりながら、降魔丸はびくともしない。

「腐れ縁だな。地獄にまで同道することになるとは」

嬉しそうに言いながら、半弓を強く引き絞る。

涼山は、矢に貫かれている袖に目を遣った。着たきりの法衣は繊維がほつれ、くたびれており、ところどころ反対側が見えるほどに薄くなっている。それを見て、意を決した。

弦が指を離れ、鏃が来た。涼山は、力任せに右腕を引いた。袖が破れる。矢は壁に当たった。涼山は左へ跳んで伏せていた。

次の矢が襲ってくる。涼山は転がり、武者の死骸から刀を引き抜いた。立ち上がり、右方へ刀を振りあげたとき、また天井が叫びを上げた。柱が折れ、天井板の裂け目からは屋根瓦がごそりと落ちてきた。火のまわった天井の傾斜が余計に激しくなり、涼山の構えた刀の先に当たった。肘が痺れたと思ったら、刀は折れ、物打《ものう》ちがなくなっていた。

煙をくぐって、矢が来る。涼山は累々と転がる屍のあいだをまた転がった。そして、別の死体から、今度は脇差を抜いた。

煙の中を這いずり、斜めから跳ぶ。降魔丸の前に躍り出て、半弓を切った。

降魔丸は壊れた半弓を捨てた。みずからも脇差を抜く。

涼山が脇差を突き出したとき、鍔と鍔がかちあった。押し合っても、降魔丸の土車はびくともしない。後ろに鎧武者の骸があり、車輪に引っかかっているのだ。

下半身に力が入らない相手との勝負であれば、本来なら涼山のほうが有利に決まっている。だが、燃えた天井が低く迫っているため、涼山も膝立ちで、しかも背を丸めていなければならなかった。これでは、腕に十分な力が入らない。いっぽうの降魔丸は低い姿勢での戦いに慣れており、座っているとは思えないほどの力で押し返してくる。

また天井が不気味に喘ぎ、ゆがんだ。禿頭は火膨《ひぶく》れを起こしていることだろう。

「彦七郎よ、そろそろ天井が崩れよう。うぬとともに死ねるとは、欣快の至りよ」

降魔丸には、ここから逃れるつもりはないらしい。徹底的な勝負をつけようとはせず、まるで時間稼ぎをするように、涼山の刀を抑えているばかりだ。

涼山は間合いを取りたかった。しかし、腰の曲がった年寄りのような姿勢でいるため、降魔丸の攻撃を避けながら、うまく後退することもできない。

侍を捨ててから武技の修行を怠っていた涼山に比べ、降魔丸は脚力を失ってから、それを補うべく、血のにじむような研鑽《けんさん》を行ってきたのだろう。かつてよりも巧者になっているようで、涼山の動きを先回りして、その力をよく殺している。

「左馬介」

涼山は降魔丸の俗名を呼んだ。

「お主は大した奴だ」

「どうしたというのだ。熱で頭がおかしくなったか」

降魔丸は咳き込みながら笑った。だが、笑いはすぐにやんだ。巨人の捻り声のような音がして、太い梁が降魔丸のすぐ後ろに落ちてきた。床板までが割れて、斜めになった。

「惜しい男だ。その智慧《ちえ》と精進《しょうじん》を、異なる方向に傾けていればのう」

「何をしたり顔で」

侮られたと思ったのか、降魔丸の瞳にあからさまな怒りが弾けた。その刹那、涼山は立て膝になり、腕に力を込めた。

土車の後ろにあった骸が、斜めになった床板を転がり出した。先には、涼山たちが閉じこめられていた牢への入り口が開いている。段梯子ははずれて、下に落ちてしまっていた。骸は入り口の穴に吞み込まれた。しばらくして、地を叩く音があがってきた。

刃の峰に左手を添え、なおも強く押すと、土車の車輪が動き出した。降魔丸は目を丸くして、喉を鳴らした。土車は速度を上げ、階下への入り口に向かって走ってゆく。降魔丸は土車から跳ね、傾いた床の上に守宮《やもり》のように俯《うつぶ》した。車は穴に落ち、衝撃音をあげた。

赤鎧が滑り、降魔丸もずるずると穴へと近づいていく。必死に指を立てるが、体は止まらずにどんどん滑り、とうとう脚が落ち、胴が落ちた。全身が落ち込んだかに見えたが、入り口の縁に脇差が突き立っており、柄《つか》に手がかかっていた。止《とど》めを刺すべく、涼山も四つんばいになって入り口に近づいていった。

下を覗き込むと、降魔丸がぶらさがりながら、こちらを見上げていた。

「なんだ、その哀れむような目は」

哀れんだつもりはなかった。しかし、言われてみれば、それに近い気持ちも心中にはわだかまっているのかもしれない。

「その仏者面が気に入らぬ。しょせんは、汚い裏切りを繰り返して生きる男ではないか」

降魔丸は叫ぶと同時に、腰に佩いていた長刀を抜き、切先を涼山に向けた。そのとき、それまでにない、大筒の咆哮《ほうこう》のごとき音が天井から響いてきた。煤の塊も降る。涼山はとっさに穴の縁から逃れ、外の石段に面した扉に取りついた。

「逃げても無駄だ、涼山。うぬは地獄にしか住めぬ。赴くところ、いずこも地獄だぞ」

赤鎧が床板の上にあらわれた。穴から這い出ようとしている。

耳を圧する轟音がつづき、建物全体が激しく揺れる中、涼山は閂にしてある槍を引き抜いた。早くここから出て、和子らのもとに行かなければならない。

「逃がすものか」

降魔丸が喚いた直後、その頭上に炎の滝ができた。降魔丸が絶叫しつつ、穴の底に落ちた。地面から灰が舞い上がり、穴から上方へも火柱が立つ。叫びがかき消えると同時に、柱が次々となぎ倒され、上部がおおいかぶさるように崩れてきた。涼山は扉を開け、石段へ飛んだ。

瓦屑《くず》や、火のついた柱とともに、涼山は石段を転がった。焼け落ちる櫓を見物していた兵たちが走り、遠ざかっていくのが見える。地面にのびた涼山は、頭を抱えて伏せた。その背にも、木材や瓦が激突した。

轟音がやんだあとも倒れたままじっとしていると、反乱を起こした兵たちがやって来て、瓦礫《がれき》の中から引きずり出してくれた。

見上げると、櫓はぺしゃんこになっており、石垣のすぐ上に炎をまとった、波打った屋根瓦が載っている。ところどころ屋根から突き出て立っている柱は、真っ黒だ。天空には黒煙が、龍の飛翔のように立ちのぼっていた。

しかし、兵たちには燃え落ちた櫓よりも、そこから煤まみれで飛び出てきてへたり込んでいる涼山のほうが見物《みもの》らしい。みな、顎の力をゆるめ、こちらをじろじろ見ている。

「ようご無事だった。御仏のご加護かの、善知識の法力かの」

血達磨《ちだるま》の儀助だった。その泣き顔を見て、涼山はようやく我に返った。

「すまぬが、涙につき合うのは後回しだ」

儀助や周囲の者たちが当惑する中、穴だらけの法衣をまとった涼山は立ち上がった。

「殿のところへゆかねばならぬ」

六

御殿の廊下を奥へと急いでいると、禿頭の年寄りと行き合った。長治のそばに侍《はべ》っていた法師、道阿弥だ。別所が滅ぶという悲しみのゆえか、櫓の火事を見た興奮のゆえか、はたまた戦いが終わる安堵のゆえか、腑抜けたようによろよろと歩んでくる。

「遅かったの、涼山どの」

こちらを認めると、いささか明るい声をあげたが、竹の花を思わせる白眉の下の目は、泥水のように濁っている。涼山は尋ねた。

「殿は……」

「奥の客殿におられた」

これまで恩顧をこうむった道阿弥が、なぜ最期を迎える長治のそばについていてやらないのかといぶかって、涼山はふたたび尋ねた。

「いずこへ参られる」

なぜそのようなことを聞くのだ、と言いたげに、曇った目がこちらを向いた。

「いずこへも参らぬ」

とは答えながらも、ふたたび御殿の外へと歩み出す。

「漂泊の者はいずこへもゆかず、いずこにも留まらぬ」

「されど――」

背中に声を掛けると、振り返りもせずに道阿弥はつづけた。

「別所家など、楼閣に見えながら、水に浮かぶ泡沫《うたかた》のごときものにござるよ。泡沫は住処《すみか》にはならぬ。それがしは、水とともに流るるのみ。さらば」

言葉はさばさばとしながらも、道阿弥は澱《よど》みに浮かぶ木の葉のようになかなか進まない。その足取りには断ち切りがたい葛藤があらわれていると見え、同情を禁じえなかった。二度と会うこともあるまいと思い、心中で、その淋しい背中に「さらば」と言うと、涼山はさらに奥へと進んだ。

何度か通されたことのある客間は、ひっそりとしていた。誰もいないのかと思い、襖を開けるや、怒鳴られた。

「控えよ」

三宅肥前入道がすぐ近くに座っていた。膝元には、血塗られた抜き身の長刀が置かれている。涼山は慌てて敷居の前に座り、平伏した。

「涼山か。生きて戻ってまいったのだな」

語気を緩めて言った三宅の、白の小袖と浅葱《あさぎ》の袴《はかま》には、おびただしい血飛沫がかかっている。だが、当人は無傷のようで、佇《たたず》まいは平生《へいぜい》と変わらない。

目を上げると、三十畳の客殿の上段には畳が堆《うずたか》く重ねられており、そこに、血に汚れた白小袖に褐色《かちいろ》の袴を着けた二人の若者が、並んで眠っていた。すぐに、長治と友之の兄弟だと悟った。すでに三宅の介錯《かいしゃく》を受けて、切腹して果てたのだろう。

「見事なご最期であった」

涼山に聞かせるというよりは、自分を納得させるように三宅は言った。

「山城守どのが討たれたとの注進を聞こし召されるや、お二人ともすぐにお腹を召された。申の刻にはいささか早かったが」

三宅は、巻紙を涼山に差し出す。

「ご辞世だ」

かつて長治の傅役《もりやく》をつとめ、御殿にも強い影響力をもった男は、自分が育て上げた主君とその弟の立派さを、涼山という唯一の立会人に必死になって見せようとしているかに感じられた。涼山は部屋のうちに進むと、紙を受け取り書き連ねられた辞世を読んだ。

今はただ恨みもあらじ諸人《もろびと》の命にかはる我身《わがみ》と思へば
長治

命をも惜まざりけり梓弓《あずさゆみ》末の世までの名を思ふ身は
友之

城兵たちの身代わりに死んでゆくことを名誉に思い、覚悟を定めていた二人らしい歌だと思った。そして、そのすぐ横には、三宅のものもあった。

君なくばうき身の命何かせん残りてかひのある世なりとも
三宅肥前入道

「三木城主四代とは申しながら、それがししかお伴つかまつる臣もおらぬとは情けなや」

三宅は悔しげに言うと、主君兄弟の血で汚れた刀に懐紙を巻きつけ、襟元を拡げた。

「もう少し早うに和議を結べば、かようなお淋しきご最期にはならなんだであろうに」

言い終えるや、刀の先を腹に埋め、左から右へ真一文字に引く。いったん引き抜くと、今度は鳩尾の辺りに突き入れ、十文字をなすように切り下げた。三宅の顔は鬱血して赤紫色になり、首には血管が太く浮き出ている。

「南無三宝《なむさんぼう》」

三宅は刀を喉に突き入れ、俯した。血潮を上体で押さえ込むような折り目正しい死に様に、自分ひとりなりとも見事に殉死して見せる者がいなければならないという、切なる忠心が込められているかに見受けられた。涼山はしばし手を合わせ、誦経した。

合掌を終えた涼山は、巻紙のさらに先を見た。長治、友之、山城守の夫人たちの辞世も書きつらねてあるのを確認し、背中がぞくぞくとして立ち上がった。すると庭に、外した蔀戸《しとみど》が敷かれてあるのが見えた。その上に、裲襠《うちかけ》をかけられた三人の女性と、四人の稚《いとけな》い子どもの骸が横たえられている。

涼山は走り、縁から庭に飛び降りた。

「遅かった」

腰が抜け、へたり込んだ。

「おのれらは、大馬鹿だ。せっかく、生きられるというに」

拳で地を打ち、物言わぬ骸どもを罵った。

「和子らに、何の科《とが》がある」

長治の御霊に何と申し開きをしたらよいのか。泉下の紫野にも、顔向けができない。

だが、心中でそう叫びながら、刃で胸を貫かれて眠る子どもたちを見ていて、数が足りないことに気づいた。七郎丸がいないのだ。

訳がわからずに狼狽えていると、聞きなれた響きの、むずかる赤子の声が短く聞こえた。声のほうへ目をやると、庭の隅の、竹が植えられたあたりに楓が立ち、こちらを見ていた。白の綿入に包まれた赤ん坊を抱いている。楓の後ろには、生死之介が衾《ふすま》をかけられ、板戸に横たわっているのも見えた。涼山は、駆け寄った。

「急いだけれど、間に合わなんだ」

楓は、申し訳なさそうに言う。

「最後の決戦と聞き、御方さまらは早々に身まかられたよし。足手まといにならぬよう」

楓は子を涼山に渡した。抱きとったのは、紛れもなく七郎丸だった。

「でも、この子だけは冥土の伴は許されなんだらしい。『別所の血を引く者とは認めぬ』と、北の方が仰せられて」

もう何度も抱いてやっているはずなのに、七郎丸は目を丸くして、不思議そうにこちらを見ている。顔が煤まみれであるせいかもしれない。

「忘れたのか、こら」

　威勢よく言ったが、泣けて泣けて仕方がなかった。緊張が解けたためかもしれない。あるいは、祖父になると、人間は涙もろくなるためかもしれない。そのようなことを思いながら涙をこぼす涼山を見て、七郎丸はますます目を大きくする。

　死んでいった他の子どもは不憫だが、せめて七郎丸が生き残ったことは長治のためにも、紫野のためにも幸いであったし、かつて紫野を道づれにしようとした亡妻、里久もまた喜んでいるはずだと思った。そうして、この子だけは二度と放さないと心に決めた。

　涼山は七郎丸を胸に抱いたまま生死之介の側にしゃがむと、衾の脚のあたりをめくった。ひどい腫れように顔をしかめないではいられなかったが、御殿の医者が手当てをしてくれたものと見えて、傷は包帯によって隠れている。確かにひどい傷だが、強靭な肉体の持ち主である生死之介なら、回復するかもしれないという気がした。

「御検分役が来たら願い出て、真っ先に城の外へ運んでもらう」

　楓が述べると、生死之介は目を開けた。涼山を認めた途端、怯えるような顔になった。

「涼山、俺を斬ってくれ」

「何を申しておる」

「俺は、裏切り者だ。斬れ」

　虚ろな目で、また叫び出した。涼山はかぶりを振り、微笑んでやった。

「よくぞ裏切った。お主は天晴れな男だ」

生死之介の目が、当惑に泳いだ。涼山はさらに言った。

「もし裏切らず、楓の耳鼻が削がれていてみろ、それこそ俺はお主を許してはおらぬ。八つ裂きにしてくれる」

生死之介の潤んだ目が、涼山の隣にしゃがんでいる楓を見た。その視線を受け止める楓の目も、しっとりと輝いていた。見つめ合う二人に、涼山はささやいた。

「小寺官兵衛どのを頼って、二人して家を興せ。あの御方なら、悪いようにはせぬはずだ」

「この脚では、もう侍は無理だ」

あのふてぶてしかった生死之介が、淋しげに嘆じる。

「何を弱いことを申す。お主は尼子十勇士だろう」

涼山は励ましたが、聞こえていないのか、あらぬ方向を見ている。すると突然、楓が生死之介の頬を強かにひっぱたいた。はっとなる生死之介に、楓は怒鳴った。

「だらしがない。山中鹿介どのが見ておられるぞ」

似合いの二人だと思い、涼山は笑いながら立ち上がった。

「生死之介よ、しばらく、ゆっくり休め。休めば、また虎のごときお主に戻るさ」

言い終えて耳を澄ましてみると、合戦が行われていたのが嘘のように、あたりはひっそりとしていた。まだ櫓の方からは煙があがっていたが、羽柴勢が動く気配もないようだ。

あまりの静けさに、城兵ばかりか、山川草木《さんせんそうもく》までもが精根を使い果たしてしまったのだろうかと涼山は訝った。

日没頃、羽柴勢の検分役として、浅野長政、前野長康、蜂須賀正勝が別所孫右衛門を伴って入城し、長治、友之、山城守三名の首を確認した。そして、明くる十八日の朝、各所の城門が開かれた。

襤褸《ぼろ》を身にまとった、がりがりに痩せた者たちが、列をなして城外を目指す。涼山も行列に交じって歩いた。首から下げた頭陀袋に七郎丸を入れ、さらに腕で支えている。

羽柴兵にであれ、城兵にであれ、別所長治の子が一人だけ生き残っていることがおおっぴらに知られれば、七郎丸の身に何が及ぶかわからないと危ぶんで、涼山は誰にも別れの挨拶をせず、ひっそりと落ちるつもりでいる。

腕の中を見ると、それまで眠っていた七郎丸は目を開けていた。今朝はきちんと洗顔しており、涼山の顔には煤はついていないはずだが、またもや驚いたような目をしている。

「じじの顔は、そんなにおかしいか。しかし、そなたにも、じじの血が流れておるのだぞ」

苦笑すると、七郎丸もようやく笑窪《えくぼ》をつくった。

「もうじじは、そなたから離れぬぞ。二人で暮らそう」

そうは言ったが、どう暮らしていくべきかも、七郎丸をどのように育てるべきかもわかっていない。ただ、播磨から遠くへ行くことだけを考えている。

「そなたは、何で身を立てる」

話せもしない赤子に、問いかけた。

「坊主はやめておけ。座禅は、足が痛いぞ。しかも、老師には殴られる。侍も、戦《いくさ》ばかりの辛い日々だ。やはり、百姓がよいかの。時にあわせて土を耕し、種を蒔《ま》き、刈り取って生きる……だが、領主が下手な戦をすると、百姓もえらい目にあうな」

涼山は七郎丸に語りかけながら、実は、おのれの身の置き所のなさを思っていた。

「何をやっても、人間は大変だなあ」

溜め息をつき、疲れ切った顔で並び歩く人々を眺めていると、涼山の胸はどうしようもなく塞いできた。

「じじに器量があれば、もっと大勢の者を救えたのにの。もたもたしてしもうたわ」

唇を噛みしめて、七郎丸を見た。窶《やつ》れきった人々の中にあって、この子はひとり元気がありあまっているようだ。頭陀袋の中で、手足をさかんにつっぱっている。

高麗門《こうらいもん》をくぐり、城の外へ出ると、街道にも故郷へ帰る人の行列はつづいていた。

「やはり、じじのような凡愚は、里でも仏には会えなかったな」

ささめいたとき、後ろから袖をつかまれた。振り返ると、秀吉のもとを追い出されたという白拍子だった。

「おう、来たか」

白拍子は、掌を出した。

「さあ、お約束のものを」

大枚を寄越せと言いたいらしい。代わりに、乙御前のありかを耳打ちしてやった。

「掘り出して、涼山からだと申して秀吉のもとへ持参せよ。言い値で買ってくれるそうだ」

信用しない目で睨みつけてくる。

「銭を払わなければ、涼山が安土のあたりで何を言いふらすかわからぬぞ、と脅してやれ」

念を押したが、白拍子はもう睨んではいなかった。感嘆を込めて言う。

「本当に開城しましたな。御坊の扱いのゆえでござりますか」

そんなものではないと、涼山はかぶりを振った。どちらでもいいというように白拍子は笑う。それから、七郎丸を覗き込んだ。

「まあ、可愛い子だこと」

まるで自分が褒められたように嬉しくなって、顔がほころぶ。白拍子の顔も、どんどん緩んだ、優しい顔になっていった。七郎丸まで、笑窪をくっきりとさせている。

女と赤子を見ていて、この子の側に紫野がいてくれればどれほどよいだろうという、未練きわまりない思いに自分が浸っていることに、涼山は気づいた。

だがそれもつかの間、すさまじい馬蹄の音が聞こえて、白拍子と七郎丸が同時に体を硬直させた。餓鬼のような者どもがふためいて、道端の叢に次々と倒れ込む。伴を連れ、槍を立てた鎧姿の騎馬武者が、鞍を載せた別の馬を引かせてやって来た。

「涼山どのと見受けるが」

逆巻くような口髭を生やした武者は、馬上から権高な口調で言った。

「いかにも」

「羽柴筑前守どのの御命で迎えにまいった」

馬が興奮しているのを、武者は手綱を右へ、右へと引きながら宥《なだ》めようとした。目の前で馬が足踏みをし、回転したので、白拍子は庇護を求めるように涼山に寄り添ってきた。

「女は邪魔だ」

武者が命じると、供が女の肩をつかみ、涼山から引き離した。槍を振り、人込みのうちに追い払う。涼山が気分を害して背を向けると、武者は慌てた。

「じきじきにお声を掛けてくださっているのだ。一度、ご挨拶に参られよ。おい――」

騎馬武者の言葉が途切れた。立ち去ろうとしていた涼山も不審に思って足を止め、周囲をうかがった。

　襤褸を着て、干し肉みたいに乾き、細った人々が、武者やその供を押しのけるようにして集まってくる。声を聞いて、涼山だと気づいたのだろう。取り囲む者は次第に増えてゆき、数十人に膨れあがった。身の危険を感じ、暴れる七郎丸をしっかりと抱きすくめた。

　だが、案に相違して、人々は涼山に向かって掌を合わせはじめた。そして、口々に言う。

「生き仏よ」

「ご恩は一生忘れぬ」

「ほんに、仏とは御坊のことだ」

　中には膝を突き、あるいはひれ伏して拝む者もいた。

　涼山の腹中には、恥ずかしさと怒りがむらむらと湧きあがった。

「やめてくれ」

　唾を飛ばして叫んだが、生き仏だ、と呼ぶ人はますます増え、見渡す限り、こちらを拝む人ばかりになった。

「えい、やめろ」

　涼山は、武者が引いてきた馬に駆け寄り、鐙に足をかけた。鞍に飛び乗るとき、左手で支えていた七郎丸が短く喚いた。

「馬鹿な。俺が仏なものか」

不機嫌さを剝き出しにして言うと、涼山は馬を走らせた。驚いた人々が、道をあける。ぼろぼろの法衣を翻して涼山が一目散に逃げるのを、騎馬武者も大口を開けて見送った。涼山と七郎丸を乗せた馬は、人々を残し、播磨の大地を風とともに駆け抜けていった。やがて、馬蹄が巻き起こす土煙にまぎれ、青い山々に滲むようにして姿を消した。

解説

細谷正充

歴史時代小説の世界が、現在進行形で拡大している。その原動力となっているのが中路啓太だ。戦国小説を中心に、歴史時代小説を発表していた作者は、二〇一六年一月に『ロンドン狂瀾』を刊行。これは、一九三〇年のロンドン海軍軍縮会議から、統帥権干犯問題に至る流れを重厚に描き切った、昭和歴史小説であった。以後、長篇『ゴー・ホーム・クイックリー』『ミネルヴァとマルス　昭和の妖怪・岸信介』や、短編集『昭和天皇の声』と、積極的に昭和史を題材にした歴史小説を上梓。〝昭和〟という時代が、すでに歴史小説の範疇《はんちゅう》であることを、証明し続けているのである。もちろん他の作家にも、昭和史を題材にした歴史小説がないわけではないが、現在の主柱となっているのは、間違いなく中路啓太なのだ。

ここで歴史時代小説の範疇について、もう少し詳しく書いておこう。昭和を舞台にした物語は、長らく現代史扱いされてきた。しかしこれは、改訂する必要があるようだ。私個人の意見になるが、歴史時代小説の範疇とは、今より五十年以上前で、なおかつ国家や社会の在り方が現在とは違っている時代だと思っている。極論だと感じる読者もいるだろうが、歴史時代小説を含む大衆小説が日本で勃興したのが、大正期であることを考えてみてほしい。当時に書かれた幕末維新は、約六十年前にすぎなかったのだ。最初から、意外と近い時代も含んでいたのである。これを時代の流れの早い現代に当てはめれば、十年縮めて五十年が相応《ふさわ》しいのではないか。そのように認識しているのである。

だから『ロンドン狂瀾』が刊行されたときは嬉《うれ》しかった。「オール讀物」二〇一九年一月号に掲載された『ゴー・ホーム・クイックリー』に関する「ブックトーク」で語った、

「司馬遼太郎が『坂の上の雲』で日露戦争を書きはじめたのは、ポーツマス条約締結から六十三年後。歴史ものの小説というと、戦国時代や幕末のイメージが強いですが、終戦から七十三年が経《た》ったいま、昭和史の戦時中や戦後の出来事が小説の題材になっておかしくないんです」

という言葉には、大いに同意してしまった。時代の変化と共に、歴史時代小説の範疇もアップデートされていく。その最先端を作者は、果敢に突っ走っているのである。

さて、このように書くと、『ロンドン狂瀾』以前は、助走期間と思われるかもしれない。二〇〇六年、浪人時代の新井《あらい》白石《はくせき》を主人公にした『火ノ児の剣』（応募時タイトル『火ノ

児の剣——新井白石斬奸記』）で、第一回小説現代長編新人賞奨励賞を受賞した作者は、戦国小説を中心に活躍。吉川広家《きっかわひろいえ》を主人公に、関ヶ原の戦いにおける意外にして熱きドラマを綴《つづ》った『うつけの采配』、岡本越後守《えちごのかみ》という屈曲のある軍人《いくさびと》の生き方を、加藤清正《かとうきよまさ》を絡めて描き、第五回本屋が選ぶ時代小説大賞を受賞した『もののふ莫迦《ばか》』等を、順調なペースで発表した。その一方で、伝奇タッチの『謎切り右近』（現『豊国神宝』）、中国歴史小説『傾国　もうひとつの楊貴妃伝』など、傾向の違う作品も刊行。さまざまなタイプの物語により、自分の世界を模索していた。その意味では助走期間といっていい。だが内容は別だ。二〇〇七年十二月に講談社から、書き下ろしで刊行された本書『裏切り涼山』を見よ。受賞第一作で、これほどの優れた作品を執筆しているのだ。作者の豊かな才能と資質は、最初期の戦国小説から発揮されていたのである。

物語は、「三木の干殺《ひごろ》し」と呼ばれる、凄惨な籠城戦を題材にしている。織田信長《おだのぶなが》から中国攻めを命じられた羽柴秀吉《はしばひでよし》が、播磨《はりま》最大の勢力である別所《べっしょ》家を味方にしようとして、物別れに終わる場面からスタート。このとき、秀吉の軍師である竹中半兵衛《たけなかはんべえ》が、ちらりと〝裏切り涼山〟のことを思い浮かべた。

そして場面は変わり、秀吉軍と戦う別所家の三木城に、童頭の大男と、男装の女が引く土車が現れる。土車に座っているのは、足の悪い降魔丸《ごうまる》という武者。門を守る兵ともめた三人は、圧倒的な力を見せつける。というストーリーの流れから、降魔丸が涼山だと思ったら、さにあらず。降魔丸は信長に滅ぼされた浅井《あざい》家の元家臣・赤尾左馬之介《あかおさまのすけ》であった。この展開に意表を突かれているうちに、さらに場面が変わり、ようやく主人公が登場する。だが、そのキャラクターも意表を突いたものだ。

涼山も浅井家の家臣だった。元の名前を、忍壁彦七郎《おさかべひこしちろう》という。戦場では、敵の屍《しかばね》を山と築いたことから〈北枕《きたまくら》〉と呼ばれた豪の者だ。しかし織田軍との戦いで何度も破れると、浅井家に絶望して裏切る。これにより織田軍の勝利が決定。だが調略に応じた際の約束は守られず、妻子は自害した。すべてを失った彦七郎は、周囲から裏切り者と憎まれながら、仏門にすがり涼山となった。といって悟りを得ることもなく、迷いを抱えたまま生きている。

本書に登場した時点の涼山は、ヒーローでもアンチ・ヒーローでもない。すべてを失ったことを悔やむ一方、なにかあるとすぐに感情的になる、人間臭い人物なのだ。その涼山が、半兵衛の命を受けてやってきた尼子《あまご》十勇士の寺本生死之介《てらもとしょうじのすけ》から、娘が生きていると聞かされる。さらに半兵衛から娘が三木城にいると知らされた。かくして涼山は与えられた密命を果たすべく、生死之介と共に公界人として三木城に乗り込む。しかしそこには、涼山と旧知の降魔丸がいた。信長憎しで三木城方に味方する降魔丸は、涼山と生死之介のことを疑う。それでも三木城で過ごす涼山は、驚くべき事実を知り、城を開くことを目的として動くのだった。

神奈川県を中心に展開している書店「有隣堂」が隔月で発行している情報紙「有隣」第四百八十三号に掲載されたインタビューで作者は本書について、

「豊臣秀吉という人物がいちばん輝いていたのは、上司に信長という恐ろしい人がいて、武将として上り坂にあり力を発揮した、羽柴秀吉の時代だったと思います。羽柴時代の一場面、三木城の攻防戦に興味がありました。坊さんと説教節の世界にも惹《ひ》かれていたので、興味があわさりひとつの小説になりました」

「別所がなぜそれほど頑張ったのかも興味のひとつでした。武門の意地があったのだと思いますが、〝民の守護者として最善の方途〟とは何か、〝裏切り〟を選ばざるを得なくなる人の葛藤はどんなものかを書こうと思いました。書きながら、倫理や正義の不確かさ、それでも自分なりの正義を選び取っていく大切さを考えていました。最近、昭和の戦争をめぐる問題点が改めて指摘されていますが、この小説を書きながら、権力の不条理に対する疑問がわき上がってきました」

といっている。本書のテーマについては、この作者の言葉で充分だろう。なのでテーマを表現するための手法について注目したい。一言でいえば、人物の対比である。もっとも顕著なのが、涼山と降魔丸だ。涼山は感情的であり、よく心が揺れる。だが裏切り者と呼ばれるようになった生き方と、三木城でのさまざまな体験から、城に籠った人々の命を守るため降伏の道を選ぶように奮闘する。それに対して降魔丸は徹底抗戦派だ。信長憎しに凝り固まっている彼は、他人の命など、どうでもいいのである。浅井家の元家臣という同じ出自を持ちながら、ふたりの在り方は対照的だ。

それを作者は、ストーリーによって強調する。最初、降魔丸が涼山ではないかと思わせる書き方をしていることを、思い出してほしい。また降魔丸は三木城の兵を殺してから味方となり、涼山は秀吉の兵を殺してから密命を受けるという共通点も持っている。つまり降魔丸は裏切らなかった涼山であるのだ。ふたりは似ている部分を持ちながら、まったく違っている。鮮やかな人物の対比である。

このような対比は、涼山と降魔丸だけではない。涼山と一緒に三木城に入った寺本生死之介は尼子家の忠臣であり、裏切り者の涼山を嫌っている。降魔丸に仕える童頭の狗阿弥《いぬあみ》と、男装の奸《かまり》（忍び）の楓《かえで》も、籠城戦の中で対照的な存在になる。三木城の城主の別所長《なが》治《はる》と、叔父《おじ》の吉親《よしちか》も、目指すところが違っている。変わっていく者もいれば、変わらない（変われない）者もいるのだ。さらに城兵と城に籠った領民たちの気持ちもずれていく。この点に関しては、しだいにクローズアップされていく、領民の儀助《ぎすけ》の扱いが巧みであった。

以上のように、人物の対比を幾つも重ね合わせることで、テーマが強く浮かび上がっていた。

くる。そして〝裏切り〟という命題が突き詰められるのだ。信念を貫くことだけが、正しいのではない。状況の変化に対応し、裏切り者と呼ばれる道を選択することも、信念のある生き方ではないのか。長治の口を通じて語られた、娘の涼山への想い。あるいは儀助の叫び。そこにひとつの答えがある。だから私たちは、いつの間にか涼山を、ヒーローとして受け入れてしまうのである。

さらに三木城の内通者の謎や、極限状態での男女の恋愛など、読みどころは多い。もちろん戦闘シーンもだ。毛利《もうり》家が手配した米を三木城に運び込もうした、大村合戦の迫力は忘れがたい。クライマックスの三木城での戦いも同様だ。涼山と降魔丸の対決もあるのだが、互いが死力を絞り尽くすことになる設定が秀逸。本を開いたら止めどころがない、ノンストップのエンターテインメント・ノベルなのだ。

先の作者の言葉を見ると最初期から、すでに昭和史への興味を抱いていたことが窺《うかが》える。だが作者に助走期間はない。本書を読んだならば、作者が常に全力であることが理解できるだろう。中路啓太は、いつだって読者を裏切らない。だから安心して、今も、これからも作品を追っていけるのである。

（ほそや・まさみつ　文芸評論家）

『裏切り涼山』二〇一〇年一二月 講談社文庫刊

中公文庫

裏《うら》切《ぎ》り涼山《りょうざん》

2020年3月25日　初版発行

著　者　中《なか》路《じ》啓《けい》太《た》

発行者　松田陽三

発行所　中央公論新社
〒100-8152　東京都千代田区大手町1-7-1
電話　販売　03-5299-1730　編集　03-5299-1890
URL http://www.chuko.co.jp/

DTP　ハンズ・ミケ
印　刷　三晃印刷
製　本　小泉製本

Published by CHUOKORON-SHINSHA, INC.
Printed in Japan　ISBN978-4-12-206855-1 C1193

と-26-27
早雲の軍配者（下）
富樫倫太郎

互いを認め合う小太郎と勘助、冬之助は、いつか敵味方にわかれて戦おうと誓い合う。扇谷上杉軍へ攻め込む北条軍に同行する小太郎が、戦場で出会うのは――。

205875-0

と-26-28
信玄の軍配者（上）
富樫倫太郎

駿河国で囚われの身となったまま齢四十を超えた山本勘助。焦燥ばかりを募らせていた折、武田信虎による実子暗殺計画に荷担させられることとなり――。

205902-3

と-26-29
信玄の軍配者（下）
富樫倫太郎

武田晴信に仕え始めた山本勘助は、武田軍を常勝軍団へと導いていく。戦場で相見えようと誓い合った友たちとの再会を経て、「あの男」がいよいよ歴史の表舞台へ！

205903-0

と-26-30
謙信の軍配者（上）
富樫倫太郎

越後の竜・長尾景虎のもとで軍配者となった曽我（宇佐美）冬之助。自らを毘沙門天の化身と称する景虎の前で、いま軍配者としての素質が問われる！

205954-2

と-26-31
謙信の軍配者（下）
富樫倫太郎

冬之助は景虎のもと、好敵手・山本勘助率いる武田軍を前に自らの軍配を振るい、見事打ち破ることができるのか⁉「軍配者」シリーズ、ここに完結！

205955-9

と-26-38
白頭の人　大谷刑部吉継の生涯
富樫倫太郎

近江の浪人の倅はいかにして「秀吉に最も信頼される男」になったのか――謎の病で容貌が変じ、周囲に疎まれても義を貫き、天下分け目の闘いに果てるまで。

206627-4

み-52-1
ドナ・ビボラの爪（上）　帰蝶純愛篇
宮本昌孝

蝮と恐れられた斉藤道三の娘であり、あの織田信長の妻となり愛されながらも、突如歴史上から忽然と姿を消した女・帰蝶。その隠された生涯に迫る本格歴史伝奇小説！

206770-7

み-52-2
ドナ・ビボラの爪（下）　光秀死闘篇
宮本昌孝

信長の勘気を被り死した帰蝶。幾重にも重なる復讐の影、さらには死んだはずの帰蝶の残像が信長に襲い掛かり、全ては本能寺へと結集していく……。歴史巨篇、堂々完結！

206771-4

各書目の下段の数字はISBNコードです。978－4－12が省略してあります。

お-87-1
アリゾナ無宿
逢坂剛
時は一八七五年。合衆国アリゾナ。身寄りのない一六歳の少女は、凄腕の賞金稼ぎ、謎のサムライと賞金稼ぎのチームを組むことに⁉〈解説〉堂場瞬一
206329-7

お-87-2
逆襲の地平線
逢坂剛
〝賞金稼ぎ〟の三人組に舞い込んだ依頼。それは十年前にコマンチ族にさらわれた娘を奪還してほしいというものだった……。〈解説〉川本三郎
206330-3

お-87-3
果てしなき追跡（上）
逢坂剛
土方歳三は箱館で銃弾に斃れた――はずだった。一命を取り留めた土方は密航船で米国へ。友を、そして記憶を失ったサムライは果たしてどこへ向かうのか？
206779-0

お-87-4
果てしなき追跡（下）
逢坂剛
西部の大地で離別した土方とゆら。人の命が銃弾一発より軽いこの地で、二人は生きて巡り会うことができるのか？　巻末に逢坂剛×月村了衛対談を掲載。
206780-6

あ-59-2
お腹召しませ
浅田次郎
武士の本義が薄れた幕末維新期、変革の波に翻弄される侍たちの悲哀を描いた時代短篇の傑作六篇。中央公論文芸賞・司馬遼太郎賞受賞。〈解説〉竹中平蔵
205045-7

あ-59-3
五郎治《ごろうじ》殿《どの》御《お》始末《しまつ》
浅田次郎
武士という職業が消えた明治維新期、最後の御役目を終えた老武士が下した、己の身の始末とは。時代の境目を懸命に生きた人々を描く六篇。〈解説〉磯田道史
205958-0

あ-59-4
一路（上）
浅田次郎
父の死により江戸から国元に帰参した小野寺一路は、参勤道中御供頭のお役目を仰せつかる。家伝の行軍録を唯一の手がかりに、いざ江戸見参の道中へ！
206100-2

あ-59-5
一路（下）
浅田次郎
蒔坂左京大夫一行の前に、中山道の難所、御家乗っ取りの企てなど難題が降りかかる。果たして、行列は期日通りに江戸へ到着できるのか――。〈解説〉檀ふみ
206101-9